Luis Ricardo Cerna

El Mocerío

© L. R. Cerna March, 2022
Impreso y editado por:
BoD – Books on Demand GmbH
info@bod.com.es
www.bod.es
Impreso en Alemania – Printed in Germany

ISBN 978-8-4112-3283-8

Índice

Capítulo 1

El Guanaco

- "Los caminos de la vida no siempre coinciden" enunció el Flaco con su mejor aplomo filosófico mientras libraba de su envoltorio a un gran trozo de carne codiciado por todos los ojos presentes

- "Eso lo definen los Dioses de Los Vientos" especificó el Sapo poniendo la tapa a la olla con arroz y bajando la llama para evitar la formación excesiva de raspa en la misma

- "…de los vientos… de los pedos con los que el Chocho trata de asfixiarnos, diría yo" añadió el Chele abriendo viento en proa las ventanas de la cocina

- "Son los gritos de libertad de las masas oprimidas en los intestinos" Se excusó el Chocho repartiendo vasos con agua, pues, una vez más, la caja no había dado para más

- "Había decidido renunciar a mi vida de poeta en formación en mi ruta a este país desconocido" expuso el Catracho tomando con sus largos brazos de grúa una silla para sentarse con el pecho contra el respaldar entre dos ventanas dando cara a los otros

- "Bueno, supongo que excluyes las tertulias literarias en las noches interminables del ejercicio de la libertad y de la palabra subversiva en nuestro grupo" hizo hincapié el Guanaco tratando de no tropezar con las largas zancas del Catracho, quien decidió doblar sus delicadas zancas para evitar que el Guanaco le produjese con su torpeza clásica algún hematoma en ellas

- "País desconocido de mezclas extrañas de razas y tradiciones, acostumbrado ya a las guerras intestinas que han horadado con sangre en su historia lo más profundo de su razón de ser como país, atraído sin atenuantes por la oportunidad de ejercer en estas tierras el oficio de hechicero, educador meditabundo de tanto juventudes como multitudes" dijo el Catracho acurrucado en su silla y orando para que el Guanaco pasase sin tocarle las piernas hasta llegar a la silla que ya había premeditadamente elegido en el momento de cruzar el umbral de la puerta

- "Educador de juventudes, ya te vas para no volver" citó el Sapo sin más jugo que el bagazo mientras afinaba la nariz sobre la carne que adobaba el Chocho con toda el arte de un hechicero sin licencia

- "El ejercicio de la hechicería no tiene fronteras y además es el oficio más universal para la formación libertadora de las nuevas generaciones que deben orientar las riendas del país por el camino de la emancipación" le dijo el Guanaco con la convicción y firmeza de sus argumentos que con el desconsuelo y la congoja reflejados en su rostro marchito por el trasegar irremediable de los años, le recordaba, cómo su madre lo había despedido en el aposento de la vieja casa de paredes escarchadas y de techos altos impregnados con el olor a limón del patio trasero en una mañana cargada de lluvias empapada de remembranzas y adivinaciones

- "Tengo el presentimiento hijo…" le dijo mirándolo a los ojos con la templanza que da las vicisitudes de la vida como tratando de adivinar sus sensaciones íntimas "de que no vas a volver más porque el corazón me lo dice y el corazón de las madres nunca se equivoca" dijo su madre, cierta que tenía razón y sin atenerse a los dogmas del materialismo dialéctico que definen la materia como la base de la realidad, bien sea concreta o abstracta, ya que ella daba una superioridad a la conciencia, declarando la concepción del mundo desde su naturaleza cardíaca egoísta, como sistema ideal filosófico y no comunista, ya que no busca la relación entre lo material y lo espiritual como la esencia del mundo

- "Creo que no tienes razón…" dijo el Guanaco sin propia convicción y abundante escrúpulo tratando de evitar el contacto óptico directo con su querida madre, percibiendo lo material y eliminando lo espiritual estático con sus muchos cambios cualitativos contrarios a la existencia y a lo desconocido en lo conocido

- "Te conozco desde que naciste y sé que no tienes la fibra para aceptar nuestras realidades pero te doy mi bendición con el alma en la mano y no olvides nunca de ningún modo que lo más importante en la vida de un hombre es dejar la impronta de su decencia en todos los actos de su existencia" resumió su madre con tales palabras llenas de la sabiduría que da la vida, haciendo eco en su cabeza atormentada por la partida irremediable y las nostalgias de las noches libertarias mientras aspiraba por última vez con desesperación el aroma profundo y puro de los viejos limonares del patio a las gardenias en flor del jardín para llevarse el olor en su alma de poeta y en su piel rebelde el recuerdo eterno de su tierra emergente de la ignorancia inalterable de la ley de la dialéctica de unidad y lucha en la negación de la negación

- "¡Huye de la memoria de tu vida, Guanaco de mierda!" dijo el Sapo haciendo que se disipase la incertidumbre propia de los adioses finales y el olor de los viajeros presurosos cosido en el cuerpo moreno de la nueva misión de la vida del Guanaco, misión de la que todavía no tenía ninguna idea en la oposición a la división del pensamiento

- "¡A-dios no verás, Sapo de mierda, pero oirás mi poesía!" exclamó el Guanaco con la sonrisa triste y afligida de las despedidas irremediables, volteando su cuerpo para advertirle, por última vez, haciendo girar su mano derecha con una devoción infinita tosca, que estaba por traspasar el vado vedado, subrayando con la señal contraria a la cruz que no sentía amor cristiano por el Sapo cuando se metía en cosas que no eran de su incumbencia antes de doblar el antebrazo que mantenía apretado la otra mano

- "Terminen las huevadas de una vez, que vamos a comer pronto y luego jugamos póker" dijo el Chele antes de doblar la esquina para ordenar la mesa y dirigirse en silencio profundo bajo una llovizna tenue cargada de cuchillos en las miradas de los otros que inundaron los rincones de la cocina, mientras el Guanaco repetía sus vivencias de la despedida de su vieja en la estación de buses de Cojutepeque rumbo al Puerto de la Libertad que lo llevaba a su nuevo destino

- "Chele, estudiante del saber, decime, ¿cuál es el ave que canta al poner?" intervino el Chocho con la ingenuidad del pícaro que, como el gato, gusta jugar con el ratón atrapado, mientras el Guanaco seguía soñando su odisea después del viaje agotador agitado por las corrientes furiosas del mar que todavía le hacía saber el sabor de vómito en su delicado paladar

- "¡Eso es muy fácil: la gallina!" exclamó el Chele contento de saber directamente la respuesta a la adivinanza del erudito que está vez no era tan erudita, sino que muy fácil para inducir al interrogado a dar una respuesta rápida y sin mucho que pensar, mientras que el Guanaco continuaba su película cuando bajaba del barco con el cansancio acumulado de su espíritu y el peso inmortal de sus melancolías por fin a Puerto Corinto en un día soleado y bendecido por las brisas sofocantes de verano con olor a pescado frito de los kioscos de venta ubicados en la margen derecha del malecón de las playas, que impactaba con su aroma a los viajeros recién llegados perfumados y visitantes de los cercanos barrios

- "¡Mierda para el que tanto adivina!" respondió el Chocho, causando un estupor de risas entre los testigos que ya esperaban algo parecido

- "Adiós vieja, sabrás de mi por mi poesía" exclamó el Guanaco en su diálogo no verbal en las tupidas circunvalaciones de su mente con la sonrisa triste y afligida de las despedidas irremediables, volteando su cuerpo para advertirla por última vez, girando la vieja su mano derecha con una devoción infinita de ternura para bendecir con la señal de la cruz a su hijo nacido del amor, antes de dirigirse en silencio profundo bajo una llovizna tenue cargada de añoranzas, que le inundaron los rincones de los recuerdos de sus vivencias, a la estación de buses rumbo a Chinandega, escala intermedia hacia su nuevo destino

- "Despierta, imperial soñador meditabundo" dijo el Sapo al oído del Guanaco, quien se miraba vestido de blanco inmaculado y coronada su cabeza con un sombrero de pajita, obsequio de su padre para el viaje, mientras tomaba presuroso un taxi para regresar nuevamente a Corinto, donde había de tomar el buque carguero alemán "Ingolstadt" rumbo a Balboa, con sus maletas llenas de libros de poesía y revoluciones y de recordaciones de sus años locos en Ahuachapán y con el apremio de llegar pronto a su destino tomó el taxi y le ordenó en tono urgente al conductor que le llevase al puerto sobre el río para tomar dicho carguero destino a Balboa

- "¡Igualmente caballero!" respondió el Guanaco dando a entender claramente lo que pensaba sobre el Sapo, mientras la película le indicaba que después de atravesar la ciudad grande con olor a matarratón, con su cielo limpio y transparente y acicalada de palmeras gigantes y coquetas golpeadas por las brisas alocadas del Norte, llegó al puerto sobre la ribera del rio con sus aguas alborotadas, para embarcarse rumbo a la población de Balboa, no en el programado carguero alemán que había saltado el puerto de Corinto por razones de horarios superiores, sino que en el San Roque, un vapor más rápido, aunque viejo y cansado, de dos pisos con la torre del capitán en la mitad, con sus chimeneas largas y anchas vomitando chorros gruesos de humo gris que se perdían en la inmensidad del mar rumbo a Balboa, chorros de ceniza a fundirse en un abrazo eterno con el inmenso mar, de barandas amarillas carcomidas por el uso, la plataforma repleta de cables oxidados por los ruidos de los tiempos pasados, impulsado con pereza por una rueda grande y pesada de hierro dentada en la popa que producía un remolino incontrolable de aguas confundidas y de ruidos sórdidos y repetidos como avisando al cielo adornado de estrellas luminosas y danzarinas de Corinto, gran refugio de pescadores, de su presencia inconfundible en el brazo largo y estrecho del río hasta terminar su travesía de aventura en el viejo puerto de Balboa, capital portuaria de Panamá

- "Allá va el San Roque lleno de aventureros y de vendedores de ilusiones de fin de semana" gritaban los pescadores de camarón en vigilia por las noches de vientos impetuosos de la ciénaga de Corinto mientras hacían una pausa y sostenían la tarraya en sus manos grandes y callosas del oficio de pescador para observar como siempre, el rápido paso adormilado y fatigado de esa mole de hierro de dos pisos con su rueda giratoria que removía con violencia el limo fangoso de la ciénaga y sus pasajeros vestidos de blanco apostados en las barandas enmohecidas del segundo piso, iluminados por la luna mágica y altanera de marzo acorralada de luceros de colores brillantes y profundos bailando en la inmensidad de la noche como avisando a los pasajeros de las corrientes libertinas del espíritu del carnaval

- "¿Los luceros siempre se mueven así?" le preguntó a su vecino impactado por el espectáculo de los luceros danzarines

- "No Señor, sólo en carnaval" le contestó el vecino en la proyección de su película y llegaron a Puerto Balboa en una noche frenética adornada de luciérnagas alborotadas por el sonido profundo y seco de los tambores, iluminada por las luces y la algarabía de las guachernas que danzaban trastornadas en medio del resplandor de los mazos de velas, las polleras panameñas multicolores y el ritmo excitado de las caderas provocadoras, hipnotizadas por el fuego pecador del carnaval en un día de marzo del año que habría de cambiar el curso de su vida errante para siempre

- "¡Aleluya Guanaco de miércoles!" respondió el Sapo con una guatusa encantadora en el puño de pulgar tan inquieto como la pija que busca la vaina cercana, lo que no interrumpió la visualización de la película del Guanaco que continuó con el marasmo del viaje aun pesando en el espíritu cansado y aturdido de su cuerpo, bajó las escalinatas de hierro oxidado del San Roque, mientras observaba con detenimiento las olas del mar perturbadas por la época de las lluvias al otro lado de la carretera y los vientos atolondrados bajados de la sierra y, a continuación, se subió con la premura del forastero al primer taxi que encontró en la plataforma de tierra del viejo puerto en medio de la lluvia de mosquitos, las ventas de fritos alumbradas con mechones de petróleo, el bullicio de la gente y los vendedores ambulantes que aturdían con sus gritos destemplados el mosaico multicolor de la llegada de los pasajeros al viejo Balboa

- "Al Hotel Tobiexe" le ordenó al conductor del taxi del puerto con ese acento extraño de los foráneos que inundaban presurosos la población camino a la zona bananera atraídos por el vendaval del banano y las aventuras de vida fácil

- "Viaja para Chorrera mañana señor?" le preguntó el conductor con la curiosidad propia de su oficio suponiendo que sería un nuevo oficial de la bananera

- "No señor" contestó el Guanaco sin ánimo, pero dispuesto a entablar la conversación obligatoria para no pasar por maleducado o peor, orgulloso, pues era discípulo oculto de Kant, Hegel, Descartes y de los otros del mocerío de las transformaciones perennes de la vida

- "Entonces supongo que está de paso para la ciudad de Panamá" dedujo el taxista con la lógica imperativa del oficio manteniendo la distancia cortés

- "Soy el nuevo profesor de idiomas del Instituto San Juan de Bamba y vengo de El Salvador a instalarme durante un trimestre en la ciudad de Panamá, si la vida lo permite, en estas tierras bendecidas por la riqueza de su suelo" expresó en forma lisonjera el Guanaco mientras consideraba la suerte que había tenido al recibir la plaza de profesor para un trimestre antes de partir a Alemania para iniciar sus estudios, lo que le traería un par de dólares más en su reserva según le había explicado su tío antes de despedirlo con la buena noticia que se había realizado gracias a sus numerosas relaciones

- "Esa bendita riqueza sólo ha servido para enriquecer a unos pocos de este pueblo, a los Gringos de la United y a las putas francesas de Guacamayal, ya lo verá con sus propios ojos" contestó el conductor observándolo a través del espejo retrovisor

- "Aquí también hay United Fruit Company?" indagó sorprendido el Guanaco

- "Claro que sí, ellos son los dueños de una gran parte de las tierras del cultivo de banano. Ud. no conoce esto todavía profesor" le respondió el conductor con la seguridad y conocimiento de sus argumentos cuando arribaron en medio de la conversación a la Plaza del Centenario contigua al Hotel Tobiexe que se erguía majestuoso con sus columnas señoriales de mármol importado, sus pisos vistosos y resplandecientes de mosaico de ajedrez y su fachada solemne republicana rematada con un portón inmenso de maderas labradas en alto relieve que hacía homenaje a la época de riqueza arquitectónica adoptada por los hijos ilustres de Balboa llegados de todos los rincones del mundo para hacerse cargo de las fortunas heredadas y de las oportunidades del negocio del banano

- "¿Cuánto le debo?" preguntó al taxista cuando el taxi paró frente al portón esperando que prefiriera dólares, ya que los balboas brillaban por su ausencia en su billetera

- "¿En dólares o en balboas?" respondió el taxista automáticamente, aunque sabía que el pasajero recién llegado del extranjero probablemente no tenía balboas

- "¿Qué prefiere?" preguntó el Guanaco con aire de gran señor desde el fondo del taxi

- "Prefiero dólares" detalló el taxista sin mirarlo por el espejo retrovisor pues estaba cierto que su respuesta era del agrado del pasajero

- "De acuerdo" concedió el Guanaco con alivio esperando el enunciado del monto

- "Dos y setenta" constató el taxista después de efectuar su difícil contabilidad que en sí era de uno a uno

- "Aquí tiene tres dólares para que le quede un poco de propina" expuso el Guanaco dándole tres billetes de a uno

- "Muchas gracias profesor… si mañana tiene tiempo y ganas, le puedo mostrar un poco de Balboa" el taxista indagó con la cautela de un experimentado cazador al acecho de una buena presa, es decir, un buen negocio

- "Tengo que hacer acto de presencia en el instituto a las cuatro de la tarde, ¿qué tiene en mente?" expuso el Guanaco dándole un poco de cebo para que continuase con su decente propuesta que probablemente era estándar entre los taxistas de Balboa

- "Hacemos una excursión por Balboa y el centro histórico, visitamos los lugares célebres con explicación de hechos y fechas, almuerzo en un restaurante típico cerca del centro. paseo motorizado por el malecón y las playas y regreso al hotel" expuso el taxista pensando en visitar con el profesor el pacífico restaurante de su suegra al borde del centro

- "Duración?" demandó el Guanaco con la cortesía correcta de un buen negociante que se atiene a datos claros

- "De las nueve a las quince horas para la excursión de la puerta del hotel a la puerta del hotel o bien, de las nueve a las dieciséis horas, de la puerta del hotel con recogida de sus maletas en el hotel y transporte a su instituto para que pueda marcar tarjeta a tiempo a eso de las dieciséis horas" detalló el taxista añadiendo astutamente el rabo con la segunda sugerencia que sería probablemente la preferida por su pasajero

- "¿Y cuál es su precio?" preguntó el Guanaco, considerando que su presupuesto le permitía solamente un máximo de treinta dólares para tal imprevisto

- "Para la primera excursión le cobro 20 dólares, para la segunda 26 dólares" dijo el taxista esperando el regateo estándar

- "Le doy 22 dólares para su segunda sugerencia" exploró el Guanaco con toda la habitud de sus jóvenes años

- "24 para uste" dijo el taxista sacando a luz por primera vez un poco del deje panameño para acentuar simpatía y confianza en la negociación

- "22" repitió imperturbablemente el Guanaco esperando la nueva oferta del taxista

- "23 es mi límite definitivo" suplicó el taxista con voz de condenado a muerte en camino a la resurrección

- "De acuerdo" dijo el Guanaco, satisfecho de haber alcanzado un precio razonable para ambas partes

- "Entonces lo recojo aquí, mañana a las nueve" concluyó el taxista, contento de haber alcanzado el monto que desde un principio había calculado obtener para la excursión

- "¡Correcto, entonces hasta mañana!" se despidió el Guanaco con sonrisa de agradecido antes de bajar del taxi con el agobio de la soledad explotando en su espíritu y con las maletas cargadas de añoranzas y recordaciones de su El Salvador del alma, subió las escaleras anchas de manijas de mármol y de escalones de dominó, atravesó la puerta ancha y pesada de la entrada del hotel y apareció en el vestíbulo fresco y amplio con sus columnas eternas y gigantes adornadas con las luces trasnochadas de la penumbra, matizadas con la música de fondo de una canción nostálgica de un cantante desconocido que llegaba desde la estación del tren a través de un parlante que distorsionaba la melodía arrastrada por las brisas húmedas y cómplices con sabor a salitre de las noches de carnaval

- "¿A qué se debe tanto alboroto en la calle?" inquirió con la curiosidad del extranjero al recepcionista de turno del hotel antes de subir a su habitación del segundo piso

- "Estamos en carnaval señor. Bienvenido a Balboa, capital portuaria de Panamá y disfrute de nuestras fiestas" le aclaró el recepcionista de turno del hotel, el mismo que le recomendó un restaurante en las cercanías para cenar, después que se había refrescado en su cuarto, al que regresó después de la cena y paseo por el parque y donde despertó sobresaltado con las primeras luces de la mañana en medio del murmullo lejano del golpe de tambor del viejo Tololo, de la algarabía y los gritos alborotados de festejo popular de los amanecidos en la Plaza del Centenario que todavía no podía ubicar exactamente en su mente de inmigrante; se levantó con el cuerpo cansado por el ajetreo del viaje y el ruido sórdido y repetido de los motores del vapor todavía sonando en sus oídos y escribió la carta que le había prometido a su madre al llegar a su destino de viaje, cuando su película fue interrumpida nuevamente de manera repentina por el mocerío con hambre atroz y procesión de viandas

- "¡A comer y a misa una vez se avisa!" proclamó El Sapo con la olla de arroz en camino a la mesa tendida por el Chele, seguido del Chocho con la carne bañada en salsa picante y del Catracho con las legumbres a la cola, disturbando la película de recuerdos que soñaba el Guanaco sin darse cuenta que todos lo estaban observando desde largo rato

- "El Guanaco estaba pensando en la musaraña" estipuló el Flaco ex cátedra y pasó su plato al Sapo para que le sirviera arroz, plato que el Sapo pasó con arroz al Chocho para que sirviera carne y éste lo pasó, por su parte, al Catracho para que sirviera legumbres antes de regresar el plato al remitente, proceso que se repitió para cada uno de los platos de los presentes

- "¿Cómo va a pensar en la musaraña, si no sabe lo que es la musaraña?" anotó el Catracho mientras estaba ocupado sirviendo las legumbres en los diferentes platos que le acosaban

- "¡Sabihondo de miér…coles!" dijo el Guanaco depués de haber confiscado su plato con las viandas y protegerlo con el cuchillo contra posibles intentos de asalto y robo de viandas y continuar viendo en su película cómo disfrutó la excursión por Balboa y cómo procesó profesionalmente su trimestre en el Instituto San Juan de Bamba; lo que le trajo más de mil dólares de ingresos extras antes de tomar en Colón el barco para Alemania, donde había de empezar sus estudios de economía, previa absolvencia del año preuniversitario, y donde encontró a estos malditos latinoamericanos del mocerío, mucho peores que una ladilla con currutaca

- "¿Una especie de araña?" se atrevió a indicar el Chele causando mucha risa entre los letrados cuando se le caían los ojos de la cara apreciando el gran trozo de carne que el Chocho le había dado, claro que de idéntico tamaño para todos los presentes

- "El Chele padece como siempre de cojuditis aguditis" declaró el Chocho después de tomar un trago de agua pura

- "Dejá de joder al Chele y al Guanaco y dame tu plato" ordenó el Sapo tratando de mantener el orden en el mocerío que se había reunido para lo que era costumbre de los viernes, jugar un poco al póker después de la cena común

- "No se me achicopale mi cuate que aquí tiene mi plato" dijo el Chocho presentando su plato al Sapo con cara de ángel ingenuo, quien controló que el Chocho no se fuera a servir un trozo mayor de carne mientras el Catracho le servía del lado su porción de legumbres, mientras el Sapo, por su parte, se servía arroz y pasaba el plato al Chocho y al Catracho para completar su porción con carne y legumbres

- "Antes que se me olvide, el club latinoamericano decidió efectuar una parrillada con música este verano" proclamó el

Chocho durante la comida, quien era, casualmente, presidente del club latinoamericano de estudiantes de la universidad

- "¿Necesitan colaboradores?" preguntaron el Chele y el Flaco en coro disfrutando la carne perfectamente adobada

- "No, el equipo está completo y el conjunto musical también, lo único que tenemos que organizar todavía es una parrilla de tamaño adecuado, pero ya tenemos algunas ideas y si el Guanaco nos presta su carro, tenemos entonces solucionado el transporte de la parrilla al Heiligenberg" terminó el Chocho su corto comunicado bajo complacientes y benévolas miradas del mocerío

- "Mi carro está a la libre disposición. Bien, el Sapo, el Chocho y el Catracho cocinaron está vez, así que el Chele, el Flaco y yo nos encargamos de lavar la vajilla mientras los otros preparan la mesa para el juego" especificó el Guanaco lo que ya era costumbre de los viernes en el mocerío

- "Hoy me voy a las once porque mañana temprano tengo que hacer" anunció el Catracho antes que el juego comenzara, con lo que todos parecían estar de acuerdo, mientras el Chocho se encargaba de cobrar el depósito o camisa y repartir las correspondientes fichas en el mocerío, poniendo la caja del banco con las fichas excedentes y los depósitos sobre el poyo o antepecho de la ventana de la esquina

- "¿Ha puesto cada uno su entrada?" preguntó desconfiado el Sapo mientras daba a cada uno una carta abierta para determinar quién comenzaba repartiendo cartas

- "¿Cuánto es?" preguntó el Flaco haciéndose el gringo y poniendo su ficha en el centro de la mesa con la demora de un cerrado de mollera que no hace mal a nadie y no tiene ninguna mala conciencia

- "¡Retardado mental!" exclamó el Sapo con la indignación típica de una lumbrera intelectual muy convencido de sí mismo

- "Retirá eso, que ofendés a los incapacitados!" abogó el Chele en favor de los inocentes incapacitados mentales con más seso que el Flaco

- "Perdón, perdón… quería decir… cerrado de mollera" se corrigió el Sapo con toda la ambigüedad del caso, de lo que el Chele no se ocupó más

- "Cinco peniques como siempre cojudo de…" dijo el Catracho enervado por la concha del Flaco, pero sin terminar su frase ya que el Sapo lo interrumpió de forma tajante

- "El Chele reparte" dijo el Sapo señalando a la reina que le había tocado al Chele, cambiando el tema, y pasó la baraja al Chele quien comenzó a barajar y puso la baraja después del proceso a su mano izquierda para que el correspondiente vecino cortara antes de comenzar repartiendo las cartas comenzando por su derecha

- "¿Vale el orden de siempre: escalera, color y full?" preguntó el Chele para asegurarse de lo que siempre valía en la mesa y que todas las veces preguntaba

- "Sí, igual que siempre, escalera es menos que color y color es menos que full" confirmó el Chocho imperturbable y con cara de póker recontando las fichas que él mismo se había dado por su depósito obligatorio de cinco marcos

- "Par de jotas abre" dijo el Chele, queriendo decir que para abrir la mano se necesitaba un mínimo de par de jotas, cuando terminó de dar cartas, poniendo la baraja a medio camino del centro a la vista de todos, lo que era la rutina estudiantil de los viernes, fuera de los estudios, de este mocerío, lo que siempre acontecía con mucho chascarrido de los jugadores y sus hinchas transeúntes del piso que acostumbraban hacerles compañía por variado tiempo mientras discutían sobre la mejor forma de salvar al mundo

- "Bueno, son las once; juego mi última mano y me voy" dijo el Catracho después de consultar su reloj y cuando terminó la mano se levantó y cambió sus fichas, cristalizándose una pérdida de dos marcos y veinte peniques, lo que era perfectamente aceptable en su presupuesto, mientras que los otros siguieron jugando hasta la una de la mañana en el vano afán por hacer que perdiera el Chocho, quien era el que generalmente ganaba el banco para mucho pesar de los otros que no entendían por qué el Chocho tenía siempre tanta suerte en el juego y también con las mujeres

- "Oíme Flaco, ¿conocés a alguien que estudia en la República Democrática?" preguntó el Guanaco uno de esos días cuando los dos estaban preparando los exámenes finales en economía y tomaban un recreo adecuado para fortalecerse entremedio con el refrigerio que ya habían preparado de antemano, a como era costumbre entre ellos

- "De mis compañeros de bachillerato sé que Chapulín estudia en Dresde y Pomponio en Berlín y pasan una vida señorial con las mesadas que reciben de casa" contestó el Flaco recapacitando sobre la mejor estrategia para dar la primera mordida a su emparedado rascacielos sin perder nada del contenido de su obra de arte, a saber: base de rebanada de pan de centeno con mantequilla, lechuga, rebanadas de tomate, rebanada de jamón cocido, rebanada de queso holandés, pepinitos, rebanada de leberkäse o pastel de carne, queso brie, jamón crudo, queso camembert, rebanadas de tomate, lechuga y, en la cumbre, otra rebanada de pan de centeno con mantequilla

- "¿Podés facilitarme la dirección?" preguntó el Guanaco con toda su despreocupación posible, admirando simultáneamente el emparedado rascacielos del Flaco y la habilidad con que había dado el Flaco la primera mordida sin perder nada del exorbitante contenido

- "Creo que no será problema si no es de apuro" dijo el Flaco después de tomar un trago de jugo de manzana mezclado con agua mineral, un refresco muy popular en Alemania conocido como apfelschorle y que era el preferido del Flaco entre los refrescos sin alcohol

- "No, no hay nada de apuro" dijo el Guanaco mirando con cierto desprecio a su emparedado raquítico, comparado con el del Flaco, cierto de que el Flaco no le iba a demandar ninguna explicación indiscreta respecto al caso. Con lo que terminaron el tema para seguir aprendiendo la materia después del canónico refrigerio

- "Acabo de recibir las direcciones de Chapulín y de Pomponio" anunció el Flaco tres semanas más tarde cuando fue a buscar al Guanaco en su cuarto para preguntarle si tenía ganas de tomar una cerveza con él en el bar ubicado en el sótano del tercer dormitorio que tenía esa noche abierto y donde siempre se encontraban con algotros estudiantes de diversas nacionalidades

- "Muchas gracias Flaco" dijo el Guanaco guardando el apreciado papel en su billetera y ambos salieron del edificio del dormitorio con destino al bar número tres, en turno esa noche, y donde estuvieron de tertulia en tertulia con los otros estudiantes, con los que charlaron alegremente hasta que terminaron sus cervezas y se fueron a sus respectivos cuartos

- "Hola Flaco, aquí habla Pomponio" dijo Pomponio al auricular con todo el aplomo de un ejecutivo que sabe cómo abordar cualquier tema en cualquiera circunstancia, diez días más tarde, cuando el Flaco llegó finalmente al teléfono, después que Karl, un estudiante de medicina, residente en el mismo piso, que había tomado la llamada, le dio el recado que alguien lo llamaba por teléfono, probablemente de larga distancia, lo que motivó que el Flaco se apurase a llegar a la casilla del teléfono contigua al cuarto de baño con las duchas detrás del ascensor con pasillo intermedio dando a los otros dos pasillos de acceso a los cuartos, plano idéntico para todos los pisos y edificios del complejo, pasillo en forma de hache y opuesto a la cocina común con balcón donde acostumbraba reunirse el mocerío cada viernes para jugar al póker, después de una cena común canónica

- "Míjole… Pomponio, gusto de escucharte" exclamó el Flaco ofreciendo acceso a Pomponio para un retozo democrático del oído por vías del auricular con toda su inocencia típica, mientras se limpiaba un poco el sudor de la frente con la palma de la mano libre y se traía a mente la figura de Pomponio en el colegio y en Bremen: cara fina, cabello abundante, cuerpo un poco chato, pero atlético y de estatura no exagerada, inversamente proporcional a sus ambiciones políticas

- "La próxima semana estoy en Karlsruhe y me gustaría visitarte en Heidelberg por un par de horas" declaró Pomponio esperando consentimiento pleno para superar las incertidumbres del alma en el exilio de todos los desplazados

- "La próxima semana… el martes por la tarde tengo tiempo a partir de las quince horas" dijo el Flaco después de consultar mentalmente su horario de clases que conocía de memoria y que en este caso le daba tiempo holgado para regresar de la universidad, después de clases y del almuerzo en la Mensa central, uno de los cuatro comedores para estudiantes en el centro que tenía los martes generalmente menú con arroz delicioso

- "Me cabe bien, ¿dónde nos encontramos?" replicó Pomponio sin prejuicio, pero con alivio de que todo funcionaba a pedir de boca en el viaje, especialmente después de haber entregado sin percances los panfletos de propaganda política al intermediario en Karlsruhe, encargado del transporte ulterior clandestino a España

- "Lo mejor será que nos encontremos en el edificio donde vivo. La dirección que tenés es la del complejo con las residencias de estudiantes. Estoy alojado en el séptimo piso del edificio número uno, cuarto número nueve, saliendo del ascensor a la derecha y luego a la izquierda hasta el fin del corredor, frente a la puerta de la cocina" especificó el Flaco el camino a seguir hasta su cuarto, considerando que no era coincidencia que Pomponio buscara el contacto, después de meses de silencio y de haber dado al Guanaco, a su demanda, la dirección de Pomponio en Berlín

- "Perfecto, entonces hasta el martes a eso de las tres de la tarde" concluyó Pomponio terminando la llamada telefónica para contactar, seguidamente, al Guanaco, marcando el número que el Guanaco había indicado en su misiva pidiendo audiencia un par de semanas atrás

- "Aquí habla Pomponio. Usted me escribió pidiendo consulta para el estudio" explicó Pomponio al Guanaco cuando lo obtuvo, casi instantáneamente, al otro lado de la línea, ya que el Guanaco residía en el cuarto número dos del quinto piso del edificio dos, enfrente de la casilla telefónica y atendía frecuentemente el teléfono del piso cuando estaba presente y tenía tiempo, como fue entonces el caso

- "Eso es correcto. A como le había escrito, el Flaco me dio su dirección y deseo hablar con usted sobre las posibilidades de especialización en Berlín, a como ya había indicado en mi carta" repitió el Guanaco a rasgos generales lo que ya había indicado en su carta a Pomponio, directa indirectamente o concreta inconcretamente para no revelar la verdadera intención en caso de intercepciones postales muy comunes en aquel entonces en toda Alemania

- "Lo que usted desea es posible y también recomendable para su carrera, pero los detalles los prefiero discutir en persona. Yo estoy la próxima semana en Karlsruhe y ya he acordado un encuentro con el Flaco para el martes por la tarde. Sugiero que nos encontremos casualmente dicho martes por la tarde donde el Flaco para conocernos y para acordar otro encuentro más privado para el miércoles o jueves" especificó Pomponio su sugerencia, que naturalmente daba pie con bola en su itinerario estrecho con innumerables conferencias por todas partes en Alemania, preparado minuciosamente la semana pasada unánimemente con el Comité

- "Estupendo. Entonces nos vemos el martes por la tarde donde el Flaco" constató el Guanaco y terminó la conferencia telefónica muy complacido con la perspectiva del encuentro, aunque todavía no sabía a ciencia cierta, qué papel jugaba el capitalista social Pomponio, quien estudiaba en Berlín Oriental y vivía en Berlín Occidental, según había entendido las observaciones del Flaco dispersadas entre las muchas charlas pasadas sobre otros temas y que sabiamente había evitado profundizar con preguntas

- "Hola Flaco del carajo, te ves bien alimentado" dijo Pomponio en forma de saludo jovial al Flaco cuando éste abrió la puerta de su cuarto en respuesta al toque de redoble a la puerta de un redoblador profesional discreto con pasado de banda de guerra escolar

- "Bueno, no me miro tan bien alimentado como vos, Pomponio, pordiosero de polleras" dijo el Flaco redondeando con la mano derecha la zona de la barriga para acentuar lo que quería decir en términos de panza bien cuidada antes de dar un abrazo cordial de bienvenida al famoso burlador de Providencia

- "Es la política que me mata" explicó Pomponio lo que no tenía que explicar, pero que le daba mucho dolor de cabeza en su vanidad socialista cuando se miraba en cualquier espejo circunstancial que cruzaba su camino

- "Tengo el gusto de presentarte a mi compañero de estudios, el Guanaco" dijo el Flaco semi-girando de tal forma que Pomponio tenía acceso libre al cuarto, donde el Guanaco esperaba para saludar a la visita con todo el respeto debido de un escolar a su superior

- "¡Mucho gusto caballero!" declaró Pomponio en forma natural lo que la etiqueta demandaba en tales casos y que salía de su boca con el tono sincero de un presentador profesional y ancestral de televisión

- "¡El gusto es mío!" replicó el Guanaco con su mejor mímica de buena educación estrechando humildemente la mano del potentado y cambiaron un par de minutos las banalidades típicas en tales encuentros

- "Oíme Flaco, antes de venir ya he chequeado en mi hotel en el centro y dejé el carro parqueado en el hotel porque tienen parqueo y creo que es más fácil para mi regreso al hotel después de la cena" detalló Pomponio para coordinar su previa actividad con los planes del Flaco

- "¿Hasta qué hora tenés tiempo esta noche?" preguntó el Flaco echando un vistazo al reloj

- "Hasta la diez" especificó Pomponio

- "Entonces es mejor que vayamos directamente a la ciudad pues el bus viene en diez minutos" propuso el Guanaco y salieron del cuarto

- "¿Ya has estado en Heidelberg?" preguntó retóricamente el Flaco, pues sabía que Pomponio nunca había estado antes en Heidelberg, en el camino al ascensor

- "No, todavía no he tenido el placer de visitar esta famosa ciudad de Alemania" respondió el lisonjero Pomponio cuando abordaron el ascensor hacia abajo

- "Si querés podemos visitar el centro histórico y la universidad de Heidelberg" propuso el Flaco lo que ya había planeado el fin de semana, cuando salieron del ascensor en la planta baja

 - "Buena idea y, luego los invito a cenar en algún restaurante por allí" añadió Pomponio, seguro que nadie se opondría a su propuesta siguiendo a sus guías al vestíbulo donde había una pared llena de casillas postales

 - "Me rindo a la violencia de la invitación" expresó el Guanaco muy complacido, mientras el Flaco sacaba el correo de su casilla postal y cambiaba algunas palabras con otros estudiantes en el vestíbulo, haciendo lo que era costumbre, lo que Pomponio aprovechó para arreglar algo con el Guanaco para el día siguiente guiando al Guanaco fuera del edificio, de manera que el Flaco no podía captar lo que ellos hablaban, aunque los podía ver a través de los ventanales del frente izquierdo del edificio

 - "¿Tenés tiempo mañana?" preguntó directamente Pomponio al Guanaco en estilo telegrama, una vez que estaban fuera del alcance de las orejas del Flaco delante del edificio

 - "Después del seminario estoy libre a partir de las cinco" respondió conspirativa y brevemente el Guanaco respirando a fondo el aire fresco que siempre corría delante del edificio

 - "Entonces, nos vemos mañana a las cinco en la ciudad, ¿alguna sugerencia?" demandó Pomponio

 - "El portal de la universidad sería adecuado. Te lo indico más tarde cuando pasemos por allí" dijo el Guanaco dando la espalda al Flaco que se apresuraba a terminar el diálogo con los otros estudiantes para alcanzar a Pomponio y al Guanaco que comenzaron a marchar parsimoniosamente a la parada del bus con destino a la universidad

 - "El bus es el medio de transporte más cómodo para ir a la universidad" explicaba el Guanaco cuando el Flaco los alcanzó captando todavía la última frase del Guanaco

 - "Para ir a la universidad o a la ciudad, lo que en este caso es lo mismo" completó el Flaco tirando la propaganda que todavía había en su correo en la papelera situada estratégicamente en la parada del bus mientras esperaban la llegada del bus que siempre circulaba a tiempo

- "La universidad de Heidelberg es una de las más antiguas de Europa" expuso el Guanaco, con lo que dio cuerda al Flaco para contar todas las observaciones de interés turístico durante el transporte a la universidad, parada final del bus

- "En la plaza de la universidad tenemos la vieja y la nueva universidad. Nosotros vamos primero a la nueva universidad para ver el Aula máxima, la sala de lecturas 13 y la cafetería de los estudiantes en el sótano, el Kakaobunker. A continuación, hacemos algo de cultura y visitamos la vieja universidad" continuó el Flaco con el aplomo de un vendedor ambulante al final de su jornada

- "Antes de entrar a la universidad por el portal principal me permito hacer referencia al lema sobre el portal 'dem lebendigen Geist', algo así como 'para el espíritu vivo', una frase original del Germanista Friedrich Gundolf que los nazis cambiaron en 1936 en 'dem deutschen Geist', lo que se cambió nuevamente después de la guerra" explicó el Guanaco, haciendo señal inteligente e imperceptible a Pomponio de que ese sería el punto de encuentro para el miércoles, lo que Pomponio confirmó con la cabeza sin que el Flaco se enterara del diálogo no-verbal de los dos

- "La vieja universidad comprende la sede del rectorado y el Aula, donde todavía se dan lecturas y por las noches hay también veladas de diferente naturaleza" detalló el Flaco el hito de la vieja aula preñada de fantasmas

- "¿Se puede visitar la famosa Aula?" preguntó Pomponio siempre interesado en temas de cultura general

- "Sí, si no hay lecturas podemos entrar y admirar los escaños y la decoración de madera antigua" explicó el Flaco abriendo cautelosamente la puerta del Aula para comprobar con gran alivio que estaba libre, haciendo señas para que los dos le siguieran al interior del Aula donde admiraron la decoración original de 1886

- "Dicen que tiene una acústica estupenda" anotó Pomponio admirando el piano de cola colocado en sitio estratégico para algún concierto próximo

- "Esta es la razón por la que siempre se dan conciertos y recitales en el Aula" añadió el Guanaco señalando al piano que Pomponio había admirado un poco antes

- "La próxima vez que vengás, podemos visitar con más tiempo la biblioteca con sus preciados manuscritos. Ahora podemos ir al Riviera, un restaurante italiano muy frecuentado por los estudiantes a la vuelta de la esquina en la Hauptstrasse" dijo el Flaco cuando salieron de la vieja universidad en dirección de la Hauptstrasse, donde doblaron a mano derecha y caminaron hasta llegar al Riviera, donde fueron recibidos con mucha atención por Gerardo, el camarero jefe, quien les señaló una de las mesas acostumbradas mientras buscaba el menú, lo que el Flaco rechazó decentemente con la mano como parroquiano habitual

- "¿Qué me recomiendan?" preguntó Pomponio con la diplomacia de un lagarto con un gran hueco en el estómago

- "Pizza, Spaghetti y Lasagne son los mejores platos" declaró el Guanaco ya seguro de lo que iba a ordenar esa noche

- "¿Qué quieren ustedes?" preguntó Pomponio sin prejuicio ya que daba por cierto que la cocina del restaurante producía buena calidad para los estudiantes críticos que poblaban como avispas el local

- "Pizza Prosciutto e funghi" respondieron en coro y espontáneamente el Flaco y el Guanaco sin haberse puesto de acuerdo de antemano

- "Entonces, Pizza Prosciutto e funghi para todos" ordenó Pomponio para completa satisfacción de Gerardo, el camarero jefe que siempre los atendía

- "Prego dottori" dijo Gerardo cuando sirvió las pizzas esperando la complacencia obligatoria y unánime de la mesa

- "Mille grazie Gerardo" dijo el Flaco mientras cada uno probaba su pizza, lo que produjo en los tres una mímica de asentimiento legítima que permitió el retiro satisfecho y discreto de Gerardo

- "En verdad, la pizza era deliciosa, pero ahora tengo que despedirme de ustedes porque estoy todavía muy cansado del viaje y mañana tengo un día pesado con muchas conferencias" dijo

Pomponio después de haber cancelado la cuenta con la adecuada propina para Gerardo, cuando se levantaron de la mesa para salir del local

- "Bueno, te acompañamos al hotel para que no te perdás en el camino" dijo el Flaco y lo acompañaron al hotel que no estaba lejos de una de las paradas del bus y se despidieron de Pomponio para tomar el bus de regreso a la residencia mientras repasaban de memoria la materia que iban a tratar al día siguiente en el seminario

- "Pomponio es un tipo simpático y parece ser un tipo con mucho pisto" se atrevió a observar el Guanaco entremedio tratando de explorar un poco la mente del Flaco en cuanto a Pomponio

- "¿Pisto?" preguntó un poco despistado el Flaco ya que desconocía el término que seguro era regionalismo salvadoreño

- "Plata" explicó el Guanaco el significado del término en forma concisa para un forajido colombiano

- "¡Ah!, entiendo… Pomponio siempre ha sido un maestro de la diplomacia y un camaleón por excelencia que aprovecha siempre todo para su ventaja" respondió el Flaco sin revelar mucho de lo que pensaba sobre Pomponio y continuaron discutiendo los temas de la lectura y del seminario del siguiente día hasta llegar a la entrada de la residencia del Flaco, donde se despidieron con la brevedad correspondiente de dos guerreros muy cansados después de un largo día

- "Tuvimos mucha suerte con lo que habíamos preparado ayer para la lectura" observó el Guanaco al día siguiente, en camino a la mensa mientras ordenaba sus cuadernos y bloques de noticias en su bulto

- "¡Viejo, qué suerte! El profesor estaba muy contento con nuestras aportaciones" dijo el Flaco después de haber obtenido el azafate con la comida, buscando un asiento libre en una de las últimas mesas del comedor, donde solían sentarse para tomar el almuerzo

- "Te apuesto que en el seminario de la tarde nos va a dar sendas ponencias a presentar en dos semanas y esto en medio de nuestros exámenes para el diploma" se atrevió el Guanaco a enunciar el augurio eminente que el Flaco ya temía iba a pasar inevitablemente

- "No te quejés que eso es bueno para nuestras notas. Hoy estoy de apuro después del seminario pues me encuentro con el Sapo en la residencia" indicó el Flaco su programa para la tarde después del seminario, lo que venía a pedir de boca para el Guanaco

- "Yo me quedo en la ciudad porque tengo que ir a la biblioteca a buscar y recoger libros" añadió el Guanaco sin tener que buscar más excusas; y después del almuerzo se fueron al Kakaobunker a tomar un café antes de ir al seminario en el salón quince en el último piso de la nueva universidad que quedaba un poco escondido y fuera de los pasillos con mucha plebe de los otros pisos

- "Bueno, hasta mañana Guanaco" dijo el Flaco al terminar el seminario camino a las escaleras para salir del edificio, todavía indeciso si tomar el tranvía y bus o el bus directo a la residencia, optando finalmente por tomar el tranvía que llegó primero a la parada

- "Hasta el huevo" respondió el Guanaco yendo en la otra dirección que lo llevaría por la gran escalinata al portal principal de la universidad y viendo, entonces, que estaba libre su sitio preferido bajo un árbol que daba sombra a una parte del poyo largo, cercano a la entrada, se apuró para tomar asiento para esperar la llegada de Pomponio

- "¡Hola Pomponio!" dijo el Guanaco levantándose del poyo a la sombra de un árbol en las inmediaciones del portal de la universidad

- "¡Hola Guanaco! Supongo que ya sabes la nota de tu tesis" respondió Pomponio dando vuelta a la cabeza en dirección de donde había venido la voz del Guanaco

- "Me dieron un dos para la tesis. Para que nadie nos perturbe, propongo ir al café Scheuer, a la vuelta de la esquina" dijo el Guanaco después del saludo obligatorio a la entrada de la universidad ese miércoles, guiando a Pomponio rumbo a la Hauptstrasse, doblando a la derecha, cruzando inmediatamente la calle para entrar en el café Scheuer donde discutieron detalladamente el modo de proceder para la migración del Guanaco a Berlín

- "Felicitaciones caballero por la buena nota. ¿Estás verdaderamente decidido a cambiar de domicilio?" preguntó Pomponio tomando noticia detallada de la mímica del Guanaco detrás de una careta profesional de desinteresado

- "Completamente, después del diploma me exmatriculo de la universidad" expresó el Guanaco con la claridad de un creyente fiel por llegar a la tierra prometida cansado de su estoicismo político derivado de la cautela prudente para sobrevivir en países histéricos antisocialistas o capitalistas, que en este caso era lo mismo

- "En tal caso, yo te consigo la admisión a la universidad para el semestre de invierno y alojamiento en una residencia de estudiantes en Berlín Oriental" declaró Pomponio sin revelar nada del proceso por iniciarse en la vida del Guanaco y que era estándar para todos los estudiantes extranjeros que llegaban a Alemania Oriental mientras tomaban asiento en una mesa cercana a una ventana que les había indicado la camarera cuando los percibió con la mirada

- "Esto me vendría a pedir de boca" observó el Guanaco dirigiéndose más que nada a sí mismo que a Pomponio, después de haber ordenado ambos sendas cafeteras con leche normal y seleccionado los correspondientes pasteles codiciados en el mostrador al lado del vestíbulo, donde estaban expuestos los numerosos pasteles, tartas, queques y reposterías en la gran mantenedora con vidrio protector

- "Para la correspondencia con tu país natal y para tus gestiones bancarias podés usar mi dirección caso dado" dijo Pomponio dándole un papel con su dirección en Berlín Occidental, lo que significaba un gran alivio para el Guanaco, pues no quería desistir de su cuenta bancaria con moneda occidental durante su estadía en la otra Alemania con deficiencia aguda de divisas

- "Para evitar malos pensamientos… dicho sea de paso, ¿cómo caracterizas tú las relaciones actuales entre las dos Alemanias?" añadió el Guanaco, adelantándose a lo que Pomponio le hubiera querido preguntar para sondear un poco su ideología, una vez que la camarera les sirvió sus pedidos y se retiró prudentemente después de asegurarse que no les faltaba nada y desearles un buen provecho

- "Las relaciones están dominadas por la demonización de Alemania Oriental" postuló Pomponio con pocas palabras lo que resumía la quintaesencia de las observaciones teóricas en el mundo socialista y que era canon en su dialéctica mientras disfrutaba el aroma del café legítimo de Colombia recién servido en su taza que ascendía a su nariz en espirales convulsivas y seductoras

- "¿Quieres decir que en Alemania Occidental se considera que el comunismo es un fracaso y que genera cantidad de injusticias?" preguntó el Guanaco para saber si había entendido correctamente lo que Pomponio había dicho mientras añadía con mucha arte abundante leche a su taza de café, casi a ras del borde de la misma

- "Correcto… los alemanes occidentales consideran que Alemania Oriental es algo así como un extenso campo de concentración dominado por proletarios sádicos. lo que es insoportable para las generaciones que crecen en ella, ya que creen que viven como todos los demás…" explicó Pomponio con todo el placer de un gato que juega con el ratón que ha capturado en las malezas del capitalismo aplicando toda la sicología que había aprendido en los cursos obligatorios de dialéctica paralelos a sus estudios de economía ingiriendo con sumo placer un trozo de tarta de manzana cubierta, también conocida como tarta de manzana alemana, decorada con dos bolas de helado de vainilla que intentaban vanamente escaparse de la cuchara cazadora

- "…que van a las mismas escuelas…" añadió el Guanaco con la aplicación de un alumno ejemplar que complace a su maestro llevando con su tenedor al paladar un trozo del delicioso Frankfurterkranz que había pedido previamente en el mostrador

- "…y que tienen los mismos centros comerciales…" complementó Pomponio mientras continuaba la batalla con las fugitivas bolas de helado en turno alterno con la tarta de la codicia delicada

- "…que hacen cosas parecidas en el tiempo libre en el marco de una sociedad extremadamente homogénea" continuó el Guanaco después de haber llevado artísticamente su desbordante taza a la boca sin perder una sola gota del preciado líquido

- "Bueno, es un hecho que Alemania Oriental ofrece una educación muy buena y amplia a todas las capas sociales. Los obreros de Alemania Oriental leen mucho, visitan los teatros, participan en la vida cultural, tienen libros en sus casas. La élite política es siempre abarcable y deriva del proletariado…" detalló Pomponio controlando y evaluando desapercibidamente con la mirada cada una de las personas en el sector libre de su mirada que abarcaba casi todo el salón

- "…dicen que Honecker es techador de oficio" observó el Guanaco indicando con ello que no estaba tan mal informado sobre el líder máximo de Alemania Oriental admirando el mantel de la mesa con bordados a máquina y su servilleta de papel que, sin embargo, hacía juego con los bordados de dicho mantel

- "En verdad, en verdad, aunque hay que reconocer que el vago orgullo y la ambivalente nostalgia de los alemanes orientales es algo inaccesible para los alemanes occidentales" continuó Pomponio la amena charla que se esparció sobre variedad de temas, tales como el estoicismo político, las condiciones de vida, la soberanía personal, el desprecio de la felicidad, su logro parcial, la cultura moderna, la mentalidad occidental, hasta que se despidieron acordando un nuevo encuentro para el siguiente mes, lo que repitieron regularmente

- "¿Qué tal te fue en los exámenes?, ¿el siguiente mes es la parrillada?" preguntó Pomponio cuando se encontraron la última vez antes de la parrillada ante el portal de la universidad esa tarde con tiempo esplendoroso y con la plaza de la universidad inundada de turistas de las más diversas nacionalidades

- "En los exámenes me fue bien y recibí la misma nota que el Flaco, un dos como de costumbre. Lo de la parrillada es correcto, si quieres venir te invito y te consigo una entrada" ofreció el Guanaco con la franqueza de un buen amigo, levantándose del poyo y sacudiendo el trasero del pantalón, más por costumbre que por necesidad de sacudir el polvo no existente

- "Felicitaciones por la buena nota de los exámenes. Es mi intención venir a la parrillada, pero antes tengo que anunciar al Flaco que vengo, no vaya a ser que se sienta disgustado si no le digo nada" dijo Pomponio comedidamente mientras observaba el desbarajuste en el parqueo público de la plaza producido por los muchos carros que salían y entraban esquivando los muchos estudiantes transeúntes y turistas chiflados

- "La parrillada es el sábado y el domingo es la exterminación de los restos en la cocina del Chocho" pregonó el Guanaco mientras saludaba con un gesto de la mano a un grupo de colegas que emergía del portal de la universidad rumbo a la parada del tranvía en la Hauptstrasse marchando lentamente hacia la esquina de la Augustinergasse con la Merianstrasse, todavía sin derrotero, pero con todas las posibles opciones abiertas

- "¿Él habita en el sexto piso de tu edificio?" preguntó retóricamente Pomponio siguiendo a su guía por un nuevo rincón de la ciudad que todavía no conocía a fondo

- "Sí, cuarto número doce" afirmó el Guanaco decidiendo entrar en la Merianstrasse para evitar el tumulto de gente en la Hauptstrasse y echar de paso un vistazo a la Jesuitenkirche en el camino

- "Bueno, me quedo hasta el domingo por la tarde y si tienes ganas puedes venir conmigo a pasar un par de días en mi casa en Berlín, para que conozcas un poco de la ciudad antes de que te mudes definitivamente a Berlín. Es decir, el viaje de ida no te cuesta nada, pues te llevo en mi carro. Para el viaje de vuelta no estoy seguro si habrá posibilidad que alguien te lleve de regreso. En el peor de los casos tienes que comprar un boleto de regreso" expuso Pomponio la sugerencia de cajón que ya había preparado de antemano con su superior en Berlín, admirando la arquitectura de la iglesia un poco escondida en el centro histórico que repentinamente apareció a mano derecha de la ruta ante una pequeña plaza

- "Muchas gracias Pomponio, esto es algo inesperado, lo que acepto con mucho gusto. Para el viaje de regreso me puedo comprar un boleto de tren" agradeció el Guanaco la sugerencia que le venía a pedir de boca, ya que si bien tenía planeada la mudanza con el carro para el nuevo semestre, su carcocha probablemente no podía sobrevivir dos veces el viaje a Berlín en tan corto tiempo, es decir, 600 kilómetros para la mudanza a finales de semestre o 1.800 kilómetros para ida y vuelta ahora y mudanza después, registrando con placer que la sorpresa de la iglesia repentinamente visualizada había logrado el efecto deseado de admiración en Pomponio

- "¡Qué así sea entonces!" exclamó Pomponio analizando todos los detalles de la fachada de la iglesia y maldiciendo a las palomas que preferentemente se sentaban en las cabezas de los santos de dicha fachada y las cagaban de tal forma que ya no eran más reconocibles bajo la dura capa de guano que las ocultaba

- "¿Qué hacemos hoy?" preguntó el Guanaco parando en la plazuela para dar tiempo a cavilar a Pomponio, pensando que sería una buena idea poner redes de alambre para proteger las estatuas contra las insólitas palomas

- "Me gustaría visitar el parque del castillo ya que el tiempo está estupendo para caminar" indicó Pomponio sin saber qué camino a seguir en el pequeño laberinto donde se encontraban en aquel momento

- "Para el castillo tomamos el atajo por la Kettengasse" dijo el Guanaco y continuó el camino por la Merianstrasse hasta desembocar en la Kettengasse donde doblaron a la izquierda para llegar a la Zwingerstrasse en la esquina de la Tangente, un club y bar de estudiantes

- "La búsqueda de la felicidad en forma del consumo de productos y servicios que el capitalista occidental siente como campo fundamental e inatacable de su libertad es un desastre" dijo Pomponio sondeando nuevamente las ideas en la mentalidad del Guanaco, quien daba la impresión de no ser imprudente en sus enunciados

- "La mejor medida para prevenir este desastre es seguir una forma de vida cercana al ascetismo socialista" expuso el

Guanaco con mucho discernimiento cuando llegaron al Burgweg en una curva de la Zwingerstrasse a la altura de la estación del funicular al castillo, opción obsoleta para los jóvenes estudiantes

- "Pero todos intuyen que es una idea apenas soportable para los millones que marchan contra todo ataque a la libertad" opuso Pomponio yendo cuesta arriba detrás del Guanaco y maldiciendo las libras extras que se habían acumulado en su cuerpo durante los últimos meses sin fatiga de entrenamiento

- "Supongo que la Alemania Oriental es omnipresente en el espíritu de sus habitantes y que cierto rencor, orgullo humillado, la sensación de falta de respeto marcan la actitud de muchos de ellos hacia occidente" dijo el Guanaco tomando el atajo para iniciados para llegar rápidamente al ascenso a la azotea del castillo, mientras que los peregrinos precedentes seguían el camino prescrito que daba una enorme vuelta

- "Los alemanes orientales se siente en el fondo de la escala social alemana, lo que es peligroso en cuanto a tendencias nacionalistas" dijo Pomponio mientras disfrutaban desde la azotea del castillo la vista panorámica a la ciudad, al Neckar y al sendero de los filósofos al otro lado del río

- "Las dos Alemanias están divididas especialmente porque los orientales nunca han tenido espacio para discutir el destino del país y de sus vidas. Puede ser también que estén convencidos que la otra Alemania solamente los quiere anexionar o colonizar" dijo el Guanaco guiando a Pomponio por las masas de turistas al patio interior del castillo y pasando el puente de entrada para llegar a la entrada del parque del castillo, a la izquierda del puente, la meta que Pomponio había deseado visitar esta vez

- "En verdad, esto es un tema muy complejo y delicado que frecuentemente resulta imprudente de tratar en calidad de no-alemán con los alemanes" declaró Pomponio después de un largo paseo por el parque con numerosas pausas en los bancos del parque situados siempre en sitios estratégicos para todas las edades

- "Si quieres podemos cocinar algo para la cena en mi residencia" propuso el Guanaco cuando su mente regresó a las banalidades cotidianas camino a la ciudad, después de recapacitar que todavía tenía un buen trozo de carne de res en la refrigeradora suficiente para dos personas

_ "Muy amable, pero creo que no es prudente, ya que me parece inevitable encontrar algún latinoamericano por esos lares y el Flaco no me perdonaría que no pase a saludarlo cuando estoy en Heidelberg" objetó Pomponio con la lógica del diplomático que siempre tiene presente todas las posibilidades que pueden derivar de un simple hecho impensado

- "¿Qué propones entonces?" preguntó el Guanaco mientras reflexionaba que la verdad universal es un bien de la humanidad que, por tanto, no es fácil de encontrar entre destacados y eruditos, retrasados y faltos de seso

- "Para variar sugiero el Riviera" propuso Pomponio sin esperar contradicción del Guanaco, continuando las profundas charlas durante el camino al restaurante y la cena sobre la salud pública, los derechos de las mujeres, los deportes y la cultura en Alemania Oriental. Los que eran grandes temas de mercadeo y reputación en el tablado internacional, donde el bloque oriental siempre daba la pauta

- "Bueno Guanaco, nos vemos en la parrillada el mes que viene y el domingo viajamos a Berlín" se despidió Pomponio a la altura de su hotel, hasta donde el Guanaco lo había acompañado después de la cena, como siempre, y el Guanaco se fue, luego, a la parada del bus, en lenguaje guanaco 'camioneta', a la residencia

- "Oíme Chocho, necesito una entrada para la parrillada" dijo el Guanaco el viernes siguiente a su encuentro con Pomponio, cuando el mocerío se reunió, como de costumbre, para la sesión de póker semanal, esta vez en la cocina del piso del Catracho en turno, quien preparaba con el Sapo y el Chele la comida

- "Plata en mano, poto en tierra" explicó el Chocho usando el regionalismo boliviano 'poto' y extendiendo la mano hacia el Guanaco, a sabiendas que el Guanaco odiaba tal regionalismo y que el Chocho gozaba usar frente al Guanaco para sacarlo de quicio

- "¿Es esa la entrada para Pomponio?" preguntó el Flaco, quien acababa de entrar en la cocina y se acercaba en ese momento saludando jovialmente a los presentes y ya sabía que el Guanaco iba a comprar la entrada para Pomponio, con lo que evitó ingenuamente que el Guanaco requintara por el uso del término boliviano que poco apreciaba

- "Sí, es lo que ya te había dicho que iba a hacer" confirmó el Guanaco con la paciencia del maestro benevolente frente a un párvulo aparentemente un poco cerrado, lo que ciertamente no era el caso

- "Muy bien, entonces no tengo que ocuparme de esto" expresó el Flaco con alivio, continuando su camino para saludar a los cocineros con la intención de examinar las ollas con su típica cara de muerto de hambre

- "Veinte marcos para no miembros del club latinoamericano, ¿cierto?" declaró el Guanaco, lo que los latinoamericanos del club habían acordado desde hacía meses dirigiéndose al Chocho con mirada asesina y un billete de veinte marcos en la mano y desistiendo de reabordar el tema del regionalismo

- "¡Cierto!" confirmó el Chocho guardando la plata en el bolsillo derecho del pantalón y sacando un boleto del bolsillo izquierdo que dio al Guanaco a canje del dinero y, a continuación, procedieron con la cena y la velada del póker con la gran rutina de la costumbre sagrada del mocerío

- "Oye Pomponio, tenemos que coordinar un poco lo de la parrillada. Yo estoy sin carro, porque el club lo necesita para transportar el sábado temprano parrilla y víveres a la Thingstätte, el lugar donde hacemos la parrillada" dijo el Guanaco en el auricular durante su llamada a Pomponio el lunes por la noche de la semana en cuestión

- "Sí, recuerdo que habías mencionado algo así" respondió Pomponio tomando asiento en su mecedora y acomodando algunos cojines por la espalda y la nuca para reducir las tensiones musculares debido a las agujetas derivadas del partido de fútbol que había jugado el domingo con la tropa de la universidad

- "Entonces, si quieres nos encontramos en tu hotel para que vayamos juntos a la Thingstätte con tu carro y así te indico el camino, ya que es un poco complicado" propuso el Guanaco esperando que Pomponio estuviera de acuerdo con su sugerencia lógica

- "Si vienes a eso de las ocho y media, podemos desayunar juntos y luego salir a eso de las diez y media" respondió Pomponio agradecido por el servicio de guía que el Guanaco le ofrecía

- "De acuerdo, entonces hasta el sábado a las ocho y media en tu hotel" concluyó el Guanaco y terminó la conferencia satisfecho con lo acordado

- "¿Es cierto que el Guanaco se va a Berlín para hacer su especialización?" preguntó el Chele, que frecuentemente estaba despistado, al mocerío el sábado durante los últimos preparativos de la parrillada en la Thingstätte del Heiligenberg o Monte Sagrado de Heidelberg, al otro lado del Neckar frente al castillo cuando vio a lo lejos cómo el Guanaco apareció acompañado de otra persona

- "¡Chele dundo! ¿De qué crees que hemos estado hablando todo el tiempo durante las últimas semanas?" refunfuñó el Sapo mientras preparaba con arte de hechicero el lecho principal y los secundarios para el carbón de la parrilla

- "Bueno, se me había olvidado… entonces, la parrillada es también la despedida del Guanaco…" se atrevió a observar el Chele mientras seguía echando lentamente carbón a los lechos secundarios preparados estratégicamente por el Sapo para la noche en dicho hogar sin atreverse a tocar el lecho principal cuidado con mucho recelo por el jefe del infierno

- "¡Tierra, dijo Colón!" exclamó el Catracho abriendo los cartones con las bistecas y churrascos que el Chayul y su grupo traían del parqueo a la cabeza de la barbacoa que habían preparado en el centro de la tribuna del anfiteatro

- "¿Me puede explicar alguien la historia de este sitio?" preguntó Pomponio después de que el Flaco lo presentó oficialmente al mocerío y al equipo de asistentes para el evento según aparecían por el hogar en la tribuna central para entregar sus cargas y recibir nuevas órdenes, perplejo por la impresión de antiguo que daba el anfiteatro al espectador

- "Esta comarca se llama Odenwald, tiene una superficie de unos 2.500 kilómetros cuadrados y comienza o termina al sur en

Heidelberg, la que está custodiada por dos montañas, al norte por el Heiligenberg y al sur por el Königstuhl…” empezó la introducción el Sapo cuando decidió, a eso de las once y media, prender el fuego principal para la parrilla que requería cosa de una hora hasta que las ascuas estuvieran en su punto para la carne, la que ya había cargado previamente con carbón vegetal, agrupado estratégicamente en forma de pirámide en su parte inferior, de manera que el calor se elevaría desde la parte inferior de la parrilla, permitiendo que el carbón se prendiera entre sí propagando el calor de uno a otro, habiendo usado suficiente carbón para formar una capa uniforme de ascuas en la parte inferior de la parrilla

- “Estando cortada por el río Neckar, de este a oeste, y al otro lado del Neckar se encuentra el pequeño Odenwald con dicho Königstuhl…” continuó el Chele poniendo el resto del carbón en sitio seguro junto al saco de reserva de carbón a la orilla de uno de los pretiles bajos semicircunvalantes de la tribuna

- “Que hay que tomar al pie de la letra por su tamaño…” explicó el Camba, uno de los asistentes para el evento mientras entregaba su cajón con panes al encargado de distribuir el rancho

- “Kleiner Odenwald con el Königstuhl o silla del rey…” repitió el Renacuajo, otro de los asistentes que transportaba en un cartón parte de las delicadas salsas preparadas en la víspera por un grupo de colombianas muy duchas ya en el oficio

- “He oído del Kaiserstuhl…” consideró Pomponio, muy interesado por el vistazo histórico dado espontánea y ordenadamente por tantas personas, de corrido, tal como le habían enseñado sus instructores para las indoctrinaciones y manipulaciones políticas en Berlín

- “El Kaiserstuhl se encuentra cerca de Friburgo y no debe confundirse con nuestro Königstuhl…” detalló el Catracho que conocía muy bien dicha región, ya que acostumbraba esquiar allí en invierno con su amiga oriunda de Friburgo, una rubia de 180 centímetros de estatura casi tan larga como el Catracho con sus 185 centímetros

- "Bien, de acuerdo… he aprendido algo nuevo" dijo Pomponio agradecido por la cantidad de información esencial recibida en tan corto tiempo

- "Así pues, estamos en el Heiligenberg, el monte santo o sagrado, con cosa de 400 metros y pico de altura, donde se encuentran varias ruinas que podemos visitar después con calma en el transcurso del día" predijo el Guanaco una de las posibles actividades para después de la comida como digestivo para la desmitificación de los antecedentes históricos del lugar de los hechos desde la perspectiva de una interpretación existencialista o de otra cualquiera corriente filosófica o vanguardia literaria orientada alrededor de la propia existencia humana comprendida por medio del anteojo abstracto y subjetivo desde la condición humana propiamente dicha, la libertad y la responsabilidad individual, así como desde las emociones y el significado de la vida para cada uno

- "El anfiteatro, donde estamos ahora, es obra de los diablos nazis…" intentó el Flaco comenzar su lectura con aire de erudito. lo que era una gran tentación para el Sapo

- "…construido según los modelos tradicionales de los teatros griegos antiguos, es decir, como los teatros al aire libre antiguos…" aportó el Sapo con cara de inocente, desbordando de maliciosa maldad en su interior, mientras daba aire a la fogata con un abanico de gran rendimiento fabricado con hojas de periódico plegadas en forma correspondiente y abiertas por el lado opuesto al mango, esperando vanamente que el Flaco perdiera el hilo de su lectura

- "…y no tiene buena historia, ya que fue inaugurado por el Ministro de Propaganda Joseph Goebbels, doctor en filología germánica…" continuó el Flaco, ignorando la escaramuza intermedia del Sapo, para ser nuevamente interrumpido, esta vez por el Catracho

- "…germánica, germánico…a como se decía en aquellos tiempos…" haciendo referencia el Catracho al término 'germánico' que en la postguerra se metamorfoseó en 'germanístico', al menos en Alemania Occidental

- "…doctor de la universidad de Heidelberg, quien inauguró este sitio en junio de 1935 como Feierstätte Heiligenberg y que jugó un papel importante en el breve movimiento Thingbewegung de los nazis" resumió definitivamente el Flaco en forma concisa la historia previa de la localidad donde tenía efecto la parrillada y que tanto había impresionado a Pomponio a primera vista, lo que ponía en relieve la buena estrategia propagandista de los nazis que era, a final de cuentas, un trastorno narcista de la personalidad del partido que sirvió de vector de la ascensión nazi en Alemania, aunque los estereotipos e imágenes de dicha propaganda no eran nada nuevo en un mundo político preñado de profundo dolor turbo-capitalista

- "En contraposición a las ruinas celtas del tiempo antes de la era cristiana" intervino el Quetzalito cuando estaba de paso a la altura de los interlocutores, otro de los asistentes que transportaba con una carretilla y con mucho cuidado un tonel de cerveza al lado de la tribuna opuesto al hogar de la barbacoa para prevenir explosiones debido a la llama abierta de la parrilla

- "…y a las ruinas de dos monasterios romanos, es decir, de la edad media" continuó el Charapo quien ayudaba al Quetzalito a transportar el tonel de cerveza con la carretilla y cautela correspondiente para bien tan valioso por el truculento terreno, paraíso temido de topos y avenidos

- "…y al famosísimo Heidenloch…" quiso continuar el Chocho la ponencia del Flaco que había sido secundada de corrido por el Quetzalito y el Charapo, cuando el Chele lo interrumpió brindando una traducción adecuada

- "…quizás traducible como pozo o agujero de paganos…" solamente en la vana vanidad para acentuar humildemente sus profundos conocimientos lingüísticos incrementando con alevosía la mitificación del lugar

- "…de orígenes y tiempos misteriosos con 55 metros de profundidad y un diámetro de tres a cuatro metros, cerca de la torre panorámica, construida más tarde con piedras de la ruinas de los monasterios" terminó de explicar el Chocho tras la abrupta interrupción del Chele, el sabihondo de turno, mientras colocaba los letreros con el menú del día: para el almuerzo carne, papa asada, variedad de salsas y ensalada de tomate, postre de pudín de vainilla, y para la cena variación de salchichas servidas en panecillos, variedad de salsas, mostaza, repollo curado, hojas de lechuga para evitar que los panecillos se aguaden mucho con la variedad de salsas, postre de chocolate y aviso especial que las bebidas no estaban incluidas en el billete de entrada, lo que todos sabían

- "Admiro la buena organización, la buena comida y el perfecto lugar elegido" dijo Pomponio, dirigiéndose al Flaco, una vez terminado el almuerzo, después de haberse sentado en el círculo del Flaco con su mocerío entre la tribuna y los primeros árboles del bosque, ya que tenían que poner ojo a la fogata para que no se extinguiese antes de la cena

- "No alabes la comida antes de la cena" declaró el Sapo sentado sobre un cojincito que seguramente había sido lavado la última vez en la edad de piedra y del que consideraba haber tomado propiedad definitiva con una ráfaga de morteros eólicos engordadores que, debido a la buena acústica del lugar, daban la impresión de un concierto cerrado de artillería pesada en una cabeza de puente en la Normandía

- "Bueno, todo esto ha sido de la incumbencia del club latinoamericano de la universidad y su junta directiva" se apuró el Flaco a complementar las circunstancias que habían hecho del evento un gran éxito hasta ese momento

- "No se olviden que nuestro evento, indudablemente, va a alcanzar su clímax con la cena y la serenata a luz de fogata con Juanito, primera guitarra, el Gordito Angustias, segunda guitarra, el Chele, bongos, el Chocho, cucharas y raspador o güiro, un instrumento de percusión perteneciente al género de los idiófonos, y el Quetzalito y el maldito Flaco, vocales y maracas alternantes" se apuró a especificar el Chaparro, quien estaba encargado de la presentación durante la velada nocturna, recién llegado al grupo, después de haber deambulado por los otros grupos esparcidos por todo el anfiteatro, y buscando un lugar donde sentarse a prudente distancia del maestro de artillería, mientras el Quetzalito y Juanito practicaban en voz baja y un poco apartados del grupo, los nuevos arreglos de algunas canciones previstas para la velada

- "El Chocho es el presidente y el Catracho es el jefe de la junta directiva de la parrillada" contribuyó nuevamente el Sapo, buscando afanosamente todavía la posición más cómoda para sus glúteos en el cojincito que sufría en silencio mortal de asfixia aguda bajo las masas del buda panameño que lo cubrían hasta casi desaparecer totalmente de la vista del público

- "La idea de la parrillada es muy buena y creo que me la prestaré para la próxima ocasión en Berlín" expresó Pomponio su admiración por la buena ocurrencia y perfecta organización de los latinoamericanos de Heidelberg, mayormente inmunes a la histeria anticomunista reinante para aquel entonces en los Estados Unidos y en Berlín, donde los del sector oriental eran vistos con extremo recelo y desconfianza por el mundo libre

- "En tal caso tendrás que pagar licencia" se apresuró el Chele a observar con la vana ilusión de obtener algunas migas de lo que fuere, subrayando su demanda con un rítmico redoble de su bongo, lo que era muy peligroso para el Chele ya que corría gran peligro de caer en un trance profundo musical con su primer redoble, lo que impidió el Quetzalito dándole un ligero puntapié en la suela del zapato cuando buscaba un nuevo lugar cerca del Chele para sentarse fuera del alcance de la enervante artillería del Sapo

- "Ya los invito cordialmente desde ahora" se salvó Pomponio con toda la astucia del perfecto diplomático y el mocerío disfrutó apaciguadamente el resto de la tarde de un maravilloso día de verano, formando, a discreción, pequeños grupos que exploraban con curiosidad las ruinas de los monasterios y obras adyacentes siempre bajo la tutela de algún ducho en el oficio que explicaba amenamente y sin aire catedrático el fondo histórico de los lugares hasta que se repartió la cena con un poco de pollo como agradable sorpresa y racionado estrictamente por el Catracho y su grupo para que todos y cada uno de los registrados tuvieran un poco de pollo con la salchicha

- "Oye Sapo, tenías toda la razón del mundo al reprocharme que alabase la comida antes de la cena, ¡rústica y estupenda! y el pollo a como me lo prescribió mi médico…" piropeó Pomponio al Sapo el arte de brujería que emanaba de la cocina campestre, una vez consumida la cena, mientras el conjunto musical practicaba las primeras notas preparativas para la serenata nocturna tras haber instalado la planta de transmisión para las guitarras, el amplificador y los micrófonos para el presentador y los cantantes y puesto en marcha el generador de energía portátil y el Catracho y su grupo preparaban paralelamente la gran fogata apilando la leña sobre las ascuas del hogar hasta que se tuvo el fuego romántico resplandeciente requerido para la presentación

- "El secreto son las salchichas con panecillos resguardados con hojas de lechuga para evitar que las salsas, repollo y mostaza penetren en el panecillo y lo aguaden, estropeando la mordida crujiente, todo coronado por un poco de pollo para hacer cosquillas al paladar" apenas alcanzó a decir el Sapo

- "Silencio en la noche, ya todo está en calma, el músculo duerme y el Chaparro habla…" suplicó el Flaco colgado del micrófono con tono argentino y mirada de chivo ahorcado, haciendo callar al Sapo para dar el mismo micrófono con aire de gran señor al Chaparro, quien comenzó la presentación con su amena naturaleza y que duró hasta las 24 horas, cuando levantaron el campo dejando todo el anfiteatro limpio y las bolsas de basura en el sitio prescrito por la policía municipal

- "Te llevo si me diriges hasta la residencia, que de allí ya conozco el camino hasta mi hotel" propuso Pomponio al Guanaco retóricamente y en broma, después de haberse despedido amistosamente del mocerío

- "De acuerdo" dijo el Guanaco y ambos se fueron al carro de Pomponio en le parqueo junto a la cantina forestal 'Waldschänke' repleta de comensales y niños bulliciosos afanados en superar el segundo sueño a la hora de los fantasmas con sus correspondientes padres histéricos al borde del suicidio

- "¿Está bien si vengo mañana a eso de las once a la residencia?" preguntó Pomponio al despedir al Guanaco en el parqueo de la residencia donde los otros latinoamericanos estaban ocupados de transportar los abundantes restos de los víveres a la cocina del Chocho, donde tendría lugar la exterminación de los restos al día siguiente

- "Eso sería perfecto, pues entonces podríamos partir a eso de las 15 horas" propuso el Guanaco, a lo que asintió Pomponio con la cabeza antes de partir, mímica percibida claramente por el Guanaco, quien se puso en camino a su cuarto en la residencia, despidiéndose cortésmente de todos los otros que cruzaban su camino

- "Anoche dormí como un lirón" dijo Pomponio con cara de luna llena sonriente, después de haber sido recibido cordialmente por el Guanaco en su cuarto al día siguiente

- "Yo también" replicó el Guanaco, poniendo el maletín que había preparado para el viaje debajo del lavamanos del cuarto a la orilla de la puerta de acceso que abría ocultado dicho lavamanos, antes de salir del cuarto con Pomponio rumbo a la cocina del Chocho, donde, una vez llegados, saludaron a los otros latinoamericanos y cohabitantes del piso que poblaban como chapulines la cocina del Chocho esperando el toque de ataque

- "Como pueden ver, hay enorme cantidad de bebidas, restos y panecillos, así que se pueden llevar un par de botellas de agua y preparar suficientes emparedados para el viaje antes de que yo abra el bufete oficialmente" susurró el Chocho al Guanaco y Pomponio indicando las abundantes existencias de viandas en las diferentes mesas, después de haber pasado nuevamente breve revista óptica evaluativa al bufete

- "Buena idea, pues entonces ahorramos tiempo y podemos llegar a Berlín a eso de las 22 horas" dijo Pomponio comenzando a prepararse, al igual que el Guanaco, cuatro panecillos con las diferentes salchichas y viandas del bufete que pusieron en un azafate que el Chocho les trajo de su anaquel en la cocina

- "Tarea fácil con un carro de seis cilindros" observó el Guanaco, transportando el azafate con los panecillos preparados al mostrador de la cocina, de donde tomó el celofán que el Chocho le ofrecía para envolver los emparedados listos, metiéndolos luego en sendas bolsas protectoras de plástico que tenía guardadas en uno de sus bolsillos del pantalón

- "¿Listos?" preguntó el Chocho, viendo que ya habían preparado profesionalmente sus refrigerios para el viaje de exploración del Guanaco, viaje del que casi nadie del mocerío tenía idea concreta, ya que el flujo de marcha en esa época era generalmente de oriente a occidente y no a la inversa, aunque las ventajas de estudiar en el bloque oriental con divisas fuertes en el bolsillo eran conocidas a todo ser humano con uso de razón. Hecho que aprovechaba Pomponio, con la astucia del zorro, para entremezclar con elementos milagrosos del socialismo, lo que algotros llamarían mítico, en el corazón del candidato el mensaje para sublimar los ideales de los otros, quienes eran simplemente crédulos y fácilmente susceptibles a creer en los milagros del hombre socialista moderno que ahora sabe mucho más que antes, cuando el ángel Pomponio anunció a la virgen María que iba a tener un hijo por obra y gracia del espíritu santo, lo que no era normal y, que además, tenía que convencer en este caso a José para que aceptara al hijo de otro como su propio hijo

- "¡Listos!" respondió Pomponio sin intentar defender ninguna de las muchas doctrinas de la resurrección del cuerpo en sus aspectos milagrosos, reintroduciendo el pensador moderno a la mentalidad moderna, con lo que el Chocho hizo sonar un par de veces una cucharita contra un vaso para llamar la atención del público al acecho

- "Compañeros, les deseo un buen provecho ya que el bufete de los restos está abierto en este preciso momento" dijo el Chocho, invitando con la mano a abordar el bufete, y los chapulines comenzaron ávida, sistemática e industriosamente con la exterminación de los restos bajo la dirección profesional del Catracho y sus asistentes que cuidaban de evitar congestionamientos innecesarios en algunas de las mesas del bufete, especialmente en la mesa con los restos de la carne asada fría tan codiciada por las pirañas

- "Llevo directamente las bolsas con nuestro refrigerio y dos botellas de agua de a litro a mi cuarto" dijo el Guanaco, desapareciendo brevemente para regresar en corto tiempo a la cocina del Chocho que semejaba una concentración de muertos de hambre durante las siguientes horas, donde la mitad de los presentes estaba en favor de algo y la otra mitad en contra de algo, sin importar la importancia del enunciado, sencillamente disfrutando el intercambio intelectual con el prójimo mientras se simplificaban por sí solo los restos de la parrillada

- "Me ha dado mucho gusto el intercambio que he tenido con ustedes" expresó Pomponio a los presentes después de ponerse de acuerdo con el Guanaco por medio de la mirada cuando el reloj de la cocina marcaba las 14 y 45 horas, indicando que ya era hora de partir para Berlín, el nuevo horizonte incierto que sería otra estación intermedia temporal en el derrotero ideológico del Guanaco, que lo llevaría de un lugar a otro dentro de la República Democrática preparando el triunfo de su revolución por medio de arduo entrenamiento paralelo a sus estudios de postgrado, después de haberse cristalizado que era un talento natural en el manejo de artillería liviana, especialmente de morteros, y en el sector de los francotiradores un certero tirador genial con excelente ojo para la mejor estrategia en un momento dado, convencido de lograr nuevas conquistas en su pequeño terruño infestado de chapulines oligarcas que devoran todo lo que encuentran en su camino, mientras que la partida definitiva sucedió en una noche arropada por los vientos pastosos de un mes sin nombre y de presagios inciertos en medio de la oscuridad de los callejones alumbrados por una procesión de luciérnagas que lo acompañaron con un arrebato de luces intermitentes hasta el carro sin los adioses acostumbrados en las despedidas

- "El placer ha sido nuestro" respondieron todos en coro, dando francamente la mano a Pomponio y palmaditas en el hombro al Guanaco, todo en orden latino cordial, apolítico y muy desordenado sin saber que el Guanaco chocaría tarde o temprano con el mundo cruel de los intereses creados de los capitalistas que temen toda bacteria socialista como el diablo el agua bendita en el silencio de la medianoche de los cadejos vagabundos buscando sangre fresca con qué saciar su sed de esperanza que llega hasta el alma cubriendo de sangre los campos hollados por el himno de las vidas perdidas

- "En caso que alguien planee viajar a Berlín, una cama está siempre libre para visitas si me avisan con tiempo por medio del Flaco" dijo Pomponio antes de abandonar la cocina dando un abrazo cordial al Flaco.

Capítulo 2

El Flaco

- "¡Madre mía!" exclamó El Flaco cuando se despertó sobresaltado con las primeras luces de la mañana en medio del murmullo lejano del latido de tambor de un viejo tamborero, de la algarabía y los gritos alborotados de festejo popular de los amanecidos en la Plaza del Centenario de Santa Marta que todavía no podía ubicar exactamente en su mente de inmigrante, para ser más exacto, mente de indio rajado oriundo de Providencia, un pueblo perdido en las alturas de las montañas de la Sierra Nevada que empujan a Santa Marta al mar. Se levantó con el cuerpo cansado por el ajetreo del viaje y el ruido sórdido y repetido del motor del bus todavía sonando en sus oídos y pensaba escribir después del desayuno la carta que le había prometido a su madre al llegar a su primer destino de viaje, antes de ir al puerto a chequear el itinerario de su barco bananero rumbo a Bremerhaven, puerto de Bremen, ciudad de Alemania, cuando fue interrumpido de manera repentina por el toque a la puerta de su cuarto

- "Bachiller, soy yo, Palucho, el conductor del taxi que lo había llevado al hotel la noche anterior y que debía recogerlo para ir al puerto esta mañana para arreglar las gestiones del viaje…" explicó Palucho con voz baja y sumisa mirándolo fijamente con sus ojos cargados de solidaridad a través de la puerta todavía cerrada

- "Evidentemente, estaba muy cansado del viaje y no he escuchado el despertador esta mañana" se excusó el Flaco buscando su despertador que marcaba las seis de la mañana ante sus confundidos ojos que experimentaban las incertidumbres del alma en el exilio al pie de la montaña amada, viviendo sin vivir la morriña de carnaval costero

- "No, bachiller, no es su culpa, es que supuse que sería mejor venir a buscarlo a tiempo para evitar apuros y sin costo extra para usté" detalló Palucho sabiendo que sus clientes siempre se calmaban cuando escuchaban que el servicio extra no les costaba nada, bueno, como buen taxista, esto ya lo había tenido en cuenta al hacerle el presupuesto la noche anterior

- "Si está de acuerdo, baje al vestíbulo y espéreme allí que ahora me ducho y visto y, luego, podemos ir al comedor a desayunar, claro que lo invito…" propuso el Flaco, después de abrir la puerta del cuarto ofreciendo entrada a Palucho con un gesto cortés

- "Acepto con mucho gusto, estimado bachiller" dijo Palucho desistiendo con equivalente gesto cortés y sin intentar entrar en el cuarto y dirigiéndose a la escalera, lo que era en el sentido del Flaco pues le urgía tomar una refrescante ducha, asearse y ponerse una mudada limpia, lo que ejecutó con la gran rutina y rapidez de sus jóvenes años para marchar al vestíbulo donde Palucho charlaba amenamente con el portero del hotel, charla que Palucho terminó inmediatamente al ver aparecer al Flaco en el vestíbulo

- "Pasemos directamente al restaurante para tomar el desayuno, pues ya he anunciado telefónicamente que tengo un convidado para el desayuno" explicó el Flaco haciendo señal al camarero jefe, quien, evidentemente, ya había sido notificado por la recepción y estaba al tanto, indicándoles desde el extremo opuesto de la sala una mesa libre con dos cubiertos, a donde el camarero jefe se apresuró en llegar primero para ofrecerles silla según etiqueta y posicionar estratégicamente, para la fácil lectura, la pizarra con los desayunos especiales del día, todos factibles de compartir entre dos o más personas

- "Muchas gracias bachiller. En el puerto trabaja uno de mis primos que vive también en mi barrio con el que hablé anoche casualmente sobre su caso y se ha ofrecido para ayudarnos en las gestiones de su viaje" dijo Palucho, después de haber ordenado ambos desayuno a compartir con jugo de guayaba, café con leche, arroz con chipichipi, un molusco de la zona costera, carimañolas, una especie de empanada de masa de yuca, con carne y cayeye, un guineo verde cocido, con queso costero para combatir el mucho calor de la costa

- "Muchas gracias Palucho, esto me viene a pedir de boca" contestó el Flaco embutido en un cierto exilio, derivado de su naturaleza forastera no lejana, que iba descubriendo pese a los tiempos de festejos y alegría reinantes por el momento en la ciudad, cuando su reflexión fue estorbada por el silbido delgado y el estallido ensordecedor de una retreta de cohetes que explotaban sin dirección en el aire enrarecido por la pólvora en medio de la algarabía de los apostadores de los puestos de ruleta ubicados alrededor de la plaza que tenían horario continuo de 24 horas cada día

- "Esos son los cohetes del viejo Zárate que festejan los carnavales desde toda la vida. Ahora sale el cura Villamizar a discutir con él porque no deja dormir bien a los Santos; es una pelea de todos los años, pero nadie le para bolas a eso. Si usté viera cómo empolvan a la Virgen de los Remedios en las fiestas de San Juan y le echan agua para refrescarla para que no pierda la serenidad y se acuerde de hacer todos los milagros que le pide la feligresía durante la procesión" le advirtió Palucho con una sonrisa cómplice de viejo parrandero, mientras el bachiller, que desde niño había experimentado estas situaciones, se acicalaba con una cachucha de una selección de béisbol para debutar más tarde en las fiestas que no habría de olvidar por el resto de su vida errante de economista empedernido

- "¿Hacen siempre turno de 24 horas por día?" preguntó retóricamente el Flaco lo que ya había experimentado desde niño en sus montañas queridas de la Sierra Nevada que acosaban inmóviles a Santa Marta

- "Sí y si usté tiene ganas, puede salir por la noche para tener algún retozo democrático del cuerpo durante el carnaval y llegar a conocer un poco nuestra población y también disfrutar un poco la fiesta de nuestro carnaval. Por lo demás, estoy siempre a su disposición. Usté ya tiene mi teléfono para cualquier caso…" añadió Palucho con mirada de pícaro, considerando que cada uno nace con los carnavales contados y que por eso hay que aprovecharlos. Hay que divertirse y en poco tiempo olvidar la tierra engendradora de morriña cuando es otra que la Santa Marta de la costa inmortal caribe, lo que ninguno de Providencia osaría endosar estando en sus cabales, pues Santa Marta baja de Providencia para todos sus naturales

      - "Las oficinas del puerto abren a las siete y media y para ir al puerto necesitamos un máximo de diez a quince minutos, por lo que tenemos tiempo suficiente para desayunar con calma" recapacitó el Flaco con mucho seso analítico, con lo que pasaron a disfrutar el desayuno en el comedor señorial del hotel hasta que terminaron y abandonaron el comedor a paso lento

      - "Con calma y buena letra que tenemos tiempo de sobra" dijo el Flaco mientras la brisa tenue del mar golpeó su rostro inquieto mientras bajaban las escaleras amplias de pasamanos de mármol tallados de ornatos republicanos del hotel cuyas paredes y columnas lucían vanidosas y adornadas con motivos carnestoléndicos en un frenesí de colores alegres mientras se dirigía con Palucho a la salida del hotel

      - "No tenemos que llegar a las siete y media en punto, pues mi primo es flexible y conoce a todo el mundo en la oficina" dijo Palucho al salir del hotel con la frescura de la mañana, mirando arrobado el templete enclavado en la mitad de la plaza sostenido por columnas lisas de mármol con una simetría absoluta que sostenía el techo redondo y blanco con cordones cincelados que terminaban en figuras animales que arrojaban chorros de agua por sus bocas abiertas que se estrellaban como cascadas contra el piso durante las lluvias eternas de abril, sitiado de un entorno de casas grandes de techos altos con fachadas labradas alrededor de sus ventanas amplias, de puertas de madera envejecida y golpeada por los años y de pisos ajedrezados que grababan el camino en medio de cornisas interiores repujadas de soledades hasta los patios de paredillas altas y gruesas con sabor a íntima humedad

- "Hola Palucho, entrá nomás" dijo el Muco al ver pasar por el corredor, delante de su puerta abierta, a Palucho y al Flaco, hasta ese momento con destino incierto y positiva conversación, quienes inmediatamente lo descubrieron sentado delante de su escritorio en una cómoda silla ejecutiva del común inventario de la oficina para todos los oficiales, levantándose ágilmente para ir al encuentro de su apreciado primo

- "Hola Muco, te presento al bachiller" dijo Palucho al Muco mientras entraba en su nítida, sobria y práctica oficina con una abertura de avance en la pared a la derecha que comunicaba con la antecámara de su asistente y una puerta a la izquierda dando al cuarto del jefe del Muco con el letrero 'Jefe en Turno', correspondientemente cerrada, y que disipaba toda duda en la jerarquía del puerto, dándose ambos un caluroso abrazo cordial de bienvenida, tal como si no se hubieran visto en años de años

- "Mucho gusto caballero" saludó amablemente el Flaco desde el umbral de la puerta ya que Palucho y su primo obstaculizaban momentáneamente con su saludeo el paso al interior de la oficina con su lustrado piso y brisa pura agradable que entraba tierra adentro por las inmaculadas ventanas de la oficina que daban al mar

- "El gusto es mío bachiller. Entren por favor. Si usté me da sus papeles yo arreglo todos los trámites para su embarco el miércoles por la tarde" dijo el Muco dirigiéndose a su silla mientras Palucho se dirigía a una de las dos sillas enfrente del escritorio indicando al Flaco la otra silla como lugar de aterrizaje

- "Encantado, aquí tiene mi carpeta con todos mis papeles y mi pasaporte" dijo el Flaco dando sus documentos al Muco antes de sentarse en el lugar asignado, aprovechando el camino al lugar de aterrizaje para dar un vistazo minucioso, pero fugaz y disimulado de 360 grados a la localidad con todo su inventario mueble, inmueble y vivo

- "Los papeles están completos. Yo arreglo todo directamente con el jefe y mientras tanto Gloria les sirve un tinto para que no se aburran esperando" dijo el Muco con una sonrisa en los labios después de revisar concienzudamente los papeles y dar una señal a Gloria con la mano para que procediera repartiendo tinto con la cafetera eléctrica, con lo que se denomina en Colombia un 'café solo' y no tiene nada que ver con el 'vino tinto' de los españoles, y, a continuación, desapareció por la puerta que daba a la oficina de su jefe, regresando después de transcurridos unos veinte minutos que pasaron rápido debido a la amena conversación con su simpática asistente Gloria que ejecutaba muchas tareas fácil y simultáneamente, mientras hablaba con Palucho y el Flaco sobre las carnestolendas que según era costumbre terminaban el martes a la medianoche o, lo que es lo mismo, al comenzar el Miércoles de Ceniza, pregonando la temporada de penitencia con la visita de una de las muchas iglesias madrugadoras de la ciudad para recibir la acostumbrada cenicienta señal de la cruz en la frente pecadora que servía a toda la población de salvoconducto sin importar la religión y el grado de arrepentimiento de cada individuo

- "Hemos efectuado todos los trámites necesarios para su salida y también hemos aclarado la hora de embarque con el capitán del barco. Usté tiene que presentarse en la casilla del muelle cuatro a las quince horas del miércoles con todo su equipaje y documentos. Para el embarcamiento cuente con una media hora. Eso es todo. El barco zarpa a eso de las diecinueve horas con la marea alta rumbo a Bremerhaven" especificó el Muco satisfecho con el volado que había hecho a un joven estudiante que salía a buscar fortuna en Alemania y Palucho y el Flaco se despidieron cordialmente del Muco y de la muy simpática Gloria

- "¿Me recomienda algún lugar para celebrar mi despedida?" preguntó el Flaco una vez que estaban en el taxi con aire de forastero nativo a su cicerone Palucho que como todo taxista era muy ducho en las curiosidades que daban buena fama a la calurosa Santa Marta

- "Si quiere mujerear le recomiendo el San Francis, es un lugar decente con buenas hembras y precios moderados" especificó Palucho tras revisar brevemente su fichero mental con unos quince antros de perdición con buena moral, presentables y libres de drogas que le daban una cierta comisión por acarrear clientes

- "¿A qué horas abren?" averiguó el Flaco con cosquillas en el calzoncillo viendo que el reloj del próximo campanario marcaba las diez y diez, lo que le daba tiempo suficiente para escribir a su madre y llamar a Pomponio en Providencia, según tenían acordado, para recomendarle el hotel, pues él viajaba una semana más tarde con otro barco bananero también a Bremerhaven para estudiar en Berlín, no habiendo nunca especificado cuál era su Berlín deseado, el Berlín Occidental democrático o el Berlín Oriental barato

- "Normalmente abren a las diez de la noche y cierran a las seis de la mañana, pero ahora en las carnestolendas tienen horario continuo, aunque las mejores mujeres comienzan su turno inflexiblemente a las diez de la noche" advirtió Palucho con mucha sabiduría detrás del volante ajustando sus anteojos azogados para apaciguar los reflejos del sol ardiente camino a meridiano

- "Suena bien, ¿me recoge a eso de las diez?" preguntó cortésmente el Flaco desde el fondo del taxi y pensó que esto sería su primer motivo de estudio entusiasmado cuando fue sorprendido y avasallado por la realidad de la procesión de masas infecciosas en las carnestolendas y sin darse cuenta de ello, se encontró sumergido en la parafernalia y la batahola de las festividades del Dios Baco nunca imaginadas durante estos días de placer pagano y desenfreno que le hizo olvidar, por momentos, una parte de la vida de rigor espartano y privaciones, propia del pensamiento revolucionario ejercida en la clandestinidad de su amada Providencia que habían cincelado su espíritu y lo condujeron con el paso del tiempo, a distanciarse de todas aquéllas manifestaciones populares de alegría y jolgorio popular

- "Con mucho gusto bachiller. Si termina a la una de la mañana también lo puedo recoger y llevar al hotel, ya que mi turno termina a la una" añadió Palucho, cierto que esto era en el sentido del Flaco

- "De acuerdo" dijo el Flaco y con el espíritu abierto y dispuesto a la diversión nunca antes concebida en su mundo colegial que goza los preludios de las fiestas en cuerpo y alma y observa con fascinación los disfraces, las guachernas, el baile del caimán, las casetas de baile, la danza del torito, la danza del tigre, el baile del diablo y todos los secretos del carnaval guiado oportunamente por la cofradía de amigos de la banca de los taxistas de la Plaza del Centenario que lo envolvieron de amistad y respeto desde el mismo momento de su arribo a esas tierras olvidadas y sacudidas por las brisas melancólicas de silencios eternos de la Sierra Nevada que se confunden con los vientos apasionados del Mar Caribe repletos de ternuras en una danza de amor inmortal

- "Entonces nos vemos a las diez" dijo Palucho al llegar al hotel, en el momento que el portero abría la puerta del taxi para que el Flaco bajara parsimoniosamente

- "Hasta las diez Palucho" confirmó el Flaco y se retiró a su cuarto donde escribió la pendiente carta a su madre con todos los detalles de los trámites, no haciendo mención para nada de sus planes para la noche. Luego, bajó a la recepción para franquear la carta y meterla al buzón antes de ir al restaurante, donde ordenó el almuerzo del día y, una vez terminado, dio una vuelta digestiva por los alrededores para finalmente llamar a Pomponio

- "¡Hola cagado!" inició el Flaco la conferencia con una frase de cajón para disgustar a Pomponio con toda la alevosía de un colegial maleducado con quien el afectado había estado trabajando los últimos dos meses en la oficina de agricultura experimental de Providencia para llenar las sendas alcancías de viaje, mientras que el Chapulín, otro compañero de escuela con igual plan de viaje a Alemania, trabajaba en el supermercado de su tío abasteciendo víveres en los estantes y ayudando como portavíveres a las damas elegantes que siempre le daban abundante propina y algunas veces otras cosas muy apreciadas por el garañón

- "¡Cojudo de mierda!" respondió Pomponio con la misma alevosía de un perfecto disgustado jugando 'mirame y no me toqués' como princesa encastillada con cinturón de castidad en un sótano lúgubre vigilado por ratas sabias en el ejercicio constante y disciplinado de la soledad que les daba la oportunidad de manejar la vida que abrazaba su espíritu en las noches de lluvias inmortales como nunca habían sentido y además de conocer de manera directa las vicisitudes de una sociedad quebrada de manera significativa en clases sociales bien definidas y orientada con la certeza de sus propias convicciones hacia los placeres de la vida, apoyadas en el negocio del banano que hacían de ella un mundo irreal de espaldas a la realidad del resto del país, influenciada por una arquitectura extraña a su modo de vida y consagrada al cultivo de las artes y la cultura distorsionadas e importadas de otros países y del sur de la Florida en un acto de penetración cultural cursi que más bien respondía a un esnobismo copiado sin sentido que había construido y enclavado la irrealidad de un mundo feliz en medio de una violencia sórdida entre los partidos políticos que había perturbado los cimientos de la civilidad del país sin que en Colombia se dieran cuenta de ello, ni mucho menos de las luchas libertarias de otras partes del mundo que tocaban las puertas de la época con trompetas de liberación

- "No soy cojudo, es que tenés una boca muy chica" especificó el Flaco la diferencia semántica dependiendo de la perspectiva del observador, convencido que sus huevos eran tamaño estándar y que. por tanto, la boca de Pomponio no era muy grande

- "Gusto de oírte. ¿Qué me contás de nuevo?" continuó Pomponio sin hacer más caso a los vanos intentos de improperio del Flaco pues no le quedaba de otra frente a la gran labia del Flaco que si no ganaba una discusión, siempre la enredaba sacando de quicio a sus interlocutores

- "Todo va bien. El hotel es bueno, mejor que el hotel que el Chapulín probó la semana pasada. Los precios son módicos, el restaurante es de buena calidad y la ubicación es perfecta para nuestros fines" informó el Flaco en estilo telegrama lo que hasta ese momento le parecía digno de mencionar entre sus nuevas experiencias

- "¿Me podés recomendar algún taxista para el transporte" quiso saber Pomponio en forma concreta lo que todo ser en sus cabales trata de averiguar en tales casos cuando no vive aislado en una urna de cristal, absorto en sus estupideces, todavía sin darse cuenta de que el mundo ha cambiado, recordando las tardes lluviosas cuando se reunían hasta altas horas de la noche con la cofradía del parque del barrio en los jueves de poesía para hablar de revoluciones, de política, de insurrecciones, de espantos, de amores y desamores, de intrigas e infortunios y de poesía en medio del silencio de aquéllos que escuchaban con el verbo encendido en defensa de las libertades de una fatamorgana

- "Preguntá por Palucho en la banca de taxis de la Plaza del Centenario, que tiene un primo muy amable que trabaja en las oficinas del puerto, quien me ayudó mucho en los trámites de embarcamiento" respondió el Flaco, seguro que Palucho y su primo serían una gran ayuda para Pomponio durante los trámites oficiales para el embarque

- "¿Quedamos en que pasamos una semana juntos antes de comenzar los cursos de alemán en el Goethe-Institut de Bremen y partir a nuestras correspondientes universidades?" demandó Pomponio confirmación de lo acordado ya durante el último año de bachillerato, que habían aprovechado para hacer exitosamente sus solicitudes de admisión en las universidades de Erlangen-Nürnberg para el Chapulín, Berlín para Pomponio y Heidelberg para el Flaco

- "Quedamos en eso, a como habíamos acordado. El Chapulín me espera en la pensión Schumacker en Bremen que nos había recomendado tu tío, donde esperamos tu llegada" confirmó el Flaco confiando plenamente en el juicio del tío de Pomponio que, si bien tenía mucha plata, nunca la despilfarraba y tenía buen ojo para encontrar siempre las más módicas opciones para cualquier tarea en cualquier parte del mundo y después de un momento de conversación cortés terminaron la conferencia y el Flaco se preparó para el gran momento de su visita al San Francis con una buena ensalada de aguacates en la cena que le daba mayor poder que las ostras peligrosas por el mucho calor ambiental. Después del permitido retozo de las fiestas, el paso ineludible de la rueda del tiempo en el pantano de las realidades sociales y de las responsabilidades propias de su oficio de viajero, dio paso a nuevas obligaciones que se iban desarrollando mientras se adaptaba a las nuevas circunstancias de su vida de forastero en una sociedad marcada por contrastes visibles, odiosos ante sus ojos observadores

de revolucionario recién avenido en el vaivén de un barco bananero
por dos semanas interminables

- "¡Pucha madre, Chapulín del diablo, gusto en verte!" dijo
el Flaco después de haber pisado tierra firme en Bremerhaven y
sentir alivio que no habían más informaciones contradictorias en su
medio ambiente que hicieran colapsar su sistema de equilibrio en
la cabeza, agradablemente sorprendido que el Chapulín lo esperase
a la salida de aduanas, lo que simplificaba marcadamente sus
problemas de orientación en un mundo completamente extraño

- "¡El gusto es mío desgraciado!" respondió el Chapulín
dando al Flaco un cordial abrazo de bienvenida y guiándolo con
paso seguro por el laberinto de corredores, pasillos y andenes hasta
llegar al pabellón con las ventanillas de venta de boletos de la
Bundesbahn, ferrocarriles alemanes, donde el Flaco compró su
boleto de ida para Bremen mientras el Chapulín esperaba a
prudente distancia cuidando con ojo avizor las maletas del Flaco y
considerando que el espíritu revolucionario en América comenzó
con la poesía de José Martí porque fue la fuente de la insurrección,
afirmando con la vehemencia de su aliento de hombre de letras y
de conspiraciones secretas acostumbrado a las sombras de las
noches insurgentes que en más de una ocasión vivió en las calles
de su Providencia de recuerdos imborrables

- "Estoy muy feliz de tener ahora tierra firma bajo las patas
y no sufrir más mareos" exclamó el Flaco con alivio mientras el
Chapulín buscaba en la pizarra de itinerarios el próximo tren con
destino a Bremen y el correspondiente andén para abordarlo
mientras recordaba lo que el médico le había dicho antes de zarpar
en cuanto a que las posibilidades de marearse son inversamente
proporcionales al nivel de responsabilidad que uno tiene en la nave

- "No me digás que vos también tuviste mareos en el
barco, también conocidos como mal de mar, naupatía o cinetosis"
preguntó retóricamente el Chapulín con acento de sabihondo,
después de haber obtenido la información deseada e indicando al
Flaco el correcto camino a seguir hasta el andén número cuatro, de
donde partía el próximo tren a Bremen en un cuarto de hora

- "Y, ¡cómo! Madre mía, creía que me iba a morir con tal cinetosis" explicó el Flaco con cara de dolor al recordar que el bananero era, desgraciadamente, un barco blando, es decir, un barco con altura metacéntrica baja y, por tanto, con período de balance muy grande, muy bueno para producir mareos en ratas de tierra mientras marchaban a la par con paso firme rumbo a dicho andén número cuatro

- "Yo pasé dos días sin comer y con la piel de color verde como un marciano" reveló el Chapulín sin saber por qué la gente decía que los marcianos son verdes, ya que nunca se habían dado evidencias de encuentros de terrícolas con marcianos que corroborasen la suposición de tales cuentos de viejas derivados de connotaciones poéticas dementes con todo el reconocimiento público infundado de las masas ciegas

- "A mí me paso lo mismo" confesó el Flaco seguro que el color de los marcianos es debido a los mareos que sufren en sus viajes interestelares a velocidades superdimensionales en sus cáscaras de nueces con coeficiente de balance tan grande como el de los barcos bananeros que llevan a los pobres estudiantes mareados a Europa sin el apoyo de sus compañeros de ideas revolucionarias

- "Yo tenía por suerte Biodramina en el botiquín de emergencia que mi mamá me había preparado para el viaje" dijo el Chapulín sentándose con fe irrepudiable en la tranquilidad aparente en un banco libre en el andén de los deseos para esperar la llegada del tren en tertulia desorganizada

- "A mí me ayudó el extracto de jengibre que me habían recomendado en la farmacia de Providencia" añadió el Flaco sentándose en el banco al lado del Chapulín y estirando con corto placer sus piernas, ya que una manada de escolares cargados de maletas arremetía contra el final del andén, pasando sin miramientos cerca de su banco y arrollando cada centímetro libre de la ancha plataforma de dos alas a velocidad superdimensional con la libertad del derecho de las manadas que imponen las propias realidades de las masas desde una perspectiva diferente a las democracias tradicionales, ejerciendo una hegemonía que raya en el absolutismo de los siglos pasados

- "A ver, qué es lo que cuenta Pomponio cuando llegue" dijo el Chapulín con aire de pitonisa del templo de Delfos, constatando con alivio que el grupo arremetedor estaba entonces a mayor distancia y levantándose a la llegada del tren regional previsto para abordarlo y buscar asientos libres con la desventura de su alma de poeta desterrado apaciguada con las prontitudes revolucionarias de los itinerarios de trenes alemanes

- "¿Qué tal la pensión?" preguntó el Flaco una vez que habían conseguido asientos libres en el primer vagón donde entraron y puesto las maletas en el sitio previsto encima de los asientos para no incomodar a los otros pasajeros, entretanto, la desventura de su alma de poeta desterrado se apaciguó igualmente con las prontitudes revolucionarias de los itinerarios alemanes, improbables y escurridizos, y su vida de nostalgias y recordaciones infinitas quedó desterrada de su espíritu con el mundo a cuestas

- "A como había dicho el tío de Pomponio: muy limpia y módica. Ya he hecho migas con algunos latinoamericanos de la universidad y me han enseñado cómo ir al comedor y al club internacional universitario, a los que tendremos acceso como estudiantes del Goethe-Institut, una vez comiencen nuestros cursos" dijo el Chapulín y continuaron discutiendo sus planes hasta llegar a Bremen, donde bajaron y se fueron a pie a la pensión que distaba solamente unos pocos cientos metros de la estación, en dirección norte, después del Barkhof y a la orilla del parque Bürgerpark donde hicieron paseos amenos todos los días hasta la llegada de Pomponio, al que sorprendieron de la misma forma a como el Chapulín lo había hecho con el Flaco a la salida de aduanas en Bremerhaven

- "Amplío el ánimo revolucionario del movimiento de los trabajadores con el intercambio cultural con mis paisanos mareados en el inmenso mar y hallados a la salida de aduanas" declamó Pomponio al vislumbrar al Chapulín y al Flaco detrás de la valla divisoria de aduanas, todavía bamboleándose con paso de borracho en ayunas, lo que ambos ya entendieron inmediatamente en la distancia partiendo de la experiencia propia sufrida con la mar picada en sus respectivos viajes

- "Cerote del diablo, ¿estás borracho?" saludó el Flaco con su pregunta retórica, osada y desafiante como la nariz de un entrometido, consagrada con la obsesión de un revolucionario principiante a la organización del primer tribunal de cualquiera de los derechos habidos y sin haber en cualquier mundo pasado y por venir

- "No, no, más bien creo que se vale del paso marinero para caminar en tierra firme sin volcarse" opuso el Chapulín con la profundidad de un filósofo desquiciado asentado en una zona bananera y sin más jugo que el bagazo haciendo caso omiso de las realidades de su vida y de las advertencias sutiles que le enviaban los dioses y antidioses de la nada

- "Pendejos de mierda, parece que a ustedes les va bien gozando de mis penas" se quejó Pomponio con cara de martirizado con las angustias del mundo, encerrado en un pozo de sombras con los rudos molosos del mareo y del vértigo de un flagelado a punto de perder la conciencia, descargando la desventura de su alma de las contrariedades del desamor y de la falta de respeto de tales zopencos indómitos con alma triste y empedernida

- "Nos va muy bien viéndote caminar como borracho" detalló el Flaco buscando pleito como afanoso gallito de pelea a punto de vencer al contrincante y oliendo la sangre estimulante del preñado de dolor que sufre con las angustias propias, olvidando el aprendizaje hacia la plenitud que supera las etapas transitorias de los individuos asociales y del colectivo socialista de la ópera de los tres reales con su crítica marxista del mundo capitalista y la pregunta fundamental de ¿quién es peor, el que roba un banco o el que funda uno?

- "Primero tenemos que ir a la taquilla para que Pomponio compre su boleto para Bremen y, luego, Pomponio decide si nos quedamos aquí en Bremerhaven para almorzar o si nos vamos directamente a Bremen" se apuró en indicar el Chapulín con intención de apaciguar los ánimos de los otros dos interlocutores pues sabía que estos pleitos absurdos son esencialmente infructíferos y nunca traen nada bueno para ninguno de los afectados con comportamiento conflictivo y ánima anémica

- "Prefiero ir directamente a Bremen y chequear en la pensión antes de almorzar" especificó Pomponio lo que su cuerpo le dictaba, accediendo a hacer caso omiso de las tentaciones que el Flaco segaba con espíritu de discordia, despertando la espiritualidad ahogada por el insoportable ruido contemporáneo de las industriosas naves y grúas al fondo del horizonte en el poblado puerto

- "Si tenemos suerte con el tren, podemos llegar a Bremen a eso de las once y media, calculando para el chequeo en la pensión y deshecho de maletas aproximadamente una hora…" comenzó el Flaco con una aureola que opacaba todos los soles del universo y que ponía en relieve todas sus excelentes propiedades de camaleón transeúnte y ambulante

- "…podríamos almorzar en el centro de Bremen a eso de las trece horas y, a continuación, dar un buen paseo por uno de los parques" continuó el Chapulín cortando el discurso de su predecesor para evitar que el Flaco fuera a dar un inesperado reviro típico que, innecesariamente, pudiera sacar de quicio a Pomponio

- "Exactamente lo que necesito por el momento" clausuró Pomponio definitivamente lo que iban a hacer, desafiando las nociones convencionales de temor, ética y lógica reinantes en la mente del Chapulín con toda la desventura de su alma de poeta desterrado y desempleado en lejanas tierras

- "¡Entonces, manos a la obra!" dijo el Flaco y los tres pasaron una semana amena antes de comenzar las clases de alemán en el Goethe-Institut de Bremen, donde inmediatamente entablaron contacto con otros latinoamericanos con el mismo sino y después de un semestre de cursos intensivos partieron a sus respectivas universidades destino para comenzar con la preparatoria para la universidad, lo que era el camino largo de acceso a la universidad cuando uno no tenía el bachillerato alemán

- "¿Latinoamericano?" preguntó el Flaco a su vecino en el primer recreo de la mañana del primer día de clases en preparatoria en Heidelberg, ya que el apellido 'Lustrado', con que el profesor lo había llamado en la clase, hacía suponer origen español o brasileño

- "Sí, de Honduras" respondió el Catracho, quien había efectuado un raciocinio análogo en cuanto al apellido 'Restrepo' de su interlocutor durante la clase y que ya había registrado a reojo que el Flaco buscaba contacto cuando salían del cuarto de clases para el recreo

- "Ah, ¡un catracho!" dijo el Flaco amistosamente, contento de haber aprendido en el colegio algunos de los apodos gentilicios existentes y corrientes de los países latinoamericanos y recordando que ya había visto pasar al Catracho el viernes cuando se fue a registrar definitivamente para el curso en la secretaría

- "Catracho de pura cepa y pija dura y ¿vos?" respondió desafiante el Catracho, quien como mal hondureño no sabía que el calificativo era un término hipocorístico con claro sentido positivo, derivado del apellido del general hondureño Florencio Xatruch, de ascendencia catalana, de allí el nombre raro de difícil pronunciación, que había luchado con mucha valentía en el siglo XIX en la unión centroamericana contra los filibusteros avenidos en Nicaragua

- "Colombiano con turca de granito del Caribe" explicó el Flaco dando contra al xatrucho, vulgo: catracho, cuando fueron interrumpidos por otro estudiante que cautelosamente se había aproximado detrás de ellos al salir de otro cuarto de clases, prestando extrema atención al diálogo de los dos en el corredor rumbo al patio

- "Yo también soy latinoamericano, guanaco de El Salvador y no de mierda, y estoy en la clase B. Mucho gusto caballeros" dijo el Guanaco entrometido con una sonrisa de jeta a jeta y ofreciendo con franqueza su mano a los dos destinatarios mientras continuaban su camino

- "Igualmente. Nosotros somos de la clase A" respondió el Catracho considerando que la apariencia del Guanaco daba muy bien con la acepción de torpe del término, talvez debido a los prejuicios que tienen los hondureños frente a los salvadoreños, luego, estrechó brevemente su mano sin revelar sus prejuicios y la procesión de las masas continuó su éxodo al patio

- "El gusto es mío" añadió el Flaco, apretando en su turno la mano del Guanaco por un corto momento, sin idea de los prejuicios catrachos reinantes, antes de tocar la espalda de un persa que le precedía para indicarle que un compatriota de la vanguardia le quería mandar un papel por cadena manual, lo que el persa le agradeció cordialmente con la mirada mientras el papel pasaba de mano a mano hasta llegar a su destinatario

- "Resido en el dormitorio 1, piso 7 y, ¿ustedes?" indicó el Catracho entretanto, observando con calma la trayectoria del papel desde la gran altura de su cabeza y considerando que sólo Dios conoce las penalidades clandestinas del alma, sobre todo cuando hay que enfrentarlas solo

- "Yo estoy alojado en el dormitorio 2, piso 5, cuarto 2" detalló el Guanaco sin interesarse mucho por el correo manual, del que solamente se enteró en el último momento cuando el Flaco recibió el papel de otro estudiante que iba al lado del Guanaco y formaba parte de la cadena de voluntarios y, entonces, la desventura de su alma de poeta desterrado se apaciguó con las prontitudes revolucionarias y su vida de nostalgias y recordaciones infinitas quedó desterrada de su espíritu y se consagró con obsesión de revolucionario principiante, a la organización de la primera rebelión mental que se convirtió en una tribuna de la defensa de los derechos de los trabajadores, lo que él todavía no sabía

- "Yo tengo un cuarto en el dormitorio 1, piso 7" dijo el Flaco entregando el papel al persa destinatario quien gesticuló agradecimiento para la cadena postal, antes de guardar discretamente en su bolsillo el mensaje

- "¡Qué casualidad, residimos en el mismo piso! Yo estoy alojado en el cuarto 5" dijo el Catracho al Flaco con la satisfacción ingenua de un párvulo con la cabeza gacha para esquivar el choque con un peligroso reborde saliente de la pared derivada de una excelente sicomotricidad y coordinación corporal directamente proporcional a su gran estatura, mirando ensimismado con sus ojos grandes de gitano revolucionario las olas encrespadas del mar de sus tormentos que descansaban en sus pies mojados

- "Y yo en el cuarto 9" añadió el Flaco dirigiéndose directamente al Catracho que en ese momento alzaba nuevamente la cabeza, después de haber pasado el obstáculo sin sufrir lesiones de ninguna clase, sintiendo en su piel de acero el castigo de los vientos cruzados de alturas que le canturreaban al oído mensajes subliminales escondidos en el vaivén de las olas que no sabía interpretar, a pesar de las pistas significativas que los maestros sabios le procuraban, como el coro infaltable de sinsontes festivos que se posaban en un tronco rugoso

- "¿Es cierto que hay un comedor, llamado mensa, en el sótano de este edificio donde sirven almuerzo?" preguntó el Guanaco admirando la agilidad de la cabeza del Catracho en tan escaso espacio como un viejo palo de coco a su derecha en las noches de luna, cantando coplas plañideras en un idioma extraño y el mapa de su alma reflejado en las nubes blancas repletas de amor encima de la desembocadura del río de lágrimas

- "Pues esa es la misma información que me han dado los otros estudiantes de la residencia. Luego veremos si esto es cierto. Dicen que para la cena hay que ir a la mensa principal de la ciudad porque las otras solo sirven almuerzo" explicó el Flaco, considerando que, sin embargo, su estirpe rebelde y su recia condición de hombre de letras fueron siempre ajenos a interpretar los designios ocultos de la vida a pesar de los mensajes evidentes de los presagios pasados, presentes y futuros en el globo

- "Sí, seguimos a la manada a las doce y media, cuando terminan las clases. Pero antes tenemos que comprar en el siguiente recreo tiquetes para la mensa en el secretariado según instrucciones en la vitrina de informaciones del colegio" explicó el Catracho lo que él había leído en la vitrina antes de que las clases comenzaran, corroborando lo que había sido especificado en la carpeta de información que le habían dado en la secretaría el viernes pasado cuando se registró definitivamente para el curso y donde ya había visto al Flaco, pero sin hablar con él, cuando salía de la secretaría

- "¿Vitrina de informaciones?" preguntó el Guanaco un poco despistado detrás del Catracho, quien le obstaculizaba la vista al frente con presencia transcendental estratosférica atrapada en los recovecos del inframundo guanaco

- "El Catracho quiere decir el tablón de anuncios o cartelera con vidrio protector y llave para evitar uso no autorizado que está colgado en la zona entrepuertas de la entrada que estamos por pasar" dijo el Flaco, señalando la puerta que estaba a unos pocos metros de ellos mientras la masa fluyente se desbordaba por los pasillos de concreto entre las zonas verdes que marginaban a los edificios del complejo universitario, moderno en aquellos días

- "Ah, bien, comprendo" constató el Guanaco después de vislumbrar parte de una vitrina en la zona entrepuertas de la entrada que supuso era la vitrina de informaciones antedicha, la que él había pasado por alto el viernes pasado cuando fue a registrarse definitivamente para el curso en la secretaría, al igual que todos los novatos y donde no había visto más que persas, árabes y uno que otro africano

- "Tenías razón, los estudiantes desbordan de todas partes camino al sótano" dijo el Flaco al Catracho cuando salieron del edificio rumbo a la entrada del sótano, viendo a través de los ventanales del sótano la mensa con los mostradores de distribución de la comida y las mesas para los comensales, repletas y con mucho tráfico decente

- "Mañana dejo mi cartapacio en mi cuarto antes de venir a la mensa" recapacitó el Catracho en voz alta, una vez que consiguieron asiento en una de las muchas mesas, después de haber tenido percances con el manejo del azafate con la comida y cubiertos, en la mano derecha, y su cartapacio lleno de libros y cuadernos, en la mano izquierda, envidiando el bulto de cuero que el Flaco llevaba a sus espaldas y viendo por los ventanales cómo el Guanaco caminaba por la semialtura y entraba con mínimo retraso a la mensa, despreocupado y con las manos libres, después de haber descargado la carpeta con sus útiles en su cuarto

- "En el sótano he visto que hay también un supermercado" dijo el Guanaco cuando llegó con su comida a la mesa donde estaban el Flaco y el Catracho, justo en el momento que otro estudiante se levantaba del sitio vecino al Catracho que el Guanaco ocupó inmediatamente con una sincera sonrisa de agradecimiento al estudiante fugitivo que le dejaba su puesto, ya que había terminado su almuerzo

- "Sí, dicen que algunos artículos, como el pan y la mantequilla, tienen precios médicos, pero no todos" dijo el Flaco mientras inspeccionaba el postre con apariencia de pudín de vainilla con sirope de grosella negra como contraste, antes de decidir probarlo con mucha cautela, ya que carecía de un catador de alimentos o pregustador como Cleopatra que le fuera a salvar la vida

- "Para la mayoría de víveres hay que ir a las tiendas de descuento en la ciudad que son más baratas y tienen mayor variedad de ofertas" explicó el Catracho fascinado por la mímica del Flaco durante el proceso del catamiento del enigma del postre y esperando el resultado antes de hacer un primer intento de probar el postre en su mar bicolor

- "¿Conocen ustedes a otros latinoamericanos?" preguntó el Guanaco después de terminar la sopa en un santiamén, pero sin derramar una sola gota del preciado líquido, y enristrando en manos tenedor y cuchillo con la destreza de un muerto de hambre

- "Ya he encontrado a otros en los bares de los tres dormitorios mayores" declaró el Flaco con la humildad de un iniciado que por casualidad se había enterado en la tarde del viernes de la existencia de los bares cuando estaba comiendo su merienda en la cocina de su piso y dos estudiantes en una mesa vecina hablaban de los bares y su intención de tomar una cerveza juntos en el bar del dormitorio 1 que tenía turno esa noche

- "¿Aquí hay bares estudiantiles?" preguntó incrédulo el Guanaco mientras devoraba su almuerzo con la voracidad de una vorágine y casi sin respirar, pero con buenos modales, lo que venía a ser una 'contradictio in adiecto' oximorónica para todo otro mortal poco ducho en hambrunas y en el renacimiento de la conciencia

- "Sí, tres en número, estando solamente uno de ellos abierto por noche a partir de las 21 horas. Hoy tiene abierto el bar 3, por ejemplo" completó el Catracho la información que, evidentemente, era de común conocimiento de todos los estudiantes del complejo, con excepción del Guanaco en su luna de Valencia con su liderazgo en el trabajo de la defensa de cualquiera de las libertades de los olores, resabios y charcos de las calles destapadas y de los callejones de sombras perpetuas y vigilancia inmortal

- "Entonces, nos vemos en la noche. Ahora tengo que hacer mis tareas e ir de compras a la ciudad, talvez ceno en la mensa antes de regresar" dijo el Guanaco antes de levantarse de la mesa con la agilidad de un lince con 'corre que te alcanzo'

- "La mensa abre a las 18 horas. Talvez nos vemos allí" alcanzó a decir el Flaco antes que el Guanaco desapareciera de la mensa de espaldas a su propia realidad, con naturaleza gobernada y afligida por generaciones de verdugos y, luego, marcharon, el Flaco y el Catracho, a sus respectivos cuartos para hacer las tareas para el día siguiente. Más tarde, el Flaco optó por quedarse en el complejo, conocido como Klausenpfad, hacer compras en el supermercado y cenar emparedados tipo rascacielos antes de ir solo al bar a las nueve ya que el Catracho había decidido irse a la cama temprano porque se sentía muy cansado después del primer día de clases

- "Hola Guanaco, sentate aquí. Caballeros, les presento al Guanaco, otro nuevo latinoamericano de preparatoria… el Charapo… el Patoco… el Chayul… el Chaparro… la Rana" saludó el Flaco cordialmente al Guanaco cuando éste apareció por la puerta del bar con la cautela que todo extraño tiene presente al penetrar un antro desconocido, la que despareció súbitamente cuando el Guanaco vio la mesa del Flaco llena de parroquianos, evidentemente latinoamericanos, y que hacían señales con la mano cuando el apodo correspondiente fue pregonado por el Flaco, quien le indicó un taburete libre en el círculo para que tomara asiento entre la Rana y el Chaparro

- "¡Mucho gusto caballeros!" declaró el Guanaco constatando para su alivio que los miembros del grupo eran simpáticos y facilitaban abundantes informaciones sobre todo tema de interés general o individual y en su turno ordenó una cerveza al camarero, un estudiante de medicina egipcio, cristiano copto, siendo el término 'copto' en sí ya un término muy enredado y que originalmente significaba en griego solamente 'egipcio', a saber, 'aigyptios' que fue sincopado por los propios coptos en 'kuptios', lo que pasó al árabe como 'qubt' o 'qibt', de donde resulta el término 'copto', musculoso y atlético, más ancho que largo, y con más labia que un político a la hora de su inauguración

- "Todo nuevo estudiante que viene por primera vez a mi bar tiene que obsequiar una ronda a la mesa y al camarero" definió Said en alemán con toda la seriedad de un pícaro mientras hacía como que limpiaba la mesa para ocultar su sonrisa, inmiscuido entre el Chayul y el Patoco, quienes conocían perfectamente el juego de Said con los novatos y gozaban la tortura del Guanaco haciendo frente a tal desvergüenza del camarero

- "Bueno, si esto es la costumbre…" titubeó el Guanaco en su mejor alemán dominical considerando que no le quedaba de otra que pagar una ronda esa noche

- "¡No te dejes embaucar por el Said del diablo, que es más mentiroso que la mentira misma!" interrumpió el Patoco provocando la risa estrepitosa de todos los vecinos hasta que todos los parroquianos del bar fueron infectados por la risa desvergonzada de Said y de la mesa

- "¡Hijos de la madre patria!" pensó el Guanaco sin encontrar equivalencia alemana al modismo que había usado considerando que todos los otros se reían porque habían experimentado el mismo destino con el desvergonzado Said, quien regresó como un rayo con la cerveza que el Guanaco había ordenado

- "Cortesía de la casa" dijo Said y le sirvió la cerveza según etiqueta de camarero de cinco gorras con el arte alemán de servir cerveza con corona, completamente contrario al estilo británico castrado, retirándose discretamente después de memorizar las nuevas órdenes de los otros parroquianos con una sonrisa de pícaro en los labios después de haber cumplido su maldad diaria que le haría soñar con los angelitos esa noche

- "El Chayul me ha dicho que mañana se reúnen los latinoamericanos a las nueve para una noche de póker en la cocina del sexto piso del dormitorio 2" dijo el Flaco al Catracho cuando lo encontró en la cocina mientras preparaban sus respectivos refrigerios para la cena

- "¿Cuánto cuesta la camisa?" preguntó directamente el Catracho una vez sentados a la mesa y después de haber disfrutado los primeros bocados de los emparedados estilo Flaco por la opulencia de ingredientes aplicados hasta la saciedad

- "Dijo que cinco marcos" aclaró el Flaco después de haber tomado un corto trago de apfelschorle para bajar el trozo de pan que se le había atorado en la garganta por glotón y que, de ninguna forma, le hacía comer menos de lo que siempre comía

- "Podemos ir a ver un poco cómo juegan los otros antes de meternos en camisa de once varas" propuso el Catracho con su lógica de sangre fría antes de dar una mordida impecable a su codiciado emparedado

- "Buena idea" dijo el Flaco y continuaron hablando de toda temática que se les venía en mente hasta que se retiró a su cuarto para reposar a como habría de hacer en los próximos cinco años en el ejercicio de los estudios sin la presencia trascendental y liderazgo en el trabajo de la defensa de las libertades que le fueran a dar la oportunidad feliz de conocer de la universidad sus olores, sus resabios, los charcos de sus calles destapadas, sus callejones de sombras perpetuas, su mar de colores, bajo el dominio inmortal de la Sierra Nevada vigilante a través de la distancia con sus picos de nieves eternas, el fondo sublime de su alma y, lo más importante, el renacer de la conciencia de que no vivía en Alemania sino que en esta tierra bendecida por la naturaleza gobernada y maltratada por una generación de sus propias entrañas con una visión de vida ajustada de otros escenarios, de espaldas a su propia realidad existente o no existente

- "Hola Chayul" saludaron en coro el Flaco y el Catracho al Chayul que estaba parado como portero de calidad sampedrana delante de la puerta norte de acceso a la cocina del sexto piso del segundo dormitorio mientras que el Chaparro hacía lo mismo delante de la otra puerta que daba al sur, evidentemente menos frecuentada

- "Adelante caballeros, que nos espera una tremenda noche de banco con tres mesas de juego, dos mesas latinas y una mezclada con Said, Peter y Volker, ¿quieren ver o jugar?" los invitó cordialmente el Chayul a que entraran en la cocina que ya estaba poblada por los buitres que saludaban cordialmente y con mirada de quebrantahuesos a los recién llegados que osaban penetrar el antro de perdición con la inocencia diabólica de una virgen zurcida

- "Como somos nuevos, preferimos ser espectadores esta primera noche" dijo el Flaco mientras estrechaba las manos de todos los presentes con excepción de Said, al que dio un abrazo cordial para evitar que le estrujase los dedos con su mano de acero, experiencia dolorosa que había sufrido la primera vez que cometió el error de estrechar su mano y que quedó indeleblemente grabada en su memoria

- "Perfecto, sigan adelante que el Quetzalito se encarga de ustedes" dijo el Chayul antes de ocuparse de los otros estudiantes que llegaban a la cocina de los hechos cuando ellos enfocaron hacia el maestro de ceremonias que los recibía con una sonrisa de vendedor de carros usados muy ducho ya en el oficio y capaz de vender televisores de color a los habitantes de un asilo de ciegos

- "Creo que ustedes todavía no conocen al Sapo... ni al Chele... ni al Chocho..." dijo el Quetzalito guiándolos a la parte de la cocina donde estaban las estufas y los lavaderos donde estaban los antedichos atareados con la limpieza y el almacenamiento de los trastos empleados para la cena antecedente que habían disfrutado, evidentemente, unos cuantos elegidos del núcleo del mocerío

- "Cierto, todavía no he tenido el gusto, encantado" dijo el Catracho estrechando las manos de los antedichos quienes, aparentemente, no le prestaron mucha atención embebidos en sus quehaceres con rijo, o a como algotros dirían: con lascivia, avidez, codicia, ansiedad y anhelo, ante la idea cercana de jugar al póker y descamisar a los otros

- "Ya he oído mucho sobre ustedes" comentó el Flaco prosiguiendo el trayecto y las acciones del Catracho hasta quedarse parados junto al refrigerador mientras los gladiadores de la noche se repartían con la seguridad de la rutina de los gatos viejos por las tres mesas y los mirones evitaban estorbarlos esperando que les indicaran dónde sentarse

- "Said, el Chayul y el Sapo se encargan esta noche del banco en sus mesas respectivas, cobran las camisas y reparten las fichas" especificó el Chocho en alemán y español y la noche de banco transcurrió amena y con rutina. Todos los gladiadores eran buenos jugadores y el juego fue desde el principio al final limpio y cristalino. La atmósfera era agradable y objetiva y en las pausas siempre había uno con una anécdota interesante que contar. Por tanto, el Flaco y el Catracho decidieron entran en esa liga

- "¿Qué tengo que hacer para que me pongan en la lista de reserva?" indagó el Flaco sin hacer referencia directa a ninguna persona del grupo viendo cómo el Chaparro intentaba blofear con sus dos pares

- "Dar el nombre al Chayul y avisarle el jueves si uno quiere jugar el viernes para saber cuántas mesas han de prepararse" declaró el Chocho con la autoridad del que toca la primera batuta en el grupo y que no responde por primera vez a tal pregunta mientras bañaba la apuesta del Chaparro teniendo cuatro ochos en mano seguro que el Chaparro iba a bañarlo nuevamente

- "Voy en ella también" se anexó el Catracho cuando el Chayul registraba en su memoria el deseo del Flaco, después de ver que el Chaparro bañó nuevamente la apuesta del Chocho haciendo que el Sapo y el Chayul abandonaran la mano mientras que el Chocho pagó para ver, ganando lógicamente la mano con su póker de ochos. Lo que, naturalmente, desagradó al perdedor. Desde ese momento, ambos frecuentaban regularmente las noches de póker del grupo en el Klausenpfad y eran miembros del club de latinoamericanos de la universidad, los que se encontraban, por regla general, en los recintos del club internacional de la misma universidad, ya que era el único club con salas inmuebles, ubicado en uno de los muchos edificios de la universidad, situado casi al final de la Hauptstrasse, a unos doscientos metros del Karlstor, y cercano a un dormitorio de estudiantas de la universidad

- "Este viernes juego al póker y el sábado por la tarde trataré de conseguir plaza para jugar pimpón en el club internacional" dijo el Flaco al Catracho cuando estaban almorzando en la mensa de Klausenpfad

- "Quiero hacer lo mismo. El que llega primero nos apunta en la lista y acortamos el tiempo de espera haciendo música con los otros paisanos" el Catracho confirmó el programa de los fines de semana en el club, donde acostumbraban reunirse para jugar pimpón, cuando les llegaba el turno, y hacer allí un poco de música con el Gordito Angustias, un guanaco con plata, al que le faltaba medio metro de estatura para completar con su peso la figura ideal, pero que era una segunda guitarra divina, Juanito, otro guanaco con más plata, muy buena primera guitarra y canto, el Chato un venezolano, cuatro y canto, el Quetzalito, un chapín, canto, y otros muchos latinoamericanos que tocaban variedad de instrumentos. El Quetzalito se hizo famoso por cantar 'Guantanamera' en una velada internacional con la letra del Chocho, con alusión al Tito Selara, emperrado revolucionario emanado de la Sierra Discípula, montes gloriosos de la antillana isla, que rezaba al comienzo: 'Guantanamera, guajira, guantanamera - Guantanamera, guajira, guantanamera - Guantanamera, guajira, guantanamera - Guantanamera, guajira, guantanamera - Mataron a Tito Selara - En las selvas de Borranca - Mataron a Tito Selara - En las selvas de Borranca - Se puede matar a un hombre - Pero nunca sus ideas - Guantanamera, guajira, guantanamera - Guantanamera, guajira, guantanamera…'. Mientras que el Flaco alcanzó fama con su versión alemana de 'Strangers in the Night', que tradujo en una serenata en aquel entonces con 'Fremde in der Nacht…', lo que causó gran revuelo y estrepitosas risas. Los dos arreglos fueron naturalmente repeticiones obligatorias el día de la parrillada. Otra vez, ambos estaban jugando pimpón en el club, como de costumbre, y el Flaco intentó cortar con efecto infame su retorno a como acostumbraba hacer el Chocho, moviendo la raqueta de arriba hacia abajo y de afuera hacia adentro, olvidándose, desafortunadamente, de parar la trayectoria de la raqueta después que ésta cortó la pelota, por lo que la raqueta aterrizó con gran fuerza en su virilidad. Lo que hizo que cayera como plomo al suelo y le causó gran dolor, especialmente en su orgullo. El ataque de risas entre todos los presentes no es digno de mencionar, mientras que el Catracho y el Chocho fueron los únicos que evaluaron correcta e inmediatamente el peligro de tales accidentes y prestaron ayuda relámpago al caído. El Catracho le ayudó sobándole los huevos y aplicándole una pomada contra inflamaciones a base de árnica que el Chocho encontró a toda prisa en el botiquín de emergencia del club. En este tiempo de sus estudios, el Flaco y el Catracho desarrollaron una amistad perdurable basada inicialmente en una conquista accidental y de chiripa al comienzo de preparatoria, pese a las muchas lagunas en los contactos a lo largo de sus vidas ya que estudiaban en diferentes facultades

- "A como ustedes saben, el Guanaco está ahora en Berlín haciendo su postgraduado y yo me regreso a Colombia el próximo mes para mi postgraduado, donde comienzo una plaza de asistencia en la universidad" pregonó el Flaco en la noche de póker dos semanas después de la partida del Guanaco a Berlín, considerando en el alma que era tiempo de partir para retornar a su casa de techo de bahareque y ventanas amplias de maderas envejecidas, alumbrado por la luna de plata después de un ostracismo donde su verbo y su espíritu de poeta trashumante se explayaron con afecto y ternura en un inventario de experiencias, añoranzas y nostalgias acumuladas durante su estadía en Heidelberg y retornar su presencia en una próxima reunión en las bancas del parque que habría de realizarse tras su retorno no presuroso ni inadvertido y para que la imprenta dejara a un lado sus columnas de tinte político y confirmara su ausencia con un artículo de recordaciones de sus andanzas en unos volantes repartidos en la población por sus amigos de noches inolvidables para el espíritu en este triste mundo

- "Yo me quedo en Heidelberg trabajando en la clínica para hacer mi especialización en medicina interna" dijo el Catracho espontáneamente mientras repartía cartas para la mano de póker en curso que esa vez era la variante que ellos llamaban 'cuchilla', una variante del 'Texas hold'em', pero con cinco cartas para cada uno de los jugadores y sin cartas comunitarias o comunes en el centro de la mesa, estando tapada la primera carta que se reparte, es decir, cada uno jugaba su mano propia y en la mano no se podían cambiar cartas. La cuchilla se jugaba solamente para variar un poco el juego y cuando la mesa consentía unánimemente a la propuesta del repartidor

    - "Las malas lenguas dicen que el Catracho se casa con Dagmar cuando termine el doctorado" dijo el Sapo, quien siempre estaba al corriente de todas las novedades del grupo, el único latinoamericano que no era estudiante y con una vida tan oscura como su piel

    - "Hay que recoger limosna para la capa del Catracho" dijo el Chocho haciendo referencia al concepto ambiguo de 'capa', tanto en el sentido de sobretodo sin mangas, largo y suelto, abierto por delante, como en el otro sentido de castración, opuesto al dicho de 'casado, pero no capado' muy en boga en esa generación. A lo que hizo caso omiso el Flaco ensimismado en el futuro cuando su partida definitiva de Heidelberg sucedió en una noche arropada por los vientos pastosos de septiembre y de presagios inciertos en medio de la oscuridad de los callejones alumbrados por una procesión de luciérnagas que lo acompañaron con un arrebato de luces intermitentes hasta el aeropuerto sin los adioses acostumbrados en las despedidas, poco después de la llegada de una carta con carácter urgente de su madre, su principal fundamento de vida, que le explicaba con detalles acerca de un sueño inaudito que nunca había experimentado en sus ya largos años de vida, donde ella hablaba dentro de una burbuja de espumas multicolores con el mar y le reclamaban que le dijera que ya era hora de partir hacia otra misión de su vida y que le estarían custodiando hasta su destino final

    - "Después de tantos años por fin te encuentro" dijo el Flaco al Chocho con gran alegría de poder haber establecido contacto nuevamente, después de haber investigado por medio del

Chele, dónde estaba escondido el maldito Chocho, al que había tratado de detectar infructuosamente muchas veces. Ahora bien, no hay que olvidar que el Flaco con su cerebro de colador tendía siempre a olvidar sus apuntes y direcciones, lo que años después heredó su computadora

- "En verdad, en verdad, te digo que es una eternidad desde nuestro último contacto. Bueno, si querés podemos ponernos al día respectivamente" invitó el Chocho al Flaco para que comenzara con su narrativa que, por regla general, era una fuerte veta literaria que se desbordaba por todas las riberas del mundo mental con toda la labia de un abogado enredando el pleito que estaba perdiendo

- "Han sido muchos años desde que me vine de allá. Algunas veces creo que por falta de madurez y otras por mi situación financiera, ya que en aquel entonces había problemas con los dólares" hizo memoria sinóptica el Flaco sobre su escape de Heidelberg en los tiempos del pinol, recordando que muchas veces no hubiera sobrevivido sin las ayudas y asistencias del mocerío

- "A mi parecer, no era por falta de madurez…" comenzó el Chocho la frase queriendo entrar en materia sin obcecar en este punto de la conversación

- "Tenés toda la razón del mundo, era la falta de dólares. De todas maneras, fue una experiencia de vida que me marcó y me ayudó a ver la vida de otra forma" lo interrumpió el Flaco, asintiendo y considerando que nadie sabía la alegría que le había dado haber podido entablar contacto otra vez con el Chocho, lo que no había hecho antes porque su computadora había borrado toda la información arqueológica por un virus desgraciado y la que por fortuna pudieron arreglar los técnicos de la universidad solamente después de haber conseguido los datos del Chocho por medio del Chele

- "Bueno, exceptuando a los estudiantes de medicina que precisaban trabajar en los hospitales, en aquel tiempo era difícil para nosotros trabajar como los alemanes durante los estudios" explicó el Chocho sabiendo que el Flaco no se había olvidado del mocerío y que guardaba una amistad longeva para con todos sus miembros que aguanta todos los embates de la vida y de los olvidos imberbes

- "Nos faltaba el permiso de trabajo y para conseguirlo habían de hacerse incontables trámites y tener el apoyo del correspondiente patrón o casarse con una alemana o naturalizarse" detalló el Flaco teniendo presente que tanto el Chele como el Catracho y el Chocho habían terminado casándose con una alemana al terminar los estudios

- "Yo tuve suerte con mi instituto, donde me facilitaron todo el apoyo necesario para obtener el permiso de trabajo requerido" recapacitó el Chocho la sucesión sucesiva de sus sucesos correspondientes al caso

- "Verdaderamente, en aquel tiempo te admirábamos y todavía recuerdo ese pueblo tan bello donde hice amistades como la tuya y te juro que siempre me he dicho que antes de morir viajo a Alemania para celebrar las vacaciones de mi vida, un año que creo merezco después de haberme jodido tanto para sacar a mis hijos adelante con el concurso de mi esposa" pregonó el Flaco como político desempleado en un mundo cruel con muchas crisis

- "Hablando de esposas, el Catracho está casado con Dagmar y yo con Ingrid" añadió el Chocho lo que el Flaco ya sabía desde entonces

- "Claro, recuerdo perfectamente los chistes de la 'capa' del Catracho cuando andaba con Dagmar y tus andanzas con Ingrid, con la que teníamos que tener mucho cuidado porque hablaba mejor español que la mayoría de los del mocerío y no se le escapaba ninguna indirecta" secundó el Flaco haciendo propaganda franca para las facultades lingüísticas de Ingrid

- "Es que todos eran muy malhablados. Del Catracho podemos hablar en otra ocasión, pero ahora contame algo de tu vida" encausó el Chocho la conversación para evitar los desbordes típicos del Flaco

- "Bueno, al regresar de Alemania me gradué de sociólogo, pero en los años setenta esta profesión no tenía muchas alternativas laborales, pero pude acumular algunas reservas, por lo que me fui a México donde adelanté un postgrado en mercados y estadística. Cosa que me abrió las posibilidades de manera inmediata. Luego, comencé a trabajar y vinieron los hijos que ya están grandes y profesionales" resumió el Flaco en pocas palabras su vita con la soberanía de un letrado imperturbable ante el pupitre que dice su lección sin omitir una jota o punto y coma

- "El culpable de la prole es el espíritu santo" observó el Chocho con la malicia de un dicharachero sin conciencia tratando de sacar de quicio al Flaco, lo que en los tiempos estudiantiles del pinol era su deporte favorito con mucho éxito

- "No, esto es culpa exclusiva de mi mujer y de la humilde persona que habla contigo" opuso el Flaco con la pericia de un experimentado en discusiones absurdas en noches eternas con el Chocho y el mocerío, donde no importaba el punto de vista que uno defendía, sino que solamente los puntos que uno ganaba

- "¿Dónde viven?" preguntó el Chocho cambiando el tema como un camaleón el color afanado en encontrar un punto débil en los enunciados de su contraparte

- "Mi hija vive en Montreal, Canadá, y mi hijo en Bogotá" informó el Flaco con la seriedad de un cura de pueblo que llega a la ciudad, seguro que el Chocho siempre iba a encontrar tres o cinco pies al gato

- "Bogotá de Colombia…" hizo hincapié el Chocho para enfadar al Flaco en este ámbito patriótico de los costeños

- "…y no de mierda" añadió el Flaco consolidando su posición frente a tal ladilla impertinente que no deja de joder a la buena gente

- "Tantos estudios, pero, ¿cuál ha sido el definitivo para tu vida?" indagó el Chocho con curiosidad comedida, pues estaba agradablemente sorprendido que el Flaco hubiera hecho su camino en la forma que lo hizo, pese a su fama de distraído que tenía ya antes de casi rajarse los huevos en el famoso partido de pimpón

- "La profesión de economista es la profesión que he ejercido y la que me ha dado la oportunidad de realizarme y de sostener mi hogar. Simultáneamente, he sido profesor universitario durante cuarenta años y actualmente dicto clases en el área financiera en la universidad del magdalena, pública y muy buena, con casi veinte mil estudiantes. La universidad es la única institución pública que sirve en mi departamento, mientras que el resto huele a corrupción y bandalaje" detalló el Flaco con cierto orgullo su emergencia, sin tener idea de la asociación de ideas que deambulaban por la mente del Chocho en este contexto

- "¡Sinceras felicitaciones caballero! Pues has hecho tu vida de forma ejemplar, pero sigue por favor…" demandó el Chocho muy interesado por los detalles hasta ese entonces mayormente desconocidos para él y que hablaban a favor del Flaco

- "Gracias Chocho, aprecio tu sincero cumplido. Toda la vida he ejercido en el área de la salud y he ocupado cargos de importancia, pero desde hace rato me dedico a las asesorías en los diferentes hospitales de la región" complementó el Flaco sus informaciones que esbozaban el perfil de un letrado que había sabido cómo salir adelante en su vida

- "¡Madre mía, qué lumbrera tan altruista!" exclamó el Chocho franco y sin envidia, convencido que el Flaco había hecho su camino en la mejor forma posible

- "Tengo varios postgrados y actualmente adelanto una maestría on line en sociología de la educación, tema que me apasiona y me aleja de los números, de los cuales ya estoy cansado" concluyó el Flaco con la parsimonia y seguridad propia de todos los catedráticos del mundo cuando hozan en sus costales esparciendo sabiduría por todas partes

- "Fuera del contacto con el Chele en Lima, ¿tenés otros contactos?" preguntó el Chocho con la inteligencia socrática de los que están bien informados y que, como los buenos periodistas, nunca revelan sus fuentes ni el nivel real de sus informaciones

- "Sí, casualmente me escribo regularmente con el Quetzalito, quien vive en la ciudad de Guatemala…" empezó el Flaco su enumeración con un borrador que, evidentemente, ya tenía almacenado desde años en una de las muchas gavetas de su cerebro

- "Sí, me acuerdo de Luis Rolando Campeador Maldonado, chapín de cepa, con plata y buena voz" comentó el Chocho recordando las numerosas veladas del club latinoamericano de la universidad donde el Quetzalito había cantado intercambiando el turno con los otros vocales del mocerío, entre los que también figuraba el Flaco

- "De la Rana me he enterado que regresó a Costa Rica…" continuó el Flaco en orden aparentemente aleatorio la enumeración de los delincuentes

- "¡La Rana, Alejandro Ernesto Castillo Mugía! Con su complejo que nadie entendía lo que decía, lo que en sí es raro para los ticos, que usualmente hablan un buen castellano" comentó el Chocho recordando la historia que había contado la misma Rana, cuando viajando con avión a México tenía un vecino de asiento con el que charlaba amenamente hasta que el vecino le preguntó de qué parte de Brasil venía, lo que enojó sobremanera a la Rana incomprendida

- "El Chayul está viviendo ahora en Colón de Panamá…" siguió el Flaco su enumeración, la que le ayudaba a tener al Chocho enganchado en el juego de comunicación intelectual luchando por demostrar quién tiene la mejor memoria

- "Manuel Buenaventura Herrero Pérez, si mal no recuerdo y a como su apodo reza, insecto más pequeño que el mosquito que no pica, pues era muy buena gente" comentó el Chocho la buena impresión que el Chayul le había dejado en los tiempos de la universidad

- "El Chapulín tiene ahora una compañía de exportaciones con Pomponio en Acandí, ciudad al borde de la frontera con Panamá…" enunció rápidamente el Flaco apreciando el valor estratégico de tal sede y el buen olfato de los dos sabuesos oportunistas que habían sido sus compañeros de colegio hasta el bachillerato y sobre los que el Chocho no debería tener muchos conocimientos

- "José María Jaramillo Jiménez y Miguel Alejandro Mejía Loma, dos falsos comunistas más capitalistas que el capitalismo mismo" resumió el Chocho la vita de esos dos colombianos que habían ayudado a la zona oriental a obtener magna cantidad de divisas con el tráfico de estupefacientes en Europa y que siempre supieron salir adelante sin ningún rasguño en las situaciones más adversas

- "El Patoco reside ahora en Maguncia de Alemania…" lanzó un nuevo cebo el Flaco a la hambrienta piraña con erupción de sentimientos amistosos que inundan los sentidos gustativos y deleitosos con afecto y aprecio en un inventario de experiencias, añoranzas y nostalgias de recuerdos reales del pasado sin venir

- "El ecuatoriano Luis Ángel Pinolo Zapata que era siempre muy aplicado, oriundo de Latacunga. Denominado según una clase de lagartija poco conocida, pero con fama de entrometida. Nombre que se le ocurrió a uno de los zoólogos del mocerío una tarde dorada al pie de la torre de las brujas en el patio de la universidad" completó el Chocho la afiliación con la sabiduría de una enciclopedia refundida a la enésima potencia en una confabulación mágica de mesteres de juglaría que no deben confundirse con los mesteres de clerecía

- "El Charapo está ahora en Seuzach de Suiza…" continuó el Flaco sin dar tregua para que el Chocho soltara una de sus historietas bonitas con trasfondo social real

- "John Galimatías Coronado, venezolano de Tucupita, cuyo apodo siempre había tenido que ser explicado por el significado desconocido que quería decir 'machete de rozar' sin tener semejanza con una guadaña" añadió el Chocho, recordando que le habían puesto ese nombre por sus largas manos que semejaban tales machetes de rozar y que era un buen pianista y carterista

- "…y el Chaparro regresó hace unos años a Santiago de Chile…" dijo el Flaco sin dejar de ser jamás un personaje embebido de poesía y coraje codiciando vivir la vida llena de recuerdos y reencuentros

- "Claro, el chileno Pedro Álvaro Ponce Arístides, muy culto y con enorme suerte con las mujeres, suerte inversamente proporcional a su estatura, al que todas sus mujeres gustaban dar el pecho. Por mi parte puedo informarte que del Sapo no hay ni rastro" dijo el Chocho esperando que el Flaco no fuera a preguntar más detalles sobre el Sapo

- "Pues yo tampoco he recibido noticias sobre el Sapo, pero talvez sabés algo sobre Juanito y el Gordito Angustias…" dijo el Flaco sin prestar mayor atención al capítulo marginal del Sapo, propiedad de los estados fruncidos según se acostumbraba decir en el mocerío

- "De Juanito puedo decirte que tiene cáncer en el pulmón y está en tratamiento paliativo en el hospital militar de San Salvador, desgraciadamente" informó brevemente el Chocho recordando la cantidad de multas que Juanito pagaba semanalmente al municipio por parqueo falso en la ciudad, tal que cuando una semana no llegó al municipio porque excepcionalmente no tenía infracciones que pagar, lo llamaron por teléfono para averiguar si estaba enfermo, ya que no era tiempo de vacaciones en la universidad

- "Me apena enterarme de esto. ¿Qué hace en un hospital militar? Si mal no recuerdo, él no era militar" preguntó el Flaco un poco sorprendido que Juanito estuviera internado en un hospital militar de un país tan rabioso como El Salvador

- "De regreso en El Salvador, le dieron un puestazo en el ministerio de relaciones exteriores, por lo que tiene acceso a todas las instituciones del gobierno, incluyendo dicho hospital militar" explicó el Chocho la razón del acceso de Juanito al hospital militar, quien en los tiempos de estudiante odiaba a los militares

- "Como no tenía contacto con él, no sabía de su puestazo y delicada salud. En tales casos uno aprecia siempre la suerte propia sin saber con qué la ha ganado uno" dijo el Flaco con la profundidad filosófica de un charco y muy apenado por su falta de informaciones sobre el estado actual de Juanito y su cambio de opinión respecto a los militares

- "Mientras que el Gordito Angustias reside en San Miguel de El Salvador y padece de gota y también tiene problemas disneicos" prosiguió el Chocho su breve excurso con la fluidez demagógica de un manipulador que cede el timón con astucia para que los otros tomen rumbo al punto que él quiere

- "Para una persona tan obesa como el Gordito Angustias esto es muy malo… pero ahora quiero que me contés de Heidelberg que es mi cuento de nostalgias represadas y de poesías por la vida. Yo estoy bien de salud lo mismo que mi familia, trabajando como siempre en la universidad que representa todo para mi hasta que me pensione de viejo" se apresuró a indicar el Flaco, a fin de cuentas, con una cierta erupción de sentimientos amistosos que inundaban los sentidos gustativos y deleitosos del oyente agradecido

- "En verdad, los años pasan muy rápido" confirmó el Chocho con una de esas frases cajón creadoras de confianza e intimidad entre los interlocutores, sabiendo que el Flaco estaba a punto de abordar otro tema

- "Me recuerdo en Heidelberg y veo las fotos y no lo puedo creer, pero es la realidad y estoy decidido a un sacrificio grande con tal de cumplir el sueño de volver allí." añadió el Flaco con tanta morriña como un gallego detrás de una esquina que tapaba el querido campanario de su parroquia

- "Parece que estás muy decidido de venir a Heidelberg" recapacitó el Chocho con una sonrisa inadvertida en la mente, dudando que el Flaco fuera a reconocer inmediatamente las imágenes del centro histórico, especialmente la de la Hauptstrasse sin aceras, tráfico y tranvías, poblada de hormigas locas estudiantes corriendo de una sala de clases a la otra, ahora infectada mayormente con hormigas asiáticas armadas hasta los dientes de cámaras

- "¡Definitivamente! Además, quiero enviarte un cuento bien largo para que lo disfrutés porque es para cagarse de la risa, pero tiene confesiones de autor como tú dices y fue escrito con tiempos verbales diferentes donde tuve la oportunidad de descargar conceptos un poco profundos sobre la vida" dijo el Flaco embriagado por los besos de las musas en un amanecer resplandeciente frente al Mar Caribe infectado de piratas de todas las nacionalidades del mundo y españoles ladrones

- "¡La suerte está echada!" exclamó el Chocho considerando que las promesas del Flaco despistado siempre tardaban eternidades en llegar a realizarse, no porque el Flaco no quisiera más, sino porque eso era siempre así debido a la ley más fuerte del Flaco, la ley del olvido por cierto tiempo de lo que había prometido para, repentinamente, recordar y efectuar lo que ya hubiera tenido que realizar hace siglos

- "Me gustaría con el tiempo dedicar sendos cuentos a los otros amigos del mocerío ..." prometió el Flaco casi en estado de trance con voz patética y ojos de chivo ahorcado en camino a la guillotina ciudadana o en su defecto al cadalso indio

- "Suena a promesa de político" tradujo el Chocho la falsa dramaturgia de una de esas famosas telenovelas cubanas que escobeaban las calles desiertas durante la transmisión por radio, estado de la técnica en aquellos días de la niñez, y que encantaba al Chocho usar en toda ocasión propicia para dar rienda a los políticos faltos de palabra

- "Viejo, ¡no jodás! Me podés decir, qué es de la vida de Doro, la amiga de Ingrid. El Quetzalito dice que es educadora" demandó el Flaco apocopando el nombre de Dorothea y recordando una instantánea con Doro uno de esos días al frente de la universidad a las cinco de la tarde, en camino a clases después de una larga semana santa con pesadillas de culos desnudos y tetas colgando a como el Chocho había descrito en uno de sus poemas que décadas más tarde pudo publicar, lo que el Flaco estaba todavía por saber

- "Después de sus estudios, Doro se fue a Sudamérica y terminó estableciéndose en Bolivia, donde se casó con un boliviano de Cochabamba..." el Chocho no pudo terminar su frase pues fue interrumpido por un exaltado oyente

- "¡Los cambas son tramposos y peligrosos, son capaces de vender a la propia madre!" exclamó el Flaco recordando las malas experiencias que había sufrido el mocerío con todos los cambas que habían aparecido por la universidad

- "...quien, desgraciadamente, a la hora del matrimonio todavía estaba casado con otra mujer..." continuó el Chocho informando, en resumidas cuentas, sobre la delincuente casada con un bígamo, quien le hubiera podido generar grandes problemas en todo sentido si ella hubiera cometido el error de inscribirlo en la embajada como su marido, lo que omitió por comodidad, más que nada, debido a que vivían en un pueblo de la provincia donde lo único que había era calor, burros y un hospital donde ella trabajaba en la administración y procuraduría

- "Típico de Doro, siempre ha tenido mala suerte con los hombres que se busca" comentó el Flaco la mala mano que siempre había tenido Doro en este contexto, considerando que ellos nunca intentaron ser más que amigos, aunque Doro era un buen culo, muy codiciado entre los latinoamericanos de Heidelberg, pero muy dichoso de haber encontrado su suerte en la cumbiamba Colombia con Beatriz, su mujer, y los dos hijos que ambos se habían obsequiado recíprocamente

- "Esa unión generó dos hijos y trajo malos tiempos a Doro hasta que recibió noticias de la embajada por razones de una herencia de una tía de ella que le dejó cosa de 100.000 marcos de herencia, mucha plata en aquel entonces..." continuó el Chocho la crónica que tanto interesaba al Flaco con ánimo mejorado por el servicio de informaciones prestadas por el Chocho que siempre estaba óptimamente al corriente de todas las novedades del mundo, algunas veces casi a nivel de clarividente y sin las limitaciones naturales del oficio

- "Al menos tuvo suerte esta vez con la plata" dijo el Flaco envidiando solamente la herencia y sin ningún otro motivo que la conexión con todo aquello que no pudo hacer por los compromisos con la vida, pero muy mamado de tanta plata que rompe esquemas, mientras esperaba un buen contrato en un hospital para poder realizar el sueño de su vida, que era encontrarse con sus amigos en esa ciudad de Heidelberg que tanto azuzaba su mente

- "Con la plata en su cuenta corriente en Alemania y sin revelar al bígamo el asunto de la herencia, tramitó exitosamente el divorcio y regresó a Alemania para establecerse en Steinhöring, donde hasta ahora reside" identificó el Chocho la delicada libertad de Doro, observando las raíces que construyen espacios vitales en los micro mundos respectivos interesantes de los individuos cuando son expresados para el conocimiento de otros

- "¿Dónde queda eso?" preguntó el Flaco en un afán permanente de limitar las manifestaciones de desconocimientos geográficos relacionadas a la visión de las vidas que se van para no volver, todavía un poco desmejorado de ánimo por el fallecimiento de su suegra un par de meses antes, ya que había sido una gran pérdida para su señora, la que un mes antes había sido hospitalizada con una neumonía preocupante, de la que afortunadamente se curó sin problemas para poder asistir inmediatamente a su madre para el gran viaje sin retorno

- "Es un municipio en el distrito de Ebersberg..." el Chocho estaba por continuar la explicación detallada cuando el Flaco lo interrumpió con su nueva pregunta que salió como una bala, lo que el Chocho estaba esperando en cualquier momento con saña diabólica, pero que por la rapidez lo sorprendió un poco, vitalizando la vida de las tortugas

- "...y, ¿dónde queda Ebersberg?" emergió la interrogativa del Flaco sediento de sabiduría como la subjetividad para agrandar su horizonte geográfico, considerando que Beatriz había viajado el día anterior para Miami para verse con Ana María, su hija, y los nietos así que en tales días estaba solo con Eduardo, su hijo, en su encantadora Santa Marta, la que generaba satisfacciones escondidas en el alma que ningún dinero puede facilitar

- "Ebersberg sita a cosa de 30 km al Este de Múnich y tiene aproximadamente unos 4.000 habitantes" especificó el Chocho sin revelar que él conocía tal región debido a que había visitado en Grafing, un pueblo cercano, el instituto Goethe antes de ingresar a la universidad en los tiempos del pinol. El distrito era conocido debido a que la familia de una nueva artista de cine alemana residía por esos lares y su amigo, otro artista de cine francés, la visitaba constantemente con su caravana de carros de lujo poblando las normalmente desiertas carreteras de tercer orden en la provincia bávara

- "Un pueblo bávaro donde el diablo perdió su virginidad. Me gustaría entrar en contacto con ella y si podés ayudarme te estaría muy agradecido" con lo que finalmente salió a luz lo que el Flaco estaba tratando de conseguir infructuosamente desde hacía un par de meses por todos los canales que conocía

- "Te mando su dirección cuando tenga tiempo" indicó el Chocho circunstancialmente, dando a entender que no tenía ninguna prisa por mandarle la dirección solicitada o, lo que es lo mismo, se la mandaría con la velocidad acostumbrada del Flaco, más lenta que un correo a mulas y con la frecuencia de cuando muere un obispo

- "Otra cosa que se me ocurre… me acuerdo de tus poesías y en especial de una que declamaste en una reunión de latinoamericanos que comenzaba con algo así como 'culos desnudos, tetas colgando, es lo que dice que mira el indio, la gente…', ¿todavía la conservás?" indagó el Flaco con lisonja sin malicia pues, en realidad, estaba interesado por el poema que muchas veces había declamado con lagunas a Beatriz en noches tropicales bajo el mosquitero con delicado olor carnal después de consumido el acto

- "¡Qué barbaridad! Todavía te acordás de los 'culos desnudos' y de las 'tetas colgando'. Bueno, pues, el poema ha sido publicado en el marco de una colección de poemas y está a la venta en el mercado" aclaró el Chocho sin esperar que el Flaco fuera a obtener el libro en ese culo del mundo llamado Santa Marta que solo tiene en mente los cuatro días del año que apoyan la explosión demográfica de manera significativa, conocidos como las carnestolendas o los desenfrenados días de carnaval

- "Decime cómo conseguir el libro del cual me haces referencia, pues me gustaría poseer y leerlo" estipuló el Flaco con franco e inquebrantable interés, pese a que había tenido la última semana una circunstancia difícil que le había bajado el estado de ánimo, a saber, una equivocación del banco con el pago de una deuda que no le dejaba la vida tranquila, pero que por fin se arregló, experimentado nuevas temporalidades en sus relaciones comerciales con los bancos

- "Muy sencillo, usando la sigla ISBN podés investigar a nivel global, dónde podés ordenar el libro. Tu librería de la esquina también puede hacer la investigación por vos" explicó el Chocho lo que era estado de la técnica entre editoriales y similares, pero lo que estaba por verse en lo que corresponde a la bendita Santa Marta

- "¿ISBN?" preguntó el Flaco perplejo, ya que evidentemente desconocía la sigla, admirando al viejo lobo por lo mucho que sabía, bueno, el diablo sabe más por viejo que por diablo, pensó él en el rincón más profundo de su mente que no estaba acosado por las penas del país, donde las cosas estaban al revés, ya que la derecha no dejaba aprobar el proceso de paz y el resto se encontraba en un limbo jurídico que podía echar al traste cuarto años de negociación y volver a la misma mierda de la violencia que había reinado tantos años en Colombia. El Flaco estaba muy cansado y juraba que le gustaría salir pronto para respirar tranquilidad y tolerancia, cosas que allí nunca se habían dado como factores de vida, anhelaba tener la oportunidad de hablar de temas libres, ufano y sin temor al machete, con una cerveza alemana en la mano en un jardín cervecero

- "Abreviatura inglesa para 'International Standard Book Number', es decir, 'número estándar internacional de libro' en el sentido de un número de identificación internacional asignado a los libros que identifica inequívocamente un libro a nivel mundial. Algo así como las huellas dactilares de una persona en criminalística" definió el Chocho.

Capítulo 3

El Catracho

- "Don Teodoro, gusto en verlo" dijo Amalia Rosa Castrillo, viuda de Lustrado y madre del Catracho, a Teodoro Matus, uno de los jefes de Juticalpa que acostumbraba tomar el fresco sentado en un taburete de la venta 'Las Delicias' precedente al Mercado Central con su techo raro en forma de ostra estilizada y donde ella había especulado encontrarlo para pedirle uno de esos volados que solo funcionan en determinadas constelaciones siderales catrachas ya que el país era y todavía es y seguirá siendo per omnia saecula saeculorum un caso corrupto muy especial con gangrena perenne de los allí accidentalmente nacidos. La caravana de migrantes pone a Honduras desde hace eternidades en el mapa como un país castigado por la indiferencia internacional y la completa falta de respeto a los derechos humanos, castigado por la desigualdad social, por la corrupción, por la pobreza, por la violencia, por la impunidad. Honduras nunca ocupa ningún titular positivo de la actualidad internacional. Solo sale a luz cuando una desgracia asola el país. Los huracanes, los golpes de estado, los asesinatos de los líderes indígenas, las elecciones fraudulentas y las caravanas de migrantes son unos pocos ejemplos en este contexto. Honduras no es titular digno de la actualidad internacional. Los titulares se dan solamente cuando una desgracia asola el país

- "Muy buenos días le dé Dios, Doña Amalia Rosa. Usté sabe que estoy siempre a sus órdenes" respondió Teodoro Matus, recordando con enorme gratitud la ayuda que le había prestado Amalia Rosa, la dueña de la mejor farmacia de la ciudad, cuando estaba gravemente enfermo con una pulmonía del diablo que había pescado doce años antes durante la caza de una banda de malhechores juveniles armados hasta los dientes que había osado secuestrar el carrocarril a Danlí con todos los pasajeros con la clara intención de pedir rescate por los rehenes y el vehículo. Era el pan catracho de cada día entre las maras, especialmente entre las nuevas, emergentes como malas hierbas y sin acceso establecido a los narco-mercados. que siempre buscaban una nueva fuente de ingreso por medio de la lucrativa extorsión y la temida violencia aplicada en los incontables secuestros cuando no se obedecían sus normas o no se pagaban los rescates exigidos. Mientras que las maras establecidas negociaban con la droga producida por los próceres que dominaban el país y que lo estaban convirtiendo ya en un narcoestado. Tales próceres vinculados al narcotráfico se esmeraban en ganar la simpatía de la población y autoridades con sus dádivas y generosas donaciones. Entre los rehenes se encontraba, desgraciadamente, el marido de Doña Amalia Rosa, Luis Ramón Lustrado Palenzuela, doctor en medicina general, muy apreciado por todos los vecinos de Juticalpa. La caza duró diez días completos bajo torrenciales lluvias y cuando lograron sitiar a los malhechores, éstos mataron a todos los rehenes antes de suicidarse en masa para evitar ser capturados en vida. En este marco, ella le facilitó el antibiótico que le salvó la vida por pedido expreso a la fábrica en Miami

- "Usté siempre tan atento Don Teodoro, casualmente necesito varias copias fieles de la partida de nacimiento de mi hijo y pasaporte correspondiente para él, que se va a estudiar a Alemania, como usté sabe…" dijo Amalia Rosa dándole un sobre con seis fotografías, del que Teodoro Matus tomó tres devolviendo el resto, todo esto con la habilidad de un prestidigitador en función de gala mientras su guardaespaldas se daba aire de gringo con ojo avizor muy disimulado bajo el ala del sombrero y sin gafas contra el sol y sin prestar mucha atención al colega encargado de la protección de Doña Amalia Rosa. A raíz de los muchos secuestros y asesinatos en los últimos años, la seguridad privada se había convertido en una necesidad obligatoria para quien tenía un negocio, grande o pequeño. Las armas entonces aparecían por todas partes, en los camiones de reparto, en las puertas de los supermercados, en las farmacias, en las panaderías, y esa enorme plantilla de guardias de seguridad estaba en manos de empresas cuyos dueños eran los militares y exmilitares del ejército catracho, un excelente círculo vicioso para los mejor situados, mientras que la principal fuente de ingreso de la mayoría de los catrachos era el trabajo en las maquilas, grandes talleres industriales de ensamblaje de piezas textiles en países con mano de obra barata con destino a países desarrollados que daban trabajo a más de cien mil personas en Catracholandia, siendo la mayoría mujeres, jóvenes y madres solteras que trabajaban en condiciones muy duras y con salarios irrisorios

- "¿Algún deseo especial?" preguntó Teodoro Matus no solamente por pura cortesía pues como uno de los jefes tenía amplios poderes plenos para hacer lo que le diera la gana en su distrito, especialmente para con los que estaba profundamente agradecido durante el ejercicio constante y disciplinado de la carrera, lo que le dio la oportunidad de manejar la soledad que abrazaba su espíritu en las noches de lluvias inmortales como nunca había sentido y además de conocer de manera directa las vicisitudes de una sociedad quebrada de manera significativa en clases sociales bien definidas y orientada con la certeza de sus propias convicciones hacia los placeres de la vida, apoyado en el negocio del banano que hacían de ella un mundo irreal de espaldas a la realidad del resto del país

- "Si fuera tan amable de corregir el año de nacimiento de mi hijo, pues el registrador en cargo a la hora del registro lo hizo un año más joven de lo que es…" expuso Amalia Rosa muy consciente de la conversación que había tenido con su hijo la noche pasada, donde el Catracho había expuesto a su madre que no podía presentar su solicitud de admisión a la universidad para el siguiente año, ya que le faltaba un año de edad cumplida para ser admitido a las universidades alemanas

- "No faltaba más, en unas dos semanas le remito los documentos por mensajero personal a su farmacia" respondió Teodoro Matus tocando levemente el canto delantero de la visera en lámina flexible sintética de polietileno de alta densidad de su kepis en gesto de despedida concisa afirmativa influenciada por una filosofía extraña a su modo de vida y consagrada al cultivo de las artes militares importadas de la Florida en un acto de penetración cursi que más bien respondía a un esnobismo copiado sin sentido que había construido y enclavado la irrealidad de un mundo feliz en medio de una violencia sórdida entre los partidos políticos que habían perturbado los cimientos de la civilidad del país sin que alguien se diera cuenta de ello ni mucho menos de las luchas libertarias de otras partes del mundo que tocaban las puertas de la época con trompetas de liberación

- "Juan Ramón, aquí tenés seis copias fieles de tu partida de nacimiento con tu año de nacimiento corregido y un nuevo pasaporte para que podás hacer tus solicitudes de admisión a la universidad en Alemania. Mi única condición es que huyás ahora lo más lejos que podás y que no regresés nunca más a este país de mierda, lo que ya también ha prometido tu hermana, la que parte el próximo mes a Suiza, como ya sabemos, para comenzar sus estudios y establecerse allí" dijo Doña Amalia Rosa como preludio a la cena cotidiana donde la familia acostumbraba celebrar convento familiar a discreción. El Catracho quedó boquiabierto asombrado por el hecho que su madre hubiera logrado conseguirle documentos oficiales con año falso de nacimiento, a pedir de boca para su solicitud, en un santiamén. Lo que palpablemente ponía en relieve la desigualdad y la concentración de poderes en un pequeño porcentaje de la población, a saber, diecisiete familias a nivel nacional, origen de todos los problemas del país que dejan indefensa a la mayoría de los catrachos en el fango de la violencia metida en cada poro de todas las capas sociales derivada de la pobreza, desigualdad y corrupción omnivalentes, donde todos malviven de negocios al margen de la legalidad. Considerando que el 66% de los catrachos vivían en pobreza y el 45% en pobreza extrema con menos de un dólar por día, era un milagro que el país todavía subsistiera, cosa que el Catracho no sabía en aquel entonces

- "¿Dónde llegaste y dónde hiciste tus primeros cursos de alemán en Alemania?" preguntó el Flaco la primera tarde que se reunieron para hacer sus tareas en el cuarto del Catracho, lo que pasó a ser la rutina maestra durante los cursos de preparatoria, pues ambos trabajaban muy bien de mancomún sin exagerar la aplicación aplicada a las tareas, lo que les permitía disfrutar conjuntamente las oportunidades de la vida, ofreciendo al cuerpo todos los retozos democráticos que cruzaban sus caminos, si bien los primeros meses había sido muy sobrios para ambos debido a la falta de oportunidades adecuadas que les hicieron vivir sin vivir la vida diaria con el alma en exilio y sin dejar dormir bien a los santos pega-palos

- "Llegué por avión a Stuttgart y de allí me fui a Blaubeuren, donde visité varios cursos de alemán antes que comenzara el semestre de mi inscripción en la uni" explicó el Catracho, seguro que el Flaco no tenía idea de dónde queda Blaubeuren, lo que él solamente había averiguado cuando buscaba plaza para sus cursos sin ninguna idea geográfica concreta en su horizonte de mendigo existencialista, generando su propia vanguardia filosófica orientada en la propia existencia por vías del análisis de la propia condición, de la libertad y de la responsabilidad y de las emociones individuales, así como del significado de la propia vida, desconociendo hasta ese entonces los tratados básicos de Kierkegaard y Nietzsche que fueron transformados en temas de salón por Jean-Paul Sartre o por Simone de Beauvoir o por Albert Camus o por tantos otros locos, siendo la existencia anterior a la esencia, la realidad anterior al pensamiento y la voluntad anterior a la inteligencia, mientras que la angustia existencial genera la aparente absurdidad del mundo

- "Blaubeuren, ¿dónde queda eso?" preguntó el Flaco para plena satisfacción del Catracho quien se hubiera disgustado mucho si la pregunta no hubiese emergido, ya que estaba esperando dicha pregunta para poder lucirse como sabihondo contra la sabiduría tradicional cristiana, agnóstica o pagana del inexistencialismo absurdo de los curas, a los que nadie para bolas en cualquier mundo

- "Bueno, es un municipio situado en el distrito de Alb-Danubio, en el Este del land de Baden-Württemberg, en la región de Tubinga y cerca de la ciudad de Ulm… y vos, ¿dónde llegaste a

Papalandia?" contrapreguntó el Catracho mientras le ofrecía un pucho intermedio con la inocencia de un diablillo sártrico, él que el Flaco aceptó con los ojos cargados de solidaridad y agradecimiento para encenderlo con su nuevo encendedor de gas dando un gran jalón antes de dar el golpe para guardar el humo en los pulmones y ofrecer la llama a su contraparte quien también prendió su pucho de la misma forma

- "Llegué por barco a Bremerhaven y terminé en el instituto Goethe de Bremen antes que comenzara el semestre de mi inscripción, igual que vos" expuso el Flaco en forma clara sus primeros pasos en Alemania expeliendo poco a poco, entre palabras, el humo de sus pulmones con el placer metrallante de un orgasmo fumatélico inspirado por las películas del cínico y moralmente dudoso Humphrey Bogart, de perpetua elegancia dominada por el eterno pucho entre sus dedos o al borde de una esquina de sus labios, tan en boga en aquellos entonces, especialmente en el papel de Rick Blaine, papel originalmente previsto para Ronald Reagan, en la película Casablanca, una de las más grandes historias de amor del cine mundial, tan admirado por el Flaco por la figura de macho con voluntad inquebrantable y condición poco convencional filmográfica

- "Este viernes será nuestra primera sesión activa de póker con el grupo latinoamericano del Chocho y como dicen que hay un club internacional de la uni en la ciudad. ¿Tenés ganas de echarle un vistazo el sábado por la tarde?" filosofó el Catracho la forma de no perder la cara frente a uno mismo, considerando la visita al club como una válvula de escape a factibles pérdidas en el juego del día precedente disfrutando el humo embriagante que escapaba alternativamente desde las profundidades de sus pulmones por su nariz y boca mientras articulaba sus frases

- "¿Por qué no? Si nuestra racha de suerte dura hasta el sábado, podemos hacer contacto con algunas estudiantas" especuló el Flaco con las ansias de un desesperado esperando un tren retrasado en un andén cundido de pasajeros moviéndose como hormigas locas dando un último jalón al pucho antes de apagarlo en el cenicero con aire de gran señor de moral dudosa y cínica y sin un peso en el bolsillo

- "No soy selectivo, toda hembra me es bienvenida, pues mis huevos están por estallar y no tengo ganas de pajearme" constató el Catracho su estado de ánimo carnal, experimentando de pronto las incertidumbres del alma o mejor dicho de la polla en el exilio, que era como vivir sin vivir cuando la polla no tiene pollera para empollar, en lucha ardiente contra el pesimismo emergente de la carencia de hembra predominante del momento que le hacía dormir permanentemente con lanza en ristre como pararrayos y con frecuentes sueños eróticos muy húmedos sin consciente estimulación física

- "¿Está libre el asiento?" preguntó el Flaco en alemán a una joven que estaba sentada en tertulia amena con su vecina, sin saber si la chica entendía o quería entender su mejor alemán chapucero después de haber apreciado discretamente los dos magnos penachos de su vanguardia superior sin indicar una actitud indiscreta y retrógrada antes de situarse delante de la senista con la mirada fija hacia los ojos para no rozar la ecuánime uniformidad de los gemelos que se retraen y expanden melodiosamente al compás de la respiración de la chica aludida, quien disfruta la tentación mental que generan sus penachos, ella no se cubre, ni resopla, ni se aleja, ni se encoje de hombros con fastidio, ni huye de la insistencia molesta de una mirada escondida detrás de sus espaldas que había percibido claramente antes de verlo y que le hiciera la pregunta inocente del asiento libre

- "Sí, está libre hasta que lo ocupes" dijo la joven con mirada fresca y un poco indecente a través de un manto de repudio sin mayor vehemencia en espera del desarrollo de alguna charla, con lo que se encauzó una fructífera charla juvenil de a cuatro con mucha chispa. La chica resultó ser chilena y su amiga alemana. Las dos trabajaban como dependientas en Anker, uno de los grandes almacenes de Heidelberg, sita en la Hauptstrasse, y su mayor interés era el intercambio sexual, especialmente con estudiantes hambrientos. Martina y Waltraud habitaban un cuarto doble amueblado en las cercanías, donde se encamaron los cuatro. Era un cuarto grande en el segundo piso de una casa del centro histórico con escalera en U de dos rampas de idénticas dimensiones por piso, con sendos descansos, y con unos 40 centímetros más bajos que el nivel del descanso de la escalera, por lo que, después de abrir la puerta del cuarto, se tenían que bajar con cuidado tres peldaños para llegar al suelo del mismo que estaba equipado con dos camas, baño y cocina abiertos para que nadie tuviera ningún secreto que guardar

- "Waltraud y yo siempre cambiamos parejas, ¿tu gustaría echar ahora una cana al aire con Waltraud para variar?" preguntó Martina después de la primera ñaca ñaca matutina con el Flaco antecedido por un maratón de polvos durante toda la noche acompasados por el melodioso subibaja de los bastidores de madera de las dos camas, las que evidentemente estaban acostumbradas a sufrir mucho llevando en vilo el peso de las inagotables parejas volantes cuando pulían la cacerola después de vaciar el cargador

- "No faltaba más, sería un gran placer, si no te ofende el cambio" trató de lisonjear el Flaco, incrédulo de tanta suerte con tales hembras mientras su matraca asentía incesantemente con su haba al cambio tan estimulante que durante todo un año se convirtió en rutina de fin de semana para los cuatro. Este intercambio fructífero terminó coincidentemente cuando el Catracho y el Flaco concluyeron exitosamente la preparatoria y Martina y Waltraud se mudaron a Wiesbaden por razones erráticas de aquí para allá. Por suerte para ellos, ya que las chicas les sacaban todo el jugo durante las sesiones y no les dejaban más que el bagazo. Por tanto, no era que ellos se culiaran a las chicas, sino que las chicas se los cogían en el verdadero sentido de la palabra hasta que se les caía la pichula

- "Waltraud, si quieres podemos cambiar de pareja pues ardo por probar el banano del Catracho" dijo Martina en alemán con voz un poco más alta para que Waltraud y el Catracho pudieran oír claramente lo que decía, proceder con sorprendente franqueza directa que hizo estremecer al Catracho con su escasa experiencia en este campo debido a su temprana edad, lo que, sin embargo, guardó para sí para no exponerse innecesariamente a posibles observaciones jocosas sobre su limitado horizonte en este campo, lo que las experimentadas chicas nunca hubieran intentado hacer, pues lo único que ellas siempre querían era pija, pija y más pija pura

- "Bueno, Catracho, saca tu polla de mi chucha y búscale cobijo en el mamey de Martina" dijo Waltraud al Catracho haciendo salir con destreza su papaya del termómetro del Catracho, a quien no le quedó de otra, con la paloma a la intemperie, que cambiar de cama y sonrisa vertical con el Flaco, cambios que demandaron las niñas con ávida frecuencia repetidas veces hasta que el Flaco y el Catracho pasaron a considerar estos cambios como algo normal para Martina y Waltraud y también encontraron gusto en tales variaciones con el pudor correspondiente de los inexpertos que eran en aquel entonces

- "¡Madre mía, mi pichula está safornada de tanto frote! Y mi fe en la tradición cristiana monógama se encuentra ahora abatida con la introducción de la píldora en el mercado que hace que el hombre no sea más el poseedor de la mujer, es decir, la dependencia de un amo con una esclava en el ramo de una monogamia social y sexual de los patrimonios" dijo el Catracho cuando viajaban con el bus de regreso al dormitorio el atardecer del domingo, completamente agotados después de la odisea de intercambio carnal experimentada con las deliciosas chicas nihilistas esas primeras veinticuatro horas de placer pagano y desenfreno que les hizo olvidar, por momentos, una parte de la vida de rigor espartano y privaciones, propia del pensamiento revolucionario ejercida en la clandestinidad de sus respectivos amados catres que habían cincelado sus espíritus

- "¿Safornada? Martina y Waltraud han abatido mis creencias con su libre promiscuidad y avidez insaciable de hombres sin temor a un bebé" preguntó y estipuló el Flaco un poco perplejo por el término desconocido que había usado el Catracho para indicar el estado de su órgano, que seguramente le dolía tanto como al Flaco, y que momentáneamente martirizaba su espíritu y, ciertamente, llevaría con el paso de un par de días de abstinencia a curar todas aquéllas manifestaciones dolorosas de los frotes populares de alegría y jolgorio en las simas de la chicas insaciables con la experiencia de viejas parranderas frente a los que nunca antes jamás habían experimentado estas situaciones y que acababan de debutar en las fiestas de la sabiduría divina que no habrían de olvidar por el resto de sus vidas errantes de letrados empedernidos

- "Escaldada… mapuche, ¡cómo me duele la paloma de tanta polvareda!" explicó el Catracho con otro término que suponía era familiar al Flaco convencido ahora que una relación sana es una relación sin dependencias mayores con el espíritu abierto y la verga parada, dispuesto a la diversión nunca antes concebida en su mundo de academia, entonces, goza el Catracho las fiestas en cuerpo y alma y observa con fascinación cómo se amplía su horizonte, de la misma forma que unos meses más tarde obtuvo de chiripa una plaza de operador de cine o proyeccionista en el cine Kamera que ocupó hasta absolver su Physikum, examen preclínico de medicina, que le daba una plaza de médico in spe en el hospital de la universidad antes de la licenciatura y doctorado

- "¡Safornada, no viejo, despellejada por culiar en exceso! Y ahora no siento más mi turca" declaró rotundamente el Flaco sobándose con mucho cuidado la zona cercana a la entrepierna mientras recordaba con delirio los polvos que había echado con las dos brujas del intercambio cultural en el campo de sus especialidades sabatinas, cuyos cuerpos lucían vanidosos y adornados con frenesí de colores alegres en el recuerdo lascivo de una pija lesionada que lloriqueaba como un bebé

- "Creo que sería prudente no compartir con nadie el secreto de nuestra conquista que espero perdure un par de meses" constató el Catracho cuando la brisa tenue del río golpeó su rostro inquieto mientras bajaban del bus rumbo a los dormitorios, considerando las ventajas del secreto y la suerte que habían tenido ambos con las dos hechiceras que habían cruzado sus caminos y que les dieron albergue todos los fines de semana por cosa de un año hasta que se mudaron a Wiesbaden para aumentar sus horizontes peniculares sitiados en el entorno de sus chuchas grandes con sabor a humedad

- "Eso sería estupendo, tener fines de semana seguros para poner la pija en remojo" asintió el Flaco con la certeza que su pija se iba a recuperar con un par de días de reposo asceta cuando llegaron al dormitorio con la frescura de la tarde y cruzaron el piso ajedrezado del vestíbulo que marcaba el camino al elevador que los llevaría a sus lechos mesiánicos de Abraham correspondientes para soñar en el mundo invisible de figuras animales que arrojaban chorros de agua por sus bocas abiertas que se estrellaban como cascadas contra el rostro de los justos durante las eyaculaciones interiores repujadas de gloriosas recompensas para los fatigados cuando volvían a casa

- "En la farmacia de la facultad encontré una pomada para tus guevos, mejor que la que el Chocho había encontrado ayer en el botiquín" dijo el Catracho, quien para ese entonces ya gozaba de facultad práctica de médico en el hospital de la universidad, cuando llegó a chequear el estado del Flaco el domingo después de su accidente deportivo, entregándole simultáneamente un tubo que sacó del bolsillo, recordando todavía vivamente el cuadro del Flaco cuando estaban jugando pimpón en el club, como de costumbre, y el Flaco intentó cortar con efecto infame su retorno a como acostumbraba hacer el Chocho, moviendo la raqueta de arriba hacia abajo y de afuera hacia adentro, olvidándose, desafortunadamente, de parar la trayectoria de la raqueta después que ésta cortó la pelota, por lo que la raqueta aterrizó de canto con gran fuerza en su virilidad. Lo que hizo que cayera como plomo al suelo y le causó gran dolor, especialmente en su orgullo. El ataque de risas entre todos los presentes no era digno de mencionar, mientras que el Catracho y el Chocho fueron los únicos que evaluaron correcta e inmediatamente el peligro de tales accidentes y prestaron ayuda relámpago al caído. El Catracho le ayudó sobándole los coyoles y aplicándole una pomada contra inflamaciones a base de árnica que el Chocho encontró a toda prisa en el botiquín de emergencia del club, la que el Catracho quería reemplazar ahora por la nueva que recién había organizado esa mañana en la farmacia del hospital

- "Muchas gracias Catracho maldito, que sin tu masaje de ayer ya estaría muerto" dijo el Flaco muy agradecido por los primeros auxilios prestado por el Chocho y el Catracho el día anterior cuando aconteció el acontecimiento tan desagradable para el amor propio del Flaco, especialmente porque las chicas presentes se habían cagado de risa viendo la cara de dolor del Flaco tirado en el suelo con los huevos al aire libre y sin voluntad alguna hasta que el Catracho terminó el tratamiento con la pomada que el Chocho había organizado y que le trajo tanto alivio en aquel momento desvanecedor

- "Dagmar viene después y, si querés, podés cenar con nosotros" invitó indirectamente el Catracho, seguro que el Flaco iba a aceptar la invitación debido al ánimo débil derivado de su restablecimiento de las penalidades de los cojones afectados, bien definidos y orientados con la certeza de sus propias convicciones hacia los placeres de la vida

- "Con muchos gusto, pues actualmente no estoy como para cocinar" replicó el Flaco y ambos pasaron el tiempo discutiendo sobre la mejor manera de salvar al mundo, hablando de revoluciones, de política, de insurrecciones, de espantos, de amores y desamores, de intrigas e infortunios y de poesía en el mundo, en un acto de penetración cultural cursi que más bien respondía a un esnobismo copiado sin sentido que había construido y enclavado la irrealidad de un mundo feliz en medio de una violencia sórdida entre los partidos políticos, hasta que, a eso de las 18 horas, el Catracho se fue a su cuarto por ser la hora en la que Dagmar acostumbraba llegar y que ambos disfrutaban en la soledad de la cama antes de comenzar a preparar la cena en la cocina del piso que nunca perturbaba los cimientos de la civilidad entre los cohabitantes

- "Hoy cenamos de a tres con el Flaco" dijo el Catracho antes de salir del cuarto y especificar los detalles del accidente del Flaco el día anterior, los que generaron en Dagmar una sonrisa diabólica, que alternaba constantemente con una mueca de dolor fantasma durante los preparativos de la cena por lo estúpido de la situación para el afectado y lo irrisorio de la misma para los otros, sin darse cuenta de ello, ni mucho menos de las otras situaciones que tocaban a todas las puertas espirituales con trompetas de liberación

- "Hola Flaco, gusto en verte, espero que hoy te vaya mejor que ayer" saludó Dagmar diplomáticamente al Flaco cuando éste apareció en la cocina con su triste figura, tratando de disimular el arrastre de los pies que derivaba de su estado que le dolía en lo más profundo del alma y del amor propio, sufriendo más que todas las angustias del mundo a la enésima potencia, especialmente porque la situación era enteramente su culpa, después que el Catracho lo había ido a llamar en su urna de cristal para la cena

- "Hola Dagmar, gracias por compartir la cena conmigo y la sincera compasión con este pobre diablo que ayer casi destruye su mejor parte en el calor del partido de pimpón" dijo el Flaco con sarcasmo, recordando que el partido estaba 18 a 15 a su favor y disfrazando la reserva que tenía frente a Dagmar, hija única de un médico establecido en Friburgo, con todos los caprichos de una niña bonita acostumbrada a obtener todo lo que se le venía en mente porque su padre siempre le anticipaba todos sus deseos, bueno, en cuanto al Catracho, el padre de Dagmar era muy celoso y pasaron muchos años hasta que lo aceptó como un miembro de número en la familia

- "A decir verdad, tales accidentes no ocurren todos los días y son siempre muy penosos para el afectado" declaró Dagmar en estilo de un prócer de la patria proclamando la independencia de las hormigas frente a los mastodontes prehistóricos extinguidos en los últimos estratos de algún micro bosque virtual

- "En verdad, en verdad, cada vez que pienso en ello, me avergüenzo hasta la pared de enfrente por mi desatino" expuso el Flaco la fuente de su insurrección contra sí mismo, afirmando con la vehemencia de su aliento las conspiraciones secretas no existentes, acostumbrado a las sombras de las noches insurgentes que en más de una ocasión vivió en sus otros desatinos por las calles de su Heidelberg adorado con su empedrado de las calles tan peligroso para todos los desequilibrados. Inventario de experiencias y añoranzas y nostalgias acumuladas durante estos años, las que quería pregonar en las bancas de algún parque costeño tras su retorno inolvidable para el espíritu de este triste mundo, no presuroso ni inadvertido, pero captado en alguna columna de la prensa aludiendo a sus andanzas en el extranjero alumbradas por lunas de plata llenas de morriña sentimental

- "¿Ya sabes lo que haces cuando terminas tu diploma el próximo semestre?" Preguntó Dagmar, cambiando astutamente el tema de la conversación para ahorrarle más penalidades sobre su desgracia

- "Me regreso a Colombia para hacer un postgraduado" especificó el Flaco, agradecido por el cambio de tema y tomando asiento en la silla que el Catracho le indicaba con el dedo índice de la mano que le ofrecía una botella de cerveza, la que tomó en mano para destaparla con elegante codicia y ofrecerla a Dagmar a cambio de la otra botella que descansaba junto al plato de Dagmar, acción que repitió también con la botella del Catracho para, finalmente, abrir la tercera botella que quedó en su lugar, las que soportaron el primer brindis obligatorio por la salud de los presentes y también de los por partir como el Guanaco que decía que quería hacer un postgraduado en Berlín en manos del demagogo Pomponio, quien actualmente vendía, entre otras cosas, la doctrina del comunismo a todo el mundo. El Flaco, por su parte esperaba conseguir una plaza de asistencia en la universidad de su departamento, considerando que era tiempo de partir para retornar a su terruño después de su actual ostracismo donde su verbo y su espíritu se explayarían con afecto y ternura haciendo caso omiso de las realidades de su vida y de las advertencias sutiles que le enviaban los dioses eólicos cuando se escapaba en las noches de insomnio a la orilla del río a declamar poesía y descargar su alma de las contrariedades del desamor y de la penitencia del exilio

- "Después del Physikum en el próximo semestre, yo me quedo en Heidelberg y si tengo suerte, me mudo a un apartamento con Dagmar, preparo mi doctorado y me especializo en medicina interna" especificó el Catracho sus planes que ya eran de conocimiento general en el mocerío y que cada vez que decía lo del apartamento en presencia de Dagmar, hacía que los ojos de ella rodaran como los de un chivo ahorcado. A continuación, disfrutaron los tres la cena, limpiaron la vajilla y los trastos usados, dejando la cocina nítida, y, seguidamente, se retiraron discretamente a sus respectivos cuartos para vivir aislados en una urna de cristal, mientras el Catracho y Dagmar levitaban absortos en sus deleites, sin importarles si el mundo había cambiado. Lo que el Catracho recordaba siempre en las sesiones tediosas cuando trabajaba como proyeccionista en el cine Kamera en las noches lluviosas de soledad en la cabina de proyección a avanzadas horas de la noche con la cofradía del público mayormente estudiantil en la sala a sus pies, hablando en medio del silencio de aquéllos que no lo escuchaban con el verbo encendido en defensa de las libertades perdidas

- "Oíme Dagmar, hoy visité un apartamento en la Menschmeierstrasse y el dueño del piso tiene dos apartamentos libres en dos meses. El único problema es que los apartamentos están en el quinto piso y no hay ascensor. Tú me habías dicho que buscabas un apartamento…" dijo Renate a Dagmar cuando estaban cambiando de ropa en el vestuario de la facultad de deportes de la universidad antes de ir al entrenamiento de Karate, al que se había inscrito la mayoría del mocerío a instancias del Chele, quedando después del cinturón verde solamente el Chele, Renate, el Catracho, Dagmar y el Chocho, es decir, el Chele, el Catracho y el Chocho fueron los únicos que aguantaron hasta obtener el primer Kyu, el cinturón marrón, ya que las mujeres solo iban al entrenamiento para vigilar a sus machos y disfrutar la sauna exclusiva para los karatekas después del entrenamiento y no estaban interesadas en hacer más pruebas karatekas de evaluación

- "Sí, hasta ahora no he encontrado ningún objeto adecuado, por lo que me gustaría echarle un vistazo" dijo Dagmar agradecida por la novedad que le facilitaba un avance estratégico en sus planes de matrimonio con el Catracho y ambas acordaron ir juntas a la hora que Renate ya había acordado para el día subsiguiente con el dueño de los apartamentos para firmar el contrato de arrendamiento del apartamento para Renate y el Chele, los que compartían un apartamento con el Chocho y ya estaban casados desde que el Chele terminó su diploma y Renate había comenzado su Referendariat, es decir, el período de prácticas de profesorado, una especie de pasantía o experiencia de trabajo en el trabajo, para escuelas secundarias que culmina con la segunda licenciatura que faculta la enseñanza en los colegios, pero que no facilita el acceso automático al estado de empleado público en Alemania, es más, muchos esperan vanamente años de años para recibir la noticia que no los aceptan en el estado de empleado público con contrato permanente con sus muchos privilegios y tienen que seguir mendigando año tras año contratos limitados por sendos once meses, no anuales, con lo que el tacaño estado ahorra plata a costas de estos pobres aspirantes, un capítulo burocrático en el sistema alemán incomprensible para cualquier ser humano con uso de razón que no pertenece a la casta de los burócratas, pero que ha sido mejor solucionado en las facultades de medicina si no se tienen en cuenta los turnos de servicio de más de 48 horas, horario normal y turnos, que tienen que soportar los pasantes para ganar el trabajo práctico prescrito y experiencia

- "¿Cómo hacen ustedes ahora con el apartamento y el Chocho?" preguntó Dagmar después que terminaron la cita con el dueño de los apartamentos, quien dio a Dagmar una reservación por tres días para el otro apartamento libre, una vez que Renate había firmado el contrato para su apartamento, requiriendo ahora solamente la contrafirma del Chele para obtener la legalidad prescrita por las leyes de arrendamiento

- "Todo encaja bien, ya que el Chocho y el Chele ya han rescindido el apartamento para fines de septiembre" explicó Renate el proceso que el Chele y el Chocho habían puesto en marcha en común acuerdo, ya que el apartamento resultaba un poco pequeño para dos parejas, especialmente para Renate con su concreta planificación familiar en aras de la reproducción y de las ventajas fiscales vinculadas a tal proceso cuando uno es candidato a empleado público en servicio escolar

- "Me caso con Dagmar el 19 por lo civil y el 23 por la iglesia y los invito a todos ustedes al casamiento por la iglesia que tendrá lugar en las cercanías de Friburgo" proclamó el Catracho espontáneamente y sin cambiar las facciones de la cara mientras repartía cartas para la mano de póker en curso que esa vez era una mano normal. Enunciado que produjo gran revuelo sin sorpresa entre las mesas de juego de esa noche, ya que era un acontecimiento esperado por todos y pronosticado con mucha antelación por el Sapo durante otra sesión de póker en el pasado

- "¡Felicitaciones!" dijeron todos los presentes y se apuraron en inscribirse en la lista de asistencia para el evento, que tuvo lugar en el Schauinsland, la montaña de Friburgo con sus 1284 metros, sita a unos diez kilómetros del centro de Friburgo, la última vez que todo el mocerío se reunió

- "Hola Sapo, Chocho, Flaco, Chele, gusto en verlos" dijo el Guanaco con toda la desventura de su alma de poeta de la nariz a la jeta al llegar al vestíbulo del hotel donde todos los invitados estaban hospedados y ver al grupo de sus viejos camaradas de estudios sentados panza arriba en un grupo de sillones de apariencia muy cómoda y con vista estratégica a todo el escenario del vestíbulo

- Gusto en verte Guanaco de mierda" respondieron todos los otros en el coro infaltable de sinsontes festivos vigiando desde los mencionados sillones con aire de aburridos y sin intención de levantarse de los bienaventurados asientos, evitando prontitudes revolucionarias y vidas de nostalgias en el destierro del espíritu
- "El gusto es mío, pendejos de mierda" contradijo en forma muy litótica el Guanaco, dejando en suspenso si el gusto no era el suyo o si los otros no eran los pendejos de mierda apostrofados en lo que había formulado

- "¿Qué tal Berlín?" formuló el Sapo lo que todos los otros tenían en ese momento en mente, después de mandar al Guanaco mentalmente al diablo para que sufriera penitencia por todas las penalidades clandestinas del alma

- Muy bien porque los maricas como vos no van a Berlín" dijo el Guanaco cuando Renate salió apresurada del ascensor entrando en el vestíbulo para dirigirse con paso desesperado al Chocho, quien ejercía una hegemonía en su sillón que rayaba en el absolutismo de la desventura de las almas perdidas y halladas en el templo

- "¿Dónde está Ingrid, que la necesito urgentemente?" preguntó muy urgente y agobiada Renate al Chocho, cuando Ingrid apareció en la puerta de entrada de la calle y el Chocho señaló con la mano en dirección de Ingrid, quien había salido un poco antes a comprar sus deseados chicles en la venta contigua al hotel, mirando ensimismado con sus ojos grandes de egoísta revolucionario las olas encrespadas del pecho de Renate que gemía a sus pies dando mensajes sublimes escondidos en el vaivén de agobio

- "Ingrid ayúdame que Dagmar está loca" dijo Renate a Ingrid, una vez que se encontraron ambas a mitad de camino y se la llevó rumbo al ascensor mientras explicaba el caprichoso comportamiento de Dagmar, quien se negaba a ponerse el velo que la modista había entregado con el vestido de bodas y presentarse así a los convidados, mientras el mocerío percibía en la distancia todo lo que Renate susurraba esperando al ascensor. Después de solventar el percance de la niña bonita, el evento transcurrió a pedir de boca para el Catracho, a quien, por suerte, pasó completamente desapercibido el percance, a saber, Renate e Ingrid pudieron convencer a Dagmar para que se pusiera el velo que Ingrid había remodelado a toda prisa con ayuda de la gerencia del hotel y los medios a mano en ese momento. Con lo que, finalmente, se pudo efectuar la boda y el banquete, donde la anécdota del velo de la niña dejó impresión indeleble entre todos los que se enteraron del percance, quienes no eran pocos. Dos años más tarde, después de haberse doctorado el Catracho y empezado su especialización en medicina interna, se mudaron, el Chele y Renate, en estado de esperanza, a Dossenheim, un suburbio al Norte de Heidelberg, y el Catracho y Dagmar, igualmente en estado de esperanza, al Boxberg, un barrio en la montaña de Heidelberg, a saber, el Königstuhl

- "¡Ayúdame Dagmar que tengo orina café oscura!" exclamó el Catracho, quien miraba perplejo la taza del inodoro con su orín marrón oscuro, ya que no sabía interpretar la clara señal a pesar de las pistas significativas que los libros y maestros sabios le habían procurado en los últimos años de sus estudios, mientras Dagmar estaba ocupada cambiando los pañales a Ramoncito en el otro baño

- "¿Qué es eso?" pregunto Dagmar cuando llegó con Ramoncito en el brazo, mirando perpleja, de igual forma boba que el Catracho, al líquido reunido en la profundidad de la taza del inodoro donde el Catracho acababa de orinar. En ese momento estaban ambos con la mentalidad de tontos en medicina, fenómeno que ocurre frecuentemente a los médicos cuando se enferman ellos mismos según el precepto latino que 'medice, cura te ipsum' no vale. Transcurrido un largo lapso de tiempo de discernimiento vacío, interrumpido abruptamente por las quejas del aburrido Ramoncito, que no llevó a ninguna solución porque ninguno de los dos tenía idea de lo que deberían de hacer, se le ocurrió a Dagmar llamar al servicio de emergencias médicas, el que llegó en corto tiempo con equipo de cuarentena por sospecha de hepatitis, la que el médico en cargo confirmo inmediatamente, ordenando aislamiento estricto para la familia y desinfección total de la habitación según directiva epidémica, ya que la hepatitis es una infección hepática grave causada por el virus de la hepatitis B (VHB). Como hay gran riesgo de contraer insuficiencia hepática, etc. cuando la enfermedad no se trata, se ordenó transporte al hospital, aislamiento y tratamiento inmediato. En el momento del diagnóstico, el Catracho, afortunadamente, no tenía ningún dolor abdominal, ni fiebre, náuseas o vómitos

- "Hola Renate, tengo que decirte que el Catracho se enfermó de hepatitis y nos han internado a toda la familia en cuarentena estricta en el hospital, ¿puedes cuidar nuestra habitación durante nuestra cuarentena y vaciar el buzón?" informó Dagmar a Renate, la madrina de Ramoncito, sobre la situación en el colegio donde ella trabajaba, ya que el Chele estaba esa semana fuera de Heidelberg

- "Claro, no faltaba más. ¿Cómo hacemos con las llaves?" Renate ofreció espontáneamente su ayuda y, más tarde, pasó la voz a la hora de la cena al Chele que estaba ocupado esa semana en una conferencia en Salzburgo y que tenía, como siempre, una estrecha ventana temporal diaria para comunicarse con Renate en casos de emergencia

- "Las llaves las dejo desinfectadas en la recepción del hospital, donde las puedes recoger cuando tengas tiempo, después del trabajo" especificó Dagmar agradecida por la ayuda de Renate en ese crítico momento, todavía incierta si sería adecuado informar a sus padres en Friburgo, lo que, finalmente, descartó, ya que su madre no era ninguna ayuda con su mentalidad y porque ya estaba todo arreglado con la ayuda de Renate

- "Muchas gracias por haberte encargado de la habitación durante nuestra cuarentena" dijo Dagmar a Renate cuando se encontraron los cuatro en casa del Catracho por primera vez después de terminada la cuarentena para disfrutar un par de horas juntos bajo la vigilancia inmortal del Odenwald con sus bajos picos de aguas atmosféricas eternas y frente al fondo sublime de la ventana panorámica de la sala que hacía renacer la conciencia de que no vivían en Honduras ni Perú, sino que en esta tierra bendecida por la naturaleza gobernada y maltratada por una generación de sus propias entrañas con una visión de vida ajustada de otros escenarios, de espaldas a su propia realidad

- "Bueno, no faltaba más… el Chele también se ocupó algunas veces de chequear la habitación y vaciar el buzón cuando regresó de Salzburgo" dijo Renate muy modesta, tomando asiento en la mencionada sala con el orgullo de una gran señora justa, siempre ajena a interpretar los designios ocultos de la vida a pesar de los mensajes evidentes que los dioses eólicos del Mar del Norte le mandaban constantemente

- "Anoche tuvimos otra sorpresa con Ramoncito" dijo Dagmar mientras el Catracho repartía las bebidas con la soberanía que con el Chocho había aprendido durante algunas jornadas de trabajo en el club de los militares gringos en el cuartel general, trabajo muy codiciado entre los estudiantes porque siempre recibían buenas propinas

- "¿Qué pasó con Ramoncito?" preguntó el Chele, esencialmente interesado en la tertulia donde su verbo y su espíritu de poeta trashumante se explayarían con afecto y ternura en un inventario de experiencias, añoranzas y nostalgias acumuladas durante sus estudios

- "Cuando ya estábamos acostados, Ramoncito sufrió un ataque agudo de tos y al Catracho se le ocurrió solamente irse al baño con Ramoncito y abrir completamente el grifo de agua caliente de la ducha para crear vapor sobresaturado en el baño, lo que hizo que la tos de Ramoncito se calmara, gracias a Dios" explicó Dagmar el acontecimiento y, con mucho orgullo, lo que había hecho el Catracho para solucionar en un santiamén el problema que acosaba a una desesperada madre sufriendo con el muchacho que ya estaba más rojo que un tomate maduro

- "Bueno, es que, por los síntomas, ataques intermitentes de disnea con tos, sibilancia y contracciones espasmódicas de los bronquios, sospechaba que le había dado un ataque de asma, lo que el pediatra confirmó hoy en la consulta" expuso el Catracho, esta vez con la rutina de cuatro años de ejercicio de médico que la otra vez le había faltado, cuando él era su propio paciente, dejando a un lado las recordaciones de los fallos pasados

- "…y, ¿qué les recomendó el pediatra?" preguntó Renate interesada en las explicaciones del diagnóstico posterior que, evidentemente, corroboraba al anterior, presente en todas las cabezas de los presentes y que quería a guardar en su mente como posible opción para cuando se diera el caso

- "Dijo que lo mejor sería tomar vacaciones en el Mar del Norte con su suave brisa pura, aparte de los medicamentos que prescribió" dijo Dagmar marcando y haciendo alusión a la frase célebre de la madre de Renate en referencia al fuerte viento que reina en esas regiones del mar del Norte y que, para ella, la madre de Renate, era solamente una suave brisa, frase célebre que frecuentemente salía en tardes como ésta, inolvidables para el espíritu schleswig-holsteinico, extraño a todos los otros

- "Eso sería estupendo, pues nosotros hacemos este año vacaciones en Sankt Peter Ording, donde mi mamá y les podríamos mostrar los lugares de interés y hacer algunas excursiones juntos" propuso Renate a vuelta de correo sin recibir respuesta concreta, ya que para los señores de la creación habían otros temas más interesantes esa noche, por ejemplo, un partido de fútbol, lo que disgustó en alto grado a Renate, a la que no le quedó de otra que disimularlo y tragar la píldora, pero durante las vacaciones se encontraron en Sankt Peter Ording y emprendieron algunas excursiones juntos, evitando, en lo posible, que la madre de Renate estuviera presente, ya que era muy difícil conversar con ella porque ya padecía los primeros estados de la enfermedad de Alzheimer con cambios en la personalidad, deterioro de la capacidad de movimiento al caminar, dificultad para comunicarse y pérdida de la memoria, de la que Renate también padeció años más tarde

- "¿Sabías que el Catracho se ha mudado este año a Lörrach?" preguntó el Chele al Chocho en uno de sus encuentros coincidentes por razones profesionales para el tiempo en que el Chele estaba construyendo una casa con su cuñado en Schönau, pueblo en las cercanías de Heidelberg, donde el cuñado había conseguido el terreno por palanca, ya que en todas partes del mundo se cuecen habas cuando se trata de obtener gangas antes que lleguen al mercado

- "Sí, él me había contado que, como había terminado su especialización, estaba buscando un lugar dónde establecerse y uno de sus candidatos era Lörrach. Luego, me dijo que iba a comprar la clínica de un colega que se jubilaba este año, donde ya había estado trabajando un par de meses para ver cómo era la situación y acostumbrar a los pacientes al cambio" resumió el Chocho sus conocimientos actuales, considerando que el advenimiento irremediable y el anunciado de los afanes de las nuevas demandas, como suele suceder, ajustan las circunstancias a su verdadera dimensión

- "En el culo del mundo, al borde de la frontera con Suiza y Francia" exclamó el Chele, quien siguió su camino desordenado en medio de la borrasca de sus propias contradicciones acostumbrado pronto a su ausencia vital ya que nunca era capaz de reconocer sus errores y siempre se afanaba en retocarlos para quedar bien consigo mismo

- "Bueno, como su hermana está establecida en Zurich y como pensaban traer a su madre por cierto tiempo alternativamente a Suiza y Alemania, Zurich y Lörrach dan pie con bola" declaró el Chocho, forastero comprometido a fondo con las convicciones fundamentales de la vida y al que ni la premura insalvable de las nuevas costumbres de subsistencia y la violencia arrebatada cultivada por los nuevos tiempos, permitieron que su figura enjuta cayera equivocadamente en el sopor repugnante de las monedas perdidas en los juegos de azar

- "Oíme Chele, ¿es cierto que el Catracho y Ramoncito se han peleado?" preguntó el Flaco, dos años más tarde, durante una de esas largas conferencias telefónicas que acostumbraba celebrar irregularmente desde Colombia con algunos de los miembros del mocerío de los que todavía tenía el número de teléfono

- "¡Sí! Que ha habido gran bronca entre ellos. Con el resultado que Ramoncito se fue de la casa y ahora vive en otra ciudad y no quiere saber nada más de su padre" detalló el Chele lo poco que sabía al respecto. El cisma definitivo sucedió en una noche arropada por los vientos pastosos del Rhin y de los presagios inciertos en medio de la oscuridad de los callejones de Lörrach alumbrados por una procesión de luciérnagas que acompañaron a Ramoncito con un arrebato de luces intermitentes desde la puerta hasta el carro sin los adioses acostumbrados en las despedidas, poco después de la llegada de una carta con carácter urgente sin remitente, quizás un principal fundamento de vida ajeno a los pereques de los dos gallitos, mientras Ramoncito discernía sobre los detalles acerca de un sueño inaudito que nunca antes había experimentado en sus ya cortos años de vida, donde él hablaba dentro de una burbuja de espumas multicolores con el río, quien le reclamaba que dijera que ya era hora de partir hacia otra misión de vida, ya que estaría siendo custodiado hasta su destino final

- "¿Tenés más detalles?" insistió el Flaco con la curiosidad de un gato insatisfecho, ya que en la conferencia telefónica de la semana anterior con el Catracho no le había sido posible abordar el tema del advenimiento irremediable de la rotura de relaciones, del que se había enterado accidentalmente y sin mayores detalles por medio del intercambio irregular de informaciones con el Quetzalito y la Rana, los que siempre habían sabido interpretar los designios de la vida de los conocidos persiguiendo sus caminos desordenados en medio de las borrascas que azotaban sus vidas

- "No, nadie sabe lo que pasó concretamente el día de la bronca y Dagmar no revela ningún detalle del altercado. Con sus otras dos hijas parece que el Catracho se lleva muy bien" confirmó el Chele concisamente sin ajustar las circunstancias a la verdadera dimensión de la bronca, producto de los afanes de la nueva juventud y de la testarudez del Catracho cuando estaban cerca y no observaban el precepto de guardar distancia mínima

- "Creo que una de ellas es arquitecta y vive en Rosenheim. En mi conferencia de la semana pasada con el Catracho me dijo que ahora los visita por un par de días y se queda hasta el domingo" compartió el Flaco las últimas novedades que tenía sobre el Catracho sin intentar explicar ni entender las profundidades sordas y cultas que habitaban en el alma del Catracho, forastero alto, de facciones finas y vestido blanco, añorando el Flaco en ese momento los tiempos de afanes revolucionarios y literarios idos para no volver que rompían esquemas, identificando una delicada libertad y la observancia de las raíces que construían espacios vitales en la expresión siempre comedida del Catracho

- "…y la otra es abogada y reside en Colonia" concluyó el Chele antes de pasar a otros temas variados en la conversación que nunca caían en los errores de la libertad excesiva en las expresiones sin afán permanente de imitar las manifestaciones de culturas no relacionadas con la visión de la vida de la manada del mocerío
- "¿Tenés alguna noticia del Catracho?" preguntó el Quetzalito, guatemalteco con nombre de pila rezando Luis Rolando Campeador Maldonado y profesión de zoólogo, a la Rana, costarricense bautizado con el nombre de Alejandro Ernesto Castillo Mugía, un par de años más tarde cuando le llamó la atención la ausencia en los últimos meses de toda noticia referente al gran ladino de metamorfoseada estructura y maduro en su simbiosis de cultura hondureña-alemana

- "El Chocho me dijo hace poco que, después de la muerte del padre de Dagmar, su suegra vive ahora con ellos" empezó la Rana a contar sobre los otros sufrimientos del Catracho que por muchos canales de comunicación habían llegado a ser de su conocimiento

- "¡Madre santa, qué Dios lo ampare!" exclamó el Quetzalito como si estuviera en desbarajuste tratando de alcanzar algún estribo o antepecho de acceso al callejón protector contra las arremetidas del toro, estratégicamente situadas entre las puertas de cuadrilla, toriles y arrastre en el redondel o ruedo de la plaza, sin perder mucho tiempo hablando de las benditas suegras, lo que explicaba su expectación cultural en este contexto

- "En verdad, pues lo que me cuenta el Chocho es espeluznante… cuando su suegra se mudó, estaba más o menos normal, pero con el tiempo ha ido empeorando su estado paulatinamente…" añadió la Rana, médico especializado en enfermedades del tórax, pero con experiencia tangencial en las enfermedades de Parkinson ya que la rigidez muscular puede ocurrir en cualquier parte del cuerpo

- "¿De qué forma?" indagó el Quetzalito con la inocencia de una santa paloma a punto de ser cazada en el aire por un ave de rapiña

- "Al principio sufría de depresiones, las que se atribuyeron lógica y primeramente a la pérdida del marido. Luego, vinieron cambios emocionales en su estado de ser con incremento de testarudez" especificó un poco más la Rana el desarrollo de los síntomas dictados por la enfermedad

- "Me recuerda en cierta forma a la exsuegra del Chele" comentó el Quetzalito lo que le vino espontáneamente en mente, recordando las vivas quejas de Renate, ya que el Chele se divorció de Renate antes que la enfermedad saliera completamente a luz, no por razones de la enfermedad, sino que, por otra mujer, algo típico del Chele

- "¿La mamá de Renate?" preguntó muy retóricamente la Rana recordando que también Renate había heredado de su madre la enfermedad que, en última instancia, hace que vegeten los afectados sin memoria de sus familiares

- "Exactamente. ¿Sabés qué fue lo que hizo el Catracho con su suegra?" preguntó el Quetzalito interesado en el posible tipo de tratamiento aplicado por el Catracho

- "Supongo que en aquel entonces el Catracho optó en primer plano por un tratamiento para las depresiones" resumió la Rana en forma concisa el procedimiento médico que el Catracho había optado por seguir y que él también hubiera seguido en tales circunstancias dominadas por la incertidumbre de la duda

- "Es decir, que la enfermedad no tiene remedio" quiso asegurarse el Quetzalito que había comprendido bien la fatalidad del sino de esta horrible enfermedad

- "Ciertamente, esto era un tratamiento sintomático evidente para facilitar la forma de combatir las depresiones y también las otras posibles dificultades emergentes sin terapia de remedio" resumió la Rana lo que el Quetzalito ya había captado inteligentemente de la conversación

- "El Chocho me contó hace un par de meses que la suegra del Catracho está ahora viviendo con ellos en Lörrach" dijo el Chayul, Manuel Buenaventura Herrero Pérez, oriundo de Panamá y médico especializado en ortopedia, al Patoco, Luis Ángel Pinolo Zapata, natural del Ecuador y lingüista con las propiedades de la lagartija entrometida que significa su apodo

- "Sí, me he enterado por varios canales de eso y de la dictadura de la vieja" confirmó el Patoco el precedente enunciado del Chayul en materia de calamidades que nadie quiere tener en su casa, dejando ver que las redes de información del mocerío y adictos todavía funcionaban en la distancia a pedir de boca en cuanto a casi todos los afectados

- Dicen que dicen que ahora sigue sufriendo de cambios emocionales como miedo, ansiedad, pérdida de motivación…" continuó el Chayul su narrativa desde el punto de vista médico que crea la distancia necesaria protectora para no perderse en compasión con los pacientes

- "Si es que alguna vez tuvo algotra motivación que joder a la gente" comentó el Patoco dando la leve impresión que nunca le había gustado la vieja que siempre había sido muy engreída, creyendo que los médicos son algo mejor que los otros seres humanos, quizás porque ella sabía que ella no era médica

- "En las primeras etapas tenía depresiones y cambios emocionales. Luego, vinieron temblores y sacudidas en las extremidades, frecuentemente en la mano o dedos" continuó el

Chayul poniendo en relieve sus conocimientos y proyecciones médicas comedidamente y sin exagerar

- "Aquí creo que te refieres a lo que se llama temblor de la píldora" detalló el Patoco el síntoma que se refería al acto de frotar el pulgar y el índice de un lado a otro, derivado de temblores o sacudidas involuntarias del enfermo

- "Exactamente, lo que era inofensivo, considerando el régimen de terror que estableció en la casa. Dicen que Dagmar está casi loca pues nunca han podido tomar vacaciones para recuperarse con calma" detalló el Chayul los problemas que reinaban en la casa del Catracho generados por su bendita suegra

- "Cierto, no la pueden llevar a ningún lado con ellos y si la dejan en casa con enfermera cuando quieren hacer vacaciones, hace revolución hasta que Dagmar y el Catracho regresan, ¡vieja testaruda! Además, que, si bien la enfermedad retarda sus movimientos, haciendo que las tareas se vuelvan más difíciles y tomen más tiempo, esto no merma su saña, haciendo muy difícil la convivencia con ella" el Patoco sufría en su narrativa con el Catracho, a quien todas las fuentes denominaban de muy estoico en este contexto

- "A más tardar el segundo día tienen que cortar las vacaciones para regresar a casa para calmar a la vieja loca. El Chapulín me contó que la suegra del Catracho tiene un bastón con el que rompe todo lo que está a su alcance cuando hay algo que no le gusta… muebles, vajilla… hasta el perro recibe garrotazos cuando no se puede fugar a tiempo" acentuó el Chayul con su frase, seguida de un momento de reflexión profunda entre los dos interlocutores que evidentemente añoraban la llegada del estado con cambios en el habla, es decir, un empeoramiento del estado de salud y de la movilidad de la señora

- "A propósito de suegras, no te había contactado antes porque no me encontraba en la ciudad y además, estuve bastante desmejorado de ánimo por el fallecimiento de mi suegra, pero contame, ¿qué tal fue el entierro del Gordito Angustias?" preguntó el Patoco, abordando otro novedad no menos importante para el grupo, ya que el canto de la guitarra del Gordito Angustias había sido siempre muy hondo, especialmente en las inolvidables noches de parranda, las que algunas veces fueron perturbadas por la policía local evocada por algunos vecinos que veían disturbado el orden público a altas horas de la noche o, mejor dicho, a tempranas horas de la madrugada

- "Mi sentido pésame por la pérdida de tu suegra que recuerdo gozaba de un humor estupendo. En cuanto al entierro del Gordito Angustias, puedo informarte que fue emocionante y con menos pompa que el de Juanito. El Charapo también estuvo presente y te manda muchos saludos" respondió el Chayul con una cierta observancia de la delicada libertad que caracterizaba su forma de ser, observando las raíces corteses y no cortesanas que construían espacios vitales en su forma de expresión tan interesante

- "John Galimatías Coronado, uno de nuestros dos astrónomos locos" exclamó el Patoco disfrutando el verbo de su interlocutor que siempre evitaba el error de la libertad excesiva en la expresión sin afán de limitar las manifestaciones de cultura no relacionadas con su visión de vida tan inquieta

- "El otro astrónomo loco era el Chaparro" secundó el Chayul un poco mamado por tanto número desordenado en el sistema del departamento ortopédico del hospital de la universidad que actualmente estaba tratando de solucionar en el área de finanzas como capacidad externa con las correspondientes facultades, las que entre los colegas del colegio brillaban, evidentemente, por su ausencia

- "El chileno Pedro Álvaro Ponce Arístides que ahora está perdido sentado en su Silla en el desierto de Atacama y que sigue siendo una lumbrera en su campo" recordó el Patoco haciendo alusión al famoso observatorio internacional de La Silla de Chile, donde el Chaparro hacía de sus agostos como director en noches oscuras interminables buscando espantos siderales para cundir los titulares de la prensa internacional con sus comunicados de prensa tan profundos como humildes

- "El Charapo está en contacto profesional con el Chaparro y dice que éste también manda saludos cordiales al mocerío" añadió el Chayul sin prestar atención a su postura, la que preferentemente tomaba forma encorvada sin tener consecuencias en el equilibrio ya que, cuando estaba erguido, tenía la figura de un atleta de cuerda floja debida a la extrema capacidad para realizar movimientos típicos de reptiles a la caza de presas codiciadas

- "Me acuerdo muy bien del altercado cuando habían cartereado al Catracho en un almacén y que el Chaparro salió como una furia detrás del carterista, al que capturó dándole por retaguardia una patada en los huevos que lo hizo caer al suelo como una barra de plomo" dijo el Patoco, admirando la agilidad y puntería del Chaparro en aquel momento crítico, especialmente debido a que el Chaparro era un enano de 155 centímetros de estatura, pero con alma y mente gigantes

- "El monedero tan pesado del Catracho…" subrayó el Chayul intentando un resumen narrativo de los recuerdos a ciencia cierta que el peso del monedero del Catracho era un sujeto para innumerables e interminables cuentos y recuentos entre todos los que habían tenido la oportunidad de tener en manos tal codiciada presa con fuerte valor de gravedad múltiple

- "…siempre le tomábamos el pelo diciendo que había metido piedras en su monedero…" dijo entremedio el Patoco, saboreando las incontables observaciones irónicas que acostumbraban hacer en referencia al bendito monedero del Catracho cuna de tantas leyendas fantasmagóricas como un cuadro de Dalí

- "…el monedero tan pesado del Catracho fue robado a velocidad relámpago de su bolsillo en el almacén, lo que hubiera sido una gran contrariedad si el carterista hubiera tenido tiempo de pasar el monedero a su cómplice que ya estaba al acecho con una bolsa tragatodo detrás de una columna" empezó nuevamente el Chayul su intento narrativo de esos recuerdos juveniles de los que todavía eran jóvenes en el corazón y en la mente

- "El carterista estaba supuesto a echar el monedero en la bolsa del cómplice quien se iría en dirección contraria al carterista sin botín para confundir a la gente y borrar las huellas al cuerpo del delito" completó el Patoco la descripción del proceso mundial de todos los carteristas adaptados a los estándares chilenos en los tranvías, donde uno hace el corte doble en el pantalón de la víctima con una cuchilla de afeitar fija entre dos dedos al pasar junto a la víctima elegida, para que, luego, el pepenador capture la billetera en caída libre con su bolsa tragatodo antes de abandonar urgentemente el coto de caza del transporte público

- "…y entonces, el Chocho detuvo al recolector sorprendido con un Yonhon Nukite clásico en la zona del bazo, desperdigándose de la bolsa tragatodo por el suelo el sinnúmero de monederos y billeteras que ya habían cartereado ese día en el almacén" explicó el Chayul saboreando con deleite la imagen del recuerdo vivo solamente opacado un poco por el aburrido proceso subsiguiente en la estación de policía durante el levantamiento del acta en cuestión con la protocolización respectiva de cada uno de los monederos y billeteras robadas, incluyendo el pesado monedero del Catracho

- "Pero como el Chaparro había visto todo cuando estaba bajando la escalera para reunirse con nosotros, le pudo cortar el camino gritando: 'Taschendieb, Taschendieb, Taschendieb!' Dándole entonces la famosa patada en los huevos que lo noqueó inmediatamente cuando vanamente trató de esquivarlo" expuso el Patoco con mucha envidia de la perfecta reacción, ejecución y acierto del Chaparro en tal caso de emergencia, quien había dado en el centro del blanco del huevo izquierdo, generando al carterista una aguda inflamación testicular que tuvo que ser tratada con urgencia en el hospital donde trabajaba el Catracho y donde, cuando el personal se enteró del acontecimiento, hubo, coincidentemente, escasez de analgésicos para el carterista, quien fue tratado con extrema frialdad durante su estadía en el hospital

- "El pobre Catracho no se había dado cuenta que lo habían cartereado y, después, se sentía muy estúpido recordando el momento del robo" añadió el Chayul deleitándose con la cara de zonzo que había puesto el Catracho al enterarse que le habían bolseado el monedero, aunque la mayor cara de zonzo fue la que puso el carterista al ver al Catracho durante la primera visita diaria del colegio, a la que el Catracho había sido cordialmente invitado por el jefe de la estación para que viera al carterista cara a cara bañado de dolor por la intencionada falta administrativa de analgésicos

- "Al que le pasa eso se siente como un tonto y el Catracho no fue una excepción" declaró ex cátedra el Patoco con la malicia de un niño que se apodera de una golosina prohibida para lidiar con todas la posibles dificultades insurgentes en la lenta vida infantil que hacen que todas las tareas sean muy difíciles y que lleven mucho tiempo cuando los pasos son cortos y el habla es unísona sin las inflexiones habituales debido a reducidas capacidades en algunos campos carentes de motivaciones y el advenimiento es irremediable y el anunciado de los afanes de las nuevas épocas, como suele suceder, ajusta las circunstancias a su verdadera dimensión

- "Esa noche hubo cantina libre para el mocerío en el bar de Klausenpfad y el Catracho declaró que nunca se había sentido tan zonzo como en ese momento" añadió el Chayul, quien siguió su camino desordenado en medio de la borrasca ortopédica de sus propias contradicciones y se acostumbró pronto a su ausencia vital forastera comprometida a fondo con las convicciones fundamentales de su vida en la clínica que proponía una interpretación existencial aproximativa consistente en presentar el espejo a cualquier ente, de tal manera, que por ese medio el ser contemporáneo se viera inmediatamente afectado, situado frente a una decisión existencial inexistente

- "Siento molestarte, pero estoy desesperada y no sé qué hacer" dijo Dagmar con voz temblorosa de desesperación y con mucho miedo al momento que se estableció la conferencia cuando el Chocho acudió al teléfono

- "Cálmate mujer y dime lo que pasa" respondió el Chocho reconociendo inmediatamente la voz de Dagmar y tratando de calmarla, ya que sabía que Dagmar no era una mujer histérica sin cabeza… muy terca, sí, muy mimada sí, pero nunca en la vida histérica, esta vez solamente dominada por todas las expresiones tradicionales habidas y por haber en el pensamiento mítico, radicalmente inaceptable para los humanos educados en las ciencias modernas

- "Tengo muy malas noticias sobre mi Catracho" dijo Dagmar en el auricular después de una larga pausa con respiración forzada que le ayudó a recuperar el ánimo casi perdido en las simas de su desesperación que ponían en evidencia de manera convincente la gravedad del hecho contenido en su llamada y la decisión de comunicar este suceso objetivo, el suceso de un imprevisto, acontecimiento que puede probarse con suficiente seguridad de hechos

- "¿Qué es lo que ha pasado?" trató de averiguar concretamente el Chocho, cuál era la razón que había sacado de órbita a Dagmar y que, en cierto sentido, se podía considerar un vaciamiento que conducía a una fe paradójica, que contradecía la esencia del ser. Con todo, la pretensión auténtica de Dagmar de encontrar tierra firma bajos sus pies

- "Le ocurrió un ataque cerebrovascular en la noche" exclamó Dagmar con un cierto alivio al articular la frase, la que indicó al Chocho que el suministro de sangre al cerebro del Catracho había sido interrumpido o marcadamente reducido por un tiempo significante para las funciones vitales del cuerpo

- "¿Cuándo y cómo te diste cuenta de lo que había ocurrido?" preguntó el Chocho, teniendo en cuenta que los infartos son emergencias severas y que el tratamiento médico es crucial para los pacientes, ya que las medidas tempranas minimizan los daños en el cerebro y todas las otras complicaciones potenciales, siendo indiscutible las ventajas que traen consigo tales medidas que reflejan el estado del arte en un momento determinado del tiempo en que se dieron, admitiendo la distinción entre el contenido de una afirmación y la manera de presentar dicho contenido a terceros en un sentido verdadero

- "Mi Catracho me despertó hablando y sin moverse después de haber notado que algo había pasado con él cuando quería levantarse de la cama a la hora de costumbre" comenzó Dagmar su relato humano del improcedente imprevisto usando los términos y conceptos que le estaban disponibles en el momento

- "Es decir, él estaba consciente que no podía moverse y probablemente te pidió que llamaras inmediatamente al servicio de emergencia" secundó el Chocho tratando de calmarla para que ganara confianza y aplomo y siguiera su informe en forma coherente y cronológica con términos y conceptos ligados a los hechos

- "Sí, esto es exactamente lo que hizo después de explicarme que no se podía mover ya que su lado izquierdo estaba completamente paralizado y que probablemente su cerebro había sufrido deficiencia de oxígeno por cierto tiempo durante la noche" confirmó Dagmar los supuestos del Chocho revelando más detalles del acontecimiento ya que había adquirido nuevamente una cierta seguridad en su forma de proceder

- "Supongo que en ese momento podía articular de manera normal" quiso saber el Chocho más detalles con su pregunta indirecta, muy apropiada en este delicado contexto para que el mensaje fuera aceptable y relevante para el pensador moderno, en otras palabras, los componentes irrelevantes, es decir, los aspectos secundarios, debían ser eliminados, para que él, entonces, pudiera evaluar correctamente la envergadura del acontecimiento que había sacado de equilibrio a Dagmar y que, sin duda, era muy serio

- "Bueno, no muy normal, pero pude entender todo lo que dijo y también su demanda que llamara a emergencias" especificó Dagmar voluntariamente con creciente aplomo no solamente en la voz

- "Supongo que el doctor llegó y ordenó el transporte inmediato del Catracho al hospital más cercano" preguntó indirectamente el Chocho, actuando comedidamente y dando más seguridad y calma a Dagmar en su torbellino de emociones

- "Correcto, lo prepararon para el transporte administrándole una solución de Ringer sin anticoagulantes, el proceso estándar en estos casos" detalló Dagmar los preparativos para el transporte de emergencia imperativo en ese momento para el paciente

- "Es decir, los anticoagulantes le fueron administrado posteriormente en el hospital… probablemente algún tipo de fármaco o agente antitrombótico" quiso el Chocho que Dagmar le confirmara lo que ya sabían ambos era el procedimiento estándar en tales casos

- "Exacto, pero, por favor, no me preguntes el nombre del medicamento" dijo Dagmar para evitar la pregunta que ya estaba en los labios del Chocho y que se la tragó elegantemente cambiando el tema con la soberanía de un político sin partido, acordando ambos que Dagmar llamaría siempre a discreción, a cualquier hora, cada vez que fuese necesario

- "¿Dónde estás en este momento?" preguntó el Chocho, cuando Dagmar llamó la siguiente vez, con la bondad ambigua nacida de la flexibilidad de los clarividentes en circunstancias adversas, eliminando complementos al mensaje esencial

- "En el hospital de Basilea" respondió Dagmar con la claridad de los náufragos desesperados cuando ven tierra cercana creyendo firmemente que tienen la capacidad de andar sobre el agua o de volar con plumaje mojado

- "Claro, Basilea queda más cerca que Friburgo y ambos son buenos hospitales. ¿Ya te han dado un diagnóstico?" resumió el Chocho añadiendo la pregunta abstracta obligatoria que permite cobrar aliento ya que elimina pensamientos sentimentales que solamente nublan el claro entendimiento

- "No, todavía no saben si fue un ataque isquémico cerebral causado por obstrucción de los vasos sanguíneos o un infarto hemorrágico causado por hemorragia o derrame en el cerebro o en el espacio circunvalante al cerebro" respondió Dagmar aferrándose al procedimiento médico iniciado por el Chocho que en tales casos permite obtener la distancia adecuada al paciente y afectados para no sucumbir en los torbellinos que los azotan debido al peligro inminente de la pérdida de un familiar muy cercano

- "Para el camino, recuerda que entre Lörrach y Basilea hay un par de trampas con radar" dijo el Chocho para distraer un poco la atención de Dagmar con una banalidad que siempre enfada a los afectados por la minuciosidad de las autoridades suizas que no conocen ninguna tolerancia en los excesos de velocidad, es decir, en una trampa de radar, ya el exceso de un kilómetro en la velocidad permitida trae consigo una multa muy gorda para el infractor, mientras que el Alemania se cuenta casi siempre con un factor de tolerancia de aproximadamente un diez por ciento en favor del infractor

- "Sí, que ya me multaron una vez y no olvido la multa por lo caro que fue" subrayó Dagmar con muy mal recuerdo de la multa que le impusieron los benditos suizos por un exceso de velocidad de cinco kilómetros una vez que regresaba de compras de Basilea sin prestar mucha atención al velocímetro del carro

- "Ahora hay que tener paciencia y esperar el diagnóstico" terminó el Chocho la conferencia con la sagacidad y astucia de un lince que sabe que no hay escape para el Catracho, pero que Dagmar necesita reposo urgente para recobrar la serenidad requerida en tales casos para enfrentar y superar la factible pérdida próxima inmediata del Catracho de una manera saludable para ella

- "Ayer pude hablar normalmente con mi Catracho" dijo Dagmar dos días más tarde con un poco más de alivio en su ánimo, pero siempre cierta que el desorden del Catracho no era algo como un catarro, sino que una experiencia devastadora en su proyección futura y uno de los mayores retos a los que se enfrenta un ser humano a lo largo de su vida

- "Es decir, él está consciente. ¿Ya saben lo que tiene?" preguntó el Chocho, sabiendo que el proceso doloroso ya iniciado podía llevar a Dagmar a una crisis existencial y siempre requiere de un proceso temporal más o menos largo para que el individuo llegue a recuperar de nuevo el equilibrio emocional anterior

- "Sí, él está consciente y estable, pero en el hospital todavía no saben la causa del desorden. Es decir, al menos ya han descartado la posibilidad de un infarto hemorrágico" dijo Dagmar considerando los raciocinios del colegio médico como posibles clavos ardientes a qué agarrarse en su vano afán por salir adelante en la ardua tarea predominante

- "¿Todavía tiene la parálisis?" preguntó el Chocho, cierto que no había ninguna novedad determinante en cuanto al actual estado del Catracho, afortunadamente para Dagmar, en estado consciente y en sus cabales

- "Siento decirte que todavía tiene la parálisis" resignó un poco Dagmar, pero contenta de que todavía podía intercambiarse con el Catracho en la forma acostumbrada que le daba aliento para afrontar el sufrimiento y superar el proceso futuro

- "Bueno, creo que por el momento es irrelevante el hecho que la merma del suministro de sangre al cerebro venga de que las arterias al cerebro se hayan estrechado o sido bloqueadas generando una reducida circulación o isquemia, o cuando un coágulo sanguíneo o trombo se hubiera formado en una de las arterias que suministra sangre al cerebro" constató el Chocho la irrelevancia del origen del desorden del Catracho en lo que correspondía al funcionamiento temporal de las funciones vitales del Catracho

- "Esto es exactamente lo que los médicos dijeron. Lo siguen tratando ahora con fármacos o agentes antitrómbicos" dijo Dagmar, sabiendo que las drogas son solamente tratamientos para dar cierto alivio temporal al estado del enfermo

- "Y, ¿qué es lo que el Catracho piensa?" preguntó el Chocho para ver hasta qué grado evaluaba objetivamente el Catracho su estado propio, seguramente sin mayores cambios a nivel cognitivo, afectivo y conductual, los que también excluyen sentimientos de desorganización, cansancio, problemas de concentración, problemas de sueño, alteraciones en el apetito, pesadillas o pensamientos constantes en su desorden

- "Él piensa que el coágulo puede haberse formado de depósitos grasos, una especie de placa, que se forma en las arterias y genera circulación reducida de sangre, tal como se da con la arterioesclerosis u otras condiciones similares" reveló Dagmar, lo que hacía ver que ella había recobrado en mayor grado su equilibrio emocional y agudeza intelectual

- "¡Qué locura, considerando que el Catracho nunca ha padecido de obesidad!" exclamó el Chocho, procesando los sentimientos, pensamientos y recuerdo asociados con la buena figura del Catracho y su familia

- "Tienes razón, pero los depósitos grasos no dependen de la obesidad de una persona..." secundó Dagmar con la frase cajón que el Chocho esperaba escuchar como ajuste positivo del intelecto de Dagmar al enunciado imperfecto hecho por el Chocho

- "En fin, ¿qué hay ahora de su entumecimiento de la cara y extremidades?" quiso informarse el Chocho sobre otros detalles de los síntomas registrados inicialmente

- "Además de la parálisis, sufre repentinos entumecimientos y debilidades en el lado izquierdo del cuerpo. También, el lado izquierdo de su boca babea cuando trata de sonreír" especificó Dagmar con la claridad correspondiente de un penado

- "Tu Catracho se encuentra en un estado delicado muy serio y ahora tienes que ser muy fuerte para superar las honduras por venir" finalizó el Chocho permitiendo a Dagmar entender y reconocer los aspectos normales del proceso en turno para que le ayudara a hacer frente al dolor asociado con la inminente pérdida, a sentirse apoyada en tales momentos tan delicados que implicaban importantes cambios en su vida y a desarrollar estrategias para poder superar esta situación de manera saludable

- "Acabo de hablar con el médico en presencia del Catracho y me ha dicho que todavía consideran el infarto como criptogénico, es decir, de origen desconocido y sin señales claras. Tenemos que esperar y ver cómo se desarrolla la situación" expuso Dagmar preocupada, pero sin desesperación y con mente clara como agua de manantial en la siguiente conferencia con el Chocho

- ¿Ha disminuido la parálisis?" preguntó el Chocho, esperando un poco de alivio en el estado del Catracho en las circunstancias vigentes con las serias complicaciones del infarto de origen desconocido que demandaban gran resistencia y superación personal de todos los afectados

- "Un poco, pero todavía la tiene. El colegio espera que el tratamiento con los fármacos antitrómbicos ayude mientras se sigue buscando la causa del derrame. Se han hecho cantidad de análisis y muchos más vendrán. En cuanto al hospital, tenemos una buena impresión" dijo Dagmar y durante las siguientes tres semanas tuvieron ambos muchos contactos telefónicos, casi diario, lo que ayudaba a Dagmar a sobrellevar la rutina y a tener en consideración el hecho que, si todo iría bien, el Catracho corría peligro de ser un caso bajo continua vigilancia médica con dependencia de asistencia permanente para el resto de su vida

- "Mi marido está muy mal, ayer tenía fuerte dolor de cabeza y los sedativos no ayudaban. En la noche estuvo vomitando y ahora ha perdido el conocimiento debido a que la presión intracraneal ha aumentado ya que los derrames de sangre oprimen al cerebro" expuso Dagmar con la mayor brevedad posible los síntomas ocurridos en las últimas horas, lo que no era nada fácil para ella, pues tenía que hacer una decisión irreversible para responder a la necesidad imperativa del momento

- "Lo que quiere decir, que lo tienen que operar de emergencia" respondió el Chocho, considerando que la situación había empeorado de la noche a la mañana, por decirlo así

- "Exacto, es una operación muy arriesgada porque cuando se abre el cráneo se puede aumentar la hemorragia y ahora tengo que decidir si se hace la operación" declaró Dagmar con la incertidumbre de un juez dictando una sentencia de muerte a un condenado

- "Bueno, no te queda de otra si quieres intentar salvarle la vida" especificó el Chocho, dándole la única herramienta disponible en tal momento, pero que no era nada fácil de tomar para la pobre Dagmar

- "Para una hemorragia intracerebral no hay otra posibilidad, pero el riesgo es enorme. Ahora me despido de él y doy permiso para la operación" dijo Dagmar terminado la llamada para ir al cuarto del Catracho, donde estaba reposando acosado con cantidad de instrumentos a su alrededor y bajo el efecto de fuertes sedativos y con ínfimas posibilidades de sobrevivir. Dagmar se despidió del Catracho en un momento muy conmovedor antes que se lo llevaran a la sala de operaciones

- "¿Qué tal la operación?" preguntó el Chocho, temiendo lo peor cuando recibió la esperada llamada de Dagmar con sollozos en la boca y duelo profundo en el alma que brotaba a la superficie como lava de un volcán en erupción

- "Operación exitosa, paciente muerto. Después de abrir el cráneo, la hemorragia aumentó considerablemente, a como se temía, y todos los esfuerzos por contener la hemorragia fueron infructuosos, mucho tejido fue destruido por la sangre y se dio una cascada isquémica. Finalmente, se pudo contener la hemorragia, pero ya todo era muy tarde, por lo que tuve que decidir lo que había que hacer según instrucciones que el Catracho había dado de antemano. Mi amado Catracho falleció a las 8 y 25, después que desconectaron las máquinas" informó Dagmar sobre el suceso acontecido y se despidió llena de dolor en la soledad de sus más profundos sentimientos para con su querido Catracho, quien era atrevido en el amor y la supo conquistar tormentosamente en los tiempos del pinol cuando se llevaba a la muchacha más consentida de la universidad

- "Hola Chocho, he estado tratando en vano de contactar al Catracho en su consultorio, ¿me podés ayudar?" indagó el Flaco preocupado por la falla de contacto con el Catracho desde hacía un par de semanas, especialmente ya que el Catracho había prometido llamarlo el mes pasado y era siempre muy cumplido en sus gestiones, lo que era un comportamiento radicalmente inaceptable e incomprensible para todo hombre educado en la ciencia moderna de la administración como lo era el Flaco

- "El Catracho falleció recientemente…" dijo el Chocho cuando fue interrumpido bruscamente por un perplejo y jadeante Flaco

- "¡Pucha madre! No lo creo" exclamó el Flaco con toda la duda de Santo Tomás circulando por sus venas como un torbellino y el corazón dando vuelcos como un tiovivo en una montaña rusa expresando su miedo a perder los pequeños placeres de la vida y todos aquellos sentimientos que hacen más grata la vida de los vivos entre los muertos

- "Pues es verdad, unos pocos días después de haberse jubilado en perfecto estado de salud y vendido la clínica a un colega" explicó el Chocho lo que el Flaco no podía saber en ese momento, ya que el suceso había tenido lugar repentinamente, a como siempre sucede con estos sucesos que siempre vienen de imprevisto

- "¡Madre mía! ¿De qué murió?" quiso saber el Flaco automáticamente, ya que su mente dejó de pensar por un momento eterno al comprender la noticia perturbante de la defunción de su apreciado compadre de los tiempos de la juventud estudiantil y con quien había vivido numerosas experiencias inolvidables en todo el sentido de la palabra, tales como el intercambio de parejas con la chilena Martina y su amiga Waltraud en el cuarto doble que ellas tenían en el centro histórico de Heidelberg en calidad de estudiantes traviesos, enamorados, muy libertinos y también raptores que robaban la tranquilidad a las jóvenes que embobaban e idiotizaban con sus artificios naturales sin ningún afeite artificial

- "Le dio un ataque cerebral y como internista tuvo inmediatamente conciencia de lo que le estaba pasando cuando se despertó esa mañana, pues no se podía mover ni levantar de la cama. Lo único que podía en ese momento era hablar y así informó a Dagmar sobre su estado y le dio instrucciones a seguir" informó el Chocho con la brevedad de un telegrama para evitar que le fallara la voz frente al Flaco o le diera un ataque de falsete por las emociones contenidas en su enunciado concerniente al Catracho y su pobre destino que llegaba hasta el alma debido a la perdida ambición de una tranquila jubilación con su mujer querida que ya no podía cantar el canto querido por el dolor que llegaba hasta el alma porque en esa cama moría su santa esperanza que hasta esa noche había brotado de las hebras de plata de la pobrecita Dagmar, de penas muy negras, en el silencio de la mañana desesperante por el peligro inminente indicado por los adversos presagios tendidos sobre tal cama sin los besos de cada mañana cuando el Catracho al consultorio marchaba para curar a sus pacientes y que ahora estaba perdido en la oscuridad matutina

- "Decís que acababa de jubilarse…" preguntó el Flaco todavía muy sorprendido por el suceso inesperado que le trajo en mente cómo se pasa la vida, cómo se viene la muerte, tan callando en el bullicio mundano transitorio de la vida colombiana de la costa que con su marea canta las hazañas conocidas de los caracteres auténticos burladores, no de Sevilla, pero de Santa Marta campesina y de Juticalpa catracha, figuras simbólicas de los pasados maravillosos de dos almas pobres en un corto trayecto de la corta vida

- "Sí, dos días después de su jubilación y después de haber hecho grandes planes para viajes con Dagmar" resumió el Chocho el último capítulo de la historia del Catracho con su aparente buena salud y que, fuera de una hepatitis que había sufrido durante sus estudios, nunca había estado enfermo en toda su vida

- "¿Dagmar, sigue todavía viviendo en Lörrach?" preguntó finalmente el Flaco con la voz hueca de un gran barranco hundido en las profundidades de su espíritu mítico lleno de las copiosas riquezas de un pasado maravilloso, moya profunda en los remolinos tenebrosos con música hipnótica monótona de sal

- "Sí, si querés, podés llamarla por medio del número privado…" dijo el Chocho y colgó el teléfono con luto indescriptible en el alma decorada de negro fantástico.

Capítulo 4

El Sapo

- "Siento molestarte, pero estoy desesperada porque no he visto al Sapo desde hace ya más de tres semanas" dijo Nathalie Schulze, la compañera del Sapo, apodada Naty, al teléfono para excusar su llamada de auxilio al Chocho, una buena idea generada por su lógica sensata que le vino repentinamente a la mente como una epifanía intuitiva, en el sentido de revelación en un pensamiento único indescriptible en la crisis que ella padecía actualmente, ya que el Chocho era uno de los pocos latinoamericanos con los que Naty creía poder contar en la precaria bahorrina creada por el Sapo y su apetito genésico por Joan en aquel entonces, una inglesa de la clique de Val y Jeanne, otras dos inglesas, con las que varios de los latinoamericanos habían tenido trato carnal comunitario durante algunas orgías efectuadas por este círculo, denominado existencialista por los envidiosos. Dicho grupo celebraba sus reuniones, generalmente, en el cuarto del Chocho. Los miembros del grupo no eran representantes de ninguna corriente filosófica que centrara su análisis bien en la condición humana o bien en la responsabilidad individual o bien en la libertad o bien en el significado de la vida, sino que sencillamente buscaba satisfacción sexual. Que la satisfacción sexual tuviera lugar en un grupo era accidental, por no decir un efecto secundario insustancial de los objetivos

- "Los caminos de la vida son siempre raros para los humanos, pero, ¿cómo puedo ayudarte?" replicó el Chocho, recordando cómo había transcurrido el último encuentro en casa de Naty con Ulli y con el Flaco: cuando el Sapo se fue con Ulli y el

Flaco a comprar puchos en la venta de la esquina, dejando al Chocho a solas con Naty y Joselito por corto tiempo, mejor dicho, la mayor parte del tiempo a solas con Joselito, el hijo común de Naty y el Sapo, ya que Naty se había excusado de prisa para buscar alivio de su sistema digestivo en el baño, poco después de la partida del Sapo con Ulli y el Flaco

- "¿Me puedes subir en el brazo para ver si mi rompecabezas de la selva de ochenta piezas está en las baldas superiores del armario?" preguntó cortésmente Joselito al Chocho en el momento cuando había terminado de registrar el suelo y las baldas inferiores de dicho armario, normalmente siempre cerrado cuando había visitas, que ya había abierto con antelación y que exponía todo el contenido, incluyendo los uniformes militares con rango de teniente del Sapo, quien estaba supuesto a ser solamente enfermero trabajando en el hospital del cuartel general del ejército estadounidense en Heidelberg-Mannheim-Schwetzingen

- "Con mucho gusto caballero" respondió el Chocho, poniendo su antebrazo alrededor del trasero de Joselito para alzarlo con mucho tacto y seguridad según había rogado Joselito con toda la madurez que acostumbraba resplandecer en los diálogos con el letrado Chocho muy ducho en el oficio de la aplicación en la vida práctica de los principios de las ciencias físicas y metafísicas y convencido que Joselito estaba muy avanzado en su desarrollo mental con el entrenamiento derivado de su aficionamiento, apego y afección a los rompecabezas de más de cuarenta piezas a una temprana edad de cuatro años y a las palabras compuestas del español, tales como telaraña, mediodía, cantamañanas o cortafuegos y su lógica, en contraposición al orden de construcción en alemán, ya que el alemán invierte el orden, es decir, en alemán se escribe primero la parte determinante y después la parte primaria del compuesto. Para aclarar: el 'Blitzkrieg' alemán equivale a la unidad de dos términos 'guerra relámpago' en castellano, es decir, el 'Krieg' va al final del compuesto alemán y la 'guerra' al comienzo del compuesto castellano. Lo mismo vale para muchas unidades, tales como el 'Gedankenexperiment' alemán y su equivalente castellano 'experimento de pensamiento', conceptos claramente equivalentes

- "Abre más el ala izquierda del armario para que tengamos más luz" sugirió Joselito mientras continuaba la búsqueda por las baldas superiores con todo el ahínco típico de un cipote en sus mejores años, confiando completamente durante el proceso en el fuerte brazo seguro del Chocho que no lo cargaba por primera vez

- "A sus órdenes mi comandante" disparató el Chocho para ocultar que había tomado detallada noticia en esta ocasión de una insignificante insignia rectangular en el uniforme que identificaba al Sapo como miembro de TACO, una simple letra griega 'tau' minúscula escoltada por un corchete angular a la izquierda, apuntando a la derecha, y otro a la derecha, apuntando a la izquierda, significando tactical counterespionage, un departamento de contraespionaje militar táctico estadounidense, normalmente solo conocido entre los altos rangos de las fuerzas armadas de la OTAN

- "Parece que no está aquí en el armario" dijo Joselito decepcionado por la infructuosa búsqueda, después de desbordar del brazo del Chocho y aterrizar suavemente sobre el piso y cerrar el armario, a como demandaba el espíritu nítido de un berraco estructurado sobresaliente y carente de anoesia

- "Brilla por su ausencia y ahora tenemos ciencia cierta que no está en el armario, así que propongo que tú continúes la búsqueda entre los cachivaches que tienes en tu corral" dijo el Chocho, señalando hacia la esquina de la sala donde estaba el mencionado corralito, poco antes que Naty regresara a la sala con cara de zonza y sin enterarse del pasado escrutinio sufrido por el armario, cuando la voz de Naty sonó nuevamente en el auricular

- "No sé si todavía está vivo y, junto con Joselito, estoy muy preocupada por su paradero" explicó Naty el motivo de su pena concerniente al Sapo zángano e, igualmente, el extraordinario motivo de su llamada, ya que ellos no acostumbraban telefonear, haciendo que el Chocho regresara de la realidad alternativa nuevamente al presente ficticio de la ucronía del Sapo y sus realidades alternativas en torno al punto o giro Jonbar, el cual representa un importante punto de divergencia entre dos resultados o perspectivas de un acontecimiento, especialmente cuando se viaja intransitivamente a través del tiempo

- "Te puedo calmar. Anoche, estaba el Sapo vivito y coleando" respondió el Chocho con una locución poco apropiada por lo que asociaba la cola, pero con todo el arte de un intérprete hermeneuta para indicar que, cuando lo vio la noche anterior, estaba todavía vivo, elevando la interpretación de las configuraciones objetivadas del parco contexto subjetivo brindado por su interlocutora a la categoría del método de la comprensión total circunstancial y correlativa de la parte por el todo y del todo por la parte

- "Preciso hablar urgentemente con él para saber lo que pasa, ¿me puedes ayudar a arreglar un encuentro?" concretizó Naty su objetivo con la desesperación de un náufrago que se aferra a cualquier clavo ardiendo al alcance de la mano, pero sin rastro de jerigonza ful y sin valor en su articulación, siempre concreta y clara como agua de manantial y con la profunda sensación de que el Chocho había comprendido la esencia y naturaleza de su acto referente al asunto que la movía

- "Claro que te ayudo" trató de calmarla el Chocho con el innecesario artificio derivado de la larga experiencia de noches interminables de discursos que siempre ayudaba al destinatario a recobrar el aplomo necesario cuando la duda de la confianza en uno mismo lo hacía titubear como pez colgado de un anzuelo

- "Quiero verlo personalmente" insistió Naty con mucha trapisonda en la voz que aguzaba la serendipia del Chocho, la que siempre le ayudaba a combinar rastros desapercibidos que llevaban de manera casual a deducciones distintas de lo que estaba en primer plano en la conversación y que, en el presente caso, no eran meras anticipaciones para una reconciliación entre dos afectados

- "¿Tienes alguna idea de dónde encontrarte con él?" preguntó el Chocho, sabiendo que Naty probablemente no tenía la más mínima idea de qué proponer al caso, ya que carecía de todo pensamiento ilustrado al respecto y no disponía de ningún cuartel apropiado para tales negociaciones y le faltaban todos los puntos de orientación en Heidelberg para iniciar el diálogo en terreno neutro con el Sapo fugitivo, diálogo inexistente en tal momento y que había llevado a fuerte confusión y desencanto en las proyecciones vitales de la muy centrada Naty

- "No se me ocurre nada, pero estoy dispuesta a todo" resumió Naty su estado de ánimo, después de haber recuperado su perdido aplomo en el corto parpadeo de una duda titubeante en su entendimiento que se disipó como un relámpago en la noche oscura de un delicado debate que habría de tener lugar en presencia de los dos actores directos que ya habían experimentado en el pasado repetidas acciones similares derivadas de escapes tontos del incorregible Sapo y que ella deseaba llevaran a significativas decisiones para garantizar la convivencia como una ruta sostenible digna de recuperar

- "Hablo con él y le propongo que ustedes se encuentren en mi residencia, es decir, ustedes pueden usar mi cuarto para parlamentar todo el tiempo que sea necesario hasta ajustar la paz y zanjar las diferencias que pueda haber, es decir, lograr acciones definidas en tu sentido. Dame tiempo hasta mañana por la noche para contactar al Sapo y confirmar el plan que solo puede darse con su activa presencia" expresó el Chocho en resumidas cuentas la condición mínima para garantizar estabilidad y seriedad en el proceso de reconciliación que evitara la frustración de un rechazo, sin revelar que ya tenía planeado encontrarse con el Sapo y el mocerío esa misma noche en el bar de turno de los dormitorios del complejo

- "Sapo tengo que hablar contigo a solas" dijo el Chocho de paso, después de saludar a los presentes en el bar 3 que tenía turno esa noche y que estaban charlando amenamente según se acostumbraba

- "De acuerdo, caminemos hasta la parada de buses" contestó el Sapo, creyendo que el Chocho quería hablar sobre los preparativos para la noche de póker del día siguiente, levantándose de la mesa para salir del bar seguido por el Chocho mientras intercambiaban industriosamente las banalidades usuales de tales ocasiones

- "La madre de tu hijo me llamó para que intervenga entre ustedes" concretizó el Chocho, cuando estuvieron fuera del edificio, a la altura de los primeros parqueos para gran sorpresa del Sapo

- "Intervenir, ¿cómo?" preguntó el Sapo con toda la santidad de la mala conciencia de un malhechor pescado de sorpresa completamente en su infracción, esperando que no se tratara de lo que temía

- "Ella quiere hablar contigo para aclarar definitivamente la situación, pues tú no has regresado a casa desde hace varias semanas" detalló los hechos el Chocho sin miramientos de ninguna clase para evitar que el Sapo tratara de enredar la conversación con toda su arte maléfica

- "Bueno, es que estaba muy ocupado con Joan…" balbuceó el Sapo para no quedarse callado, dando la impresión de lo abochornado que lo hacía el inesperado tema abordado por un actor ajeno a la situación que lo había tomado desprevenido

- "¿Ocupado?, querés decir culiando con Joan…" especificó el Chocho, llamando al pan pan y al vino vino en una forma que el Sapo odiaba

- "¡Qué vulgar!" proclamó el Sapo con aire de santurrón, sabiendo que esta vez no podía escaparse tan fácilmente, a como solía hacer cuando se tocaban temas tan incómodos para su humilde persona

- "¿Querés continuar tus relaciones con Naty o no?" lo cortó el Chocho con su pregunta concreta que hería la piel canela del Sapo con el filo de mil cuchillos rasgadores

- "Pues claro que sí quiero, pero es que el culo de Joan es tan rico…" comentó el Sapo, mientras trataba de soltarse de la maldita artimaña, sobándose la pija con toda la melancolía de un pobre malentendido que sufre con las angustias de las hembras

- "Naty demanda claridad" acentuó el Chocho sin piedad, regresando directamente al tema tan incómodo para el Sapo, para evitar cualquier intento de fuga, en el momento que llegaban a la parada del bus sin atravesar la calle, ya que solo querían dar la vuelta para regresar al bar

- "Es que no me atrevo a regresar a casa por mi mala conciencia" confesó el Sapo, después de recapacitar profundamente, mientras retornaban por el mismo sendero al lugar de origen del viacrucis del Sapo

- "En ese caso, podés conferenciar con ella en mi cuarto" presentó el Chocho el plan de escape estratégico que daba la impresión de brotar espontáneamente de su mente en ese preciso momento

- "Quizás el fin de semana" el Sapo hizo un vano intento para alargar el plazo que le podría costar su preciosa cabeza si se descuidaba

- "No fin de semana, pasado mañana, viernes, a las 19 horas o nunca más" arruinó el Chocho con su demanda imperativa el ingenuo plan de fuga del Sapo camuflado con el intento de desplazar el temido encuentro

- "Sos muy exigente" lloriqueó el Sapo con el único sentido de no quedarse callado dando mala impresión, después de haber perdido esa refriega que lo había tomado completamente fuera de guardia

- "No soy yo, sino que Naty la que demanda claridad" especificó nuevamente el Chocho con todo el fervor de un monje en mitad del oficio divino de las laudes, satisfecho con el transcurso de la conversación y la cara de atrapado que no podía disimular el pasmado Sapo, por mucho que se esmeraba

- "¿No podés intervenir en mi favor?" suplicó el Sapo con todo el miedo de un condenado camino al cadalso donde lo iban a colgar de los huevos por cabrón según lo que estaba escrito en los libros del saber

- "¡No hay vuelta que darle, take it or leave it! Los detalles los discutes con Naty, pues no son de mi incumbencia" promulgó el Chocho con todo el ardor de un iluminado dando el sermón de la montaña dominical nunca comprendido por los feligreses, aguándole toda la fiesta

- "OK, decile que nos vemos pasado mañana a las 19 horas en tu cuarto, pero no hablés ni media palabra con Joan sobre el asunto" rogó el Sapo, ya que primero tenía que inventarse algún cuento creíble para su retirada y, cualquier alusión que el Chocho pudiera hacer al respecto frente a Joan, corría peligro de contrarrestar la credibilidad de su cuento. De todas formas, la súplica era inútil, ya que el Chocho no intentaba visitar a Joan o hablar con ella en los próximos días, pero típica para el caído

- "¿Vienen el viernes a la mano?" preguntó a los retornantes el Catracho, ese mes anfitrión en turno para el póker, una vez que aquellos habían tomado asiento nuevamente en una de las mesas del bar

- "No, desgraciadamente tengo servicio en el hospital el fin de semana" respondió el Sapo con cara muy angelical, ocultando sus problemas con la pericia de un flagelado

- "Voy en ella" dijo el Chocho, dirigiendo la mirada al Catracho. antes de dirigirse al Flaco por separado

- "Flaco, en caso que sea necesario, ¿me puedes dar posada el viernes después de la sesión?" preguntó el Chocho al Flaco brevemente y en voz baja, sin dar más detalles al respecto para evitar mayor claridad

- No faltaba más, si tu cuarto está ocupado eres siempre bienvenido y el viernes después del partido no tengo ninguna gestión pendiente que coincida con esto" dijo el Flaco, dejando entrever que suponía de buena fe la razón de la búsqueda de posada, que en este caso no concordaba plenamente con la realidad, pero sobre la que el Chocho no estaba inclinado a dar mayores explicaciones

- "¿Has logrado averiguar algo y acordado un encuentro?" preguntó Naty al día siguiente, esperando que el Chocho hubiera obtenido algún resultado en cuanto a la activa presencia del Sapo como condición mínima para el encuentro deseado por ella

- "Sí, puedes venir a mi residencia mañana, viernes, a eso de las 18 horas. El Sapo prometió venir a las 19 horas para hablar contigo" resumió el Chocho la quintaesencia de las negociaciones pasadas

- "De acuerdo, llego a tu residencia a eso de las 18 horas si me explicas cómo llegar desde la estación" respondió Naty, considerando que había de confirmar con su compañera de trabajo lo que ya habían acordado de antemano para su ausencia el viernes, es decir, que su amiga se encargaría de cuidar de Joselito hasta que Naty regresase de su importantísima misión

- "De la estación tomas el tranvía número 1 rumbo al Bunsen-Gymnasium, es decir cuatro estaciones. Allí cambias al bus rumbo al Schwimmbad, que para en la esquina del cruce donde termina la línea del tranvía, y te bajas en la parada Wohnheime. Los buses circulan en intervalos de media hora entre la hora y cuarto y la hora menos cuarto y ese último trayecto dura aproximadamente unos 10 minutos. Yo vivo en el Dormitorio 2, piso 6, cuarto 12" detalló el Chocho la información que consideraba necesaria para que Naty no se perdiera en el camino

- "Bien, eso quiere decir que tengo que salir de Mannheim a eso de las cuatro y media" calculó Naty en voz alta al aire, preparando a grandes rasgos su itinerario para la hora de la verdad el viernes con el fabricante del hórrido cataclismo en el microcosmos de Naty y Joselito

- "Si quieres, puedes salir a las cuatro y venir un poco más temprano para que cenemos juntos antes del encuentro con el Sapo" sugirió el Chocho, indeciso entre comida caliente o fría para la cena con Naty. Finalmente se decidió por cena con fiambre y Pumpernickel, una especie de pan integral de centeno poco molido, originalmente denominado pan negro, ya que a Naty le gustaba mucho este tipo de pan de la cocina westfálica alemana, región de origen de Naty, y té costero de Ostfriesland o té de Frisia Oriental, compuesto de una mezcla de cosa de diez diferentes tipos de té negro, preferentemente de tipo Assam y Ceilán

- "Si no te produce ningún inconveniente, acepto con mucho gusto tu invitación, aunque actualmente carezco de apetito" expresó Naty con toda la franqueza nacida de las lúgubres circunstancias que acosaban su mente en aquellos momentos cruciales debido a la preocupación por el futuro familiar por no saber cómo evitar o disminuir las tensiones síquicas nacidas de las situaciones que podrían desencadenar una crisis destructiva como respuesta a la situación específica existente

- "Entonces nos vemos mañana" dijo el Chocho, esparciendo un cierto cuerdo y moderado optimismo hipertensor infeccioso antes de despedirse, lo que indujo a Naty esa noche, ansiolíticamente, a recuperar algo del sueño perdido en las últimas noches de angustias debido al cambio de su comportamiento natural en cuanto a las posibles expectativas que azotaban su mente

- "Me siento incómoda por haberte activado en este asunto, pero también muy agradecida por haberme posibilitado el encuentro" dijo Naty cuando, después de su llegada, ambos se encaminaban a la cocina del piso, donde el Chocho ya había preparado la cena según sus planes para hacer que Naty regresara un poco a sus cabales antes del encuentro con el Sapo, condición esencial para que ella saliera adelante

- "Espera hasta que termine el encuentro. Solo entonces sabrás si me debes agradecer el esfuerzo" comentó el Chocho, indicando a Naty una silla para que se sentara a la mesa ya cubierta con fiambre, mantequilla, tomates, pepinitos y otros encurtidos, sal y pimienta, fuera del Pumpernickel y del té

- "En verdad, pero tú has logrado que el Sapo venga al encuentro, lo que ya es un éxito de por sí… increíble, has conseguido mi pan favorito" observó Naty, tomando una rebanada del pan de sus codicias con mucho agrado en los ojos para ponerle un poco de mantequilla antes de cubrirla con una rodaja de jamón y pepinitos con tomate y sal y pimienta, edificio que ingirió con sano apetito en bocados bien educados

- "No exageres" dijo el Chocho, mientras servía el té de Frisia Oriental en pocillos de loza, la porcelana de los estudiantes, sobre candis en lugar de azúcar. La idea del Pumpernickel y del té sirvieron, evidentemente, para superar la inapetencia de Naty. Indicio cierto de los síntomas depresivos que ella había estado sufriendo debido a la gran incertidumbre que la acosaba durante los últimos días

- "Esto es la pura verdad… y para beber has conseguido té de Frisia Oriental" añadió Naty con mucha sinceridad, cambiando repentinamente el tono de voz al continuar la frase con ojos que se le saltaban de la cara al percibir el aroma de su té preferido que yacía como ofrenda divina en su pocillo

- "…pero sin crema o leche espumada, porque no me gusta" se apresuró a constatar el Chocho, teniendo en cuenta la tradición de servir dicho té a los invitados, con un cristal o terrón de azúcar al fondo del recipiente y una cucharadita de crema por encima, hoy como ayer, muy viva en Frisia Oriental. Para la ceremonia se requiere una buena mano y no tener prisa, porque el auténtico té de Frisia Oriental no debe agitarse bajo pena de muerte, y comprende tres fases, para obtener el placer auténtico de tomar el té: empezando con el sabor suave de la crema, después con el toque amargo y astringente del té negro y, por último, con el sabor dulce del azúcar. Es por eso que la ceremonia, igualmente, comprende un mínimo de tres tazas de té en Frisia Oriental para que no se cometa el pecado de descortesía u ofensa

- "Nunca digas eso a un frisón, que te mata por inculto" advirtió Naty, consciente del peligro que corría el Chocho de ser apedreado en Frisia Oriental al omitir un componente fundamental de la ceremonia que, efectivamente, duró tres pocillos de té y le trajo la calma perdida hasta ese momento

- "Lavamos la vajilla y vamos al cuarto a esperar al Sapo que probablemente llega con el bus de las menos cuarto" sugirió el Chocho, después de controlar la hora en el reloj de la cocina que marcaba las 18 y cuarenta, viviendo ambos en ese momento el exilio de los viernes contados de la vida con todas las incertidumbres del alma, cada uno a su manera, en un estado de vivir sin vivir y morir sin morir

- "De acuerdo mi comandante" añadió Naty, sabiendo que no era tiempo de festejos ni alegría y venciendo con mucha calma la inercia nacida de la cena con el té, mientras se levantaba de la mesa en cámara lenta para ayudar al Chocho a guardar el resto de la cena en un recipiente de plástico con su nombre que guardó en la refrigeradora, antes de recoger la vajilla y los cubiertos para llevarlos al fregadero, donde los lavaron y secaron, antes de guardarlos en el armario del Chocho, dejando la cocina limpia

- "Ustedes pueden usar mi cuarto todo el tiempo que quieran. Yo paso a eso de la medianoche para ver qué color muestra el semáforo sobre la puerta. Si está rojo quiere decir que ustedes están todavía en el cuarto, amarillo que están por irse y verde que ya se han ido y el cuarto está libre" explicó el Chocho camino a su cuarto y señalando al semáforo en el marco de su puerta, antes de abrirla para ofrecer entrada a Naty

- "Y, ¿qué pasa cuando el semáforo está en rojo?" indagó Naty al sentarse en la silla del escritorio, después de entrar al cuarto considerando todo objeto circunstancial del cuarto que antes no había podido apreciar en su totalidad: ante cuarto semiseparado con lavamanos a un lado y armario al otro, cuarto propiamente dicho con escritorio, dos sillas, anaqueles para libros y una simple cama con un colchón delgado que por la cara superior visible estaba forrado con folio de plástico repelente a la humedad y ventana al pie de la cama

- "En ese caso, el Flaco me da posada para la noche. La ropa de cama y la almohada están en el armario, puerta inferior a mano derecha" detalló el Chocho, abriendo la indicada puerta para mostrar el contenido anunciado y, a continuación, cerrarla con un elegante viraje de la mano, cuando alguien tocó a la puerta en el momento en el que el campanario de la iglesia de Sankt Albert tocaba las siete campanadas de la tarde

- "Adelante caballero, que tu mujer ya te espera" dijo el Chocho, abriendo la puerta del cuarto para dar entrada al Sapo con cara de muy mala conciencia, quien entró como un gilipollas en el cuarto, tan callado como un muerto, para sentarse abochornado y como un pelado tonto en vísperas al borde de la cama con aire de escasas luces, cogecosas, desarrapado, totonaco y chaquetero, sin atreverse a mirar a Naty

- "Hola Sapo" dijo Naty, incrementando intencionadamente y con mayor alevosía la suprema mala conciencia del Sapo en aquel impactante momento tan desagradable y crucial, descuidando el sector defensivo por preocuparse por la productividad en el ataque sin ataque, en el reproche sin reproche de la nacida diplomática, controlando el encuentro con la debida autoridad cautelosa, haciéndole sentir, sin embargo, toda la envergadura de la insoportable pesadumbre de su ser

- "Bueno, los dejo a solas para que se desahoguen con toda calma" dijo el Chocho, aprovechando la alta tensión reinante para abandonar inmediatamente el cuarto antes que ellos recapacitaran y pudieran decir pío. Se destino fue en ese momento la mano de póker, donde jugó su última mano unos pocos minutos antes de la medianoche, estableciendo contacto visual con el Flaco sin palabras al despedirse, concerniendo la opción que ya habían tratado anteriormente y que el Flaco tenía muy en mente

- "El semáforo está indicando verde..." dijo el Chocho sorprendido de encontrar a Naty en el cuarto cuando pasó a la medianoche para ver si el cuarto estaba libre o si tenía que pernoctar esa noche en el cuarto del Flaco

- "Es que tengo necesidad de hablar con alguien, después del palabreo con el Sapo" suplicó Naty, invitando al Chocho a tomar sitio a su lado en la cama, donde se quedaron mientras ella detallaba, a continuación, durante las siguientes cinco horas, los resultados de la delicada negociación. La recopilación nocturna con el Chocho le trajo alivio y seguridad y regresó satisfecha a su apartamento en Mannheim a eso de las siete, donde su amiga y Joselito ya estaban preparando un buen desayuno y donde comunicó el resultado positivo de su encuentro con el desgraciado Sapo

- "¿Tienes un poco de tiempo para mí?" preguntó Fernando 'Nando' Cabrera Morales, un vecino del Barrio San Miguelito de San Salvador que estudiaba matemáticas en Heidelberg, pero con muchos contactos en todas partes, asomando la cabeza entrepuertas sin aire de impertinente, después de un toque breve y claro a la misma

- "Dame diez minutos" respondió el Chocho, todavía sumido en sus apuntes de la última lectura del día sobre los principios de la gramática estructural esbozados en el curso de lingüística general del iniciador del estructuralismo lingüístico, Ferdinand de Saussure, quien había tenido una cátedra en la universidad de Ginebra. Exactamente, la obra había sido publicada después de su muerte en 1913 por dos de sus discípulos partiendo de sus propios apuntes de las lecturas del maestro y que se resumen en la idea que la lengua es forma y no sustancia y que las unidades de la lengua solo pueden definirse por medio de sus interrelaciones, es decir, por medio de las relaciones contextuales entre los elementos lingüísticos entre sí, lo que equivale a la relación arbitraria entre tres factores, a saber, cuerpo lingüístico, significado y circunstancia

- "Demos una vuelta por el canal" propuso Nando cuando lo recogió diez minutos más tarde en su cuarto con la exactitud de un cronómetro en servicio todas las veinticuatro horas del día con una sonrisa en los labios capaz de desarmar cualquier conflicto que pudiera haber habido, pero que no había entre ellos

- "Cuenta, ¿qué pasa?" preguntó el Chocho, una vez fuera del edificio, camino en dirección a la parada de buses entre muchas frondosas frases que camuflaban la coherencia del mensaje intercalado entre tal cuerpo lingüístico que a más bulto ofrecía menos claridad para los no afectados que circulaban por el camino en todas direcciones como hormigas locas

- "Parece que los griegos estaban muy bien informados sobre la trayectoria y los planes de Tito concernientes al bosque" detalló Nando su problema, mientras cruzaban la calle para seguir a mano derecha hasta la siguiente esquina, donde doblaron a la izquierda para llegar al canal, después de una cuadra, dejando a mano derecha el parqueo de la piscina para usar el chaquiñán o atajo de cabras que daba acceso a la vereda lateral del canal, oficialmente definida como vía pública destinada a la circulación de peatones, pero que era también muy frecuentada por ciclistas como atajo rumbo a Ladenburgo, la ciudad de residencia de Karl Friedrich Benz, el inventor del primer automóvil de la historia impulsado por un motor de combustión interna en 1885 según documenta la patente expedida ese mismo año

- "Bueno, no es nada sorprendente, ya que los isleños soltaron a propósito una indiscreción al respecto para deshacerse muy limpiamente de Tito, después de comprender que no lo podían entretener moviéndolo de un lado a otro de la isla" comentó el

Chocho, disfrutando el uso de la unidad semántica 'griegos' por Nando como gentilicio sustituto de gringos, en general, y de los estadounidenses, en particular. Tema sobre el que habían disputado muchos años antes en una larga discusión, partiendo del significado de la expresión 'hacerse el gringo', en la que Nando había opinado al principio que 'gringo' derivaba originalmente de la guerra de 1845 a 1847 entre México y los Estados Unidos

- "Según tengo entendido, el calificativo deriva de la canción 'Green Grow the Lilacs'..." había tratado de explicar Nando en el transcurso de dicha discusión que esa vez había sido iniciada accidentalmente por Antonio 'Ñito' Doval Castañeda, un español oriundo de Cangas de Morrazo, provincia de Pontevedra, que estudiaba en Fráncfort ciencias políticas, muy buen amigo de Nando, al preguntar por el significado y origen de la expresión usada durante una tertulia en una de las salas del complejo de Klausenpfad. La que fue encausada con mucha pericia por el Chocho a la locución latina 'Graecum est, non potest legit' y similares, sin olvidar hacer alusión a la frase usada por Shakespeare en su obra Julio César, 'it is all Greek to me', publicada en 1599

- "Creo que la palabra se pronuncia 'lailacs', si no me equivoco" observó Ñito con benevolencia la mala pronunciación de Nando, simultáneamente muy interesado en la explicación de la desconocida expresión, mientras el resto de los presentes asentía con la cabeza la correcta pronunciación de 'lirios' en inglés

- "Gracias... bueno, 'lailacs', perdonen mis escasos conocimientos de la pronunciación inglesa. Supongo quiere decir 'lirios' en castellano..." articuló Nando buscando cautelosamente confirmación en el auditorio a su supuesto, el que continuaba moviendo afirmativamente la cabeza de abajo hacia arriba o viceversa con el mismo ritmo continuo de los molinos o ruedas de oración tibetanas, siempre girando en el sentido único de las agujas del reloj en las alturas celestiales de los mantras contenidos

- "Lo de 'lirios' es correcto. En primer lugar, hay tres baladas que se disputan este privilegio, a saber, la 'Green Grow the Lilacs' que tú indicas, o bien 'Green Grows the Laurel' o bien 'Green Grow the Rashes', escrito con 'alfa' en el sentido de 'rushes' con 'uniform'…" confirmó y continuó explicando en detalle el Chocho lo que se ocultaba detrás de la fuente presentada a medias ciencias por Nando, valiéndose del alfabeto de la OTAN para recalcar las diferencias en el deletreo, algunas veces imposible de no confundir en el inglés hablado, especialmente en lo que corresponde al sonido las vocales

- "Supongo que 'laurel' quiere decir 'laurel', pero, ¿qué quiere decir 'rash' o bien 'rush'?" intervino Nando sin temor a pasar cinco minutos como ignorante, antes de quedarse como tal toda la vida

- "Fuera de la grafía escocesa de la acepción, en medicina 'rash' significa 'erupción cutánea', pero aquí significa 'rush', en botánica 'junco', lo que pepenaban los jornaleros mexicanos en las plantaciones de los patrones gringos" simplificó el Chocho en una media frase todos los largos tratados que existían sobre el asunto de los jornaleros temporeros de la recolección en las cosechas de los frutos de las más variadas siembras en las regiones usurpadas

- "Bueno, dicen que la canción fue muy cantada por los soldados gringos en ese entonces y cuyo comienzo 'green grow(s)' se prestaba a ser malentendido por los mexicanos como 'gringo(s)' según estoy informado" expuso Nando, creyendo a buena ciencia que sus argumentos eran consistentes y capaces de sobrevivir cualquier interrogatorio de los discípulos de Tomás de Torquemada y toda su familia de conversos policiales idólatras en sus procesos de idolatría contra los otros

- "Lo que no es cierto como origen, pues la acepción ya estaba documentada en el 'Diccionario Castellano con las Voces de Ciencias y Artes' de Esteban Terreros y Pando publicado en 1750 en el sentido que 'gringo llaman en Málaga a los extranjeros que tienen cierta especie de acento que los priva de una locución fácil y natural castellana…' contradijo el Chocho con una lógica que brotaba de conocimientos filológicos bien fundados. Lo que fue corroborado posterior y definitivamente por una consulta al diccionario original existente en el instituto del Chocho, retornando en ese momento en un santiamén de sus memorias al presente, evitando perder el hilo de la ponencia de Nando

- "La indiscreción de los isleños se refería solamente a la salida de Tito rumbo a Moscú, pero parece que los griegos estaban muy bien informados no solo de todas las andanzas de Tito en la isla y el mundo, sino que también de las últimas escalas de Tito, es decir, Praga, Budapest, Viena, Múnich, Berlín Oriental, Fráncfort, Basilea, Ginebra, Chambery, Burdeos, Zaragoza, Madrid, Santiago de Chile, La Leona y, finalmente, el último combate en la quebrada del Chorizo y su traslado al Jocote en la provincia de Vallegrande, departamento de Santa Cruz, donde lo fusilaron en octubre de 1967" precisó Nando a grandes rasgos el itinerario que había tomado Tito para llegar definitivamente al destino previsto, creyendo que nadie sabía de sus planes. Lo que solo era el caso parcialmente, ya que el maquillaje de Tito era una obra maestra. El punto débil de su misión eran los séquitos locales, fáciles de vigilar en Europa porque eran conocidos en mayor o menor grado. A final de cuentas, sabían dónde había estado, pero su apariencia era completamente desconocida

- "¿Quieres decir que era un plan premeditado para sacrificarlo como un peón en ajedrez y, simultáneamente, detectar las fuentes de los diferentes servicios de inteligencia de los griegos?" preguntó retóricamente el Chocho, recordando que los diferentes servicios de inteligencia no habían podido detectar la entrada de Tito bajo nombre falso a Borranca en noviembre de 1966 con la intención de formar un nuevo Vietnam y otros muchos en el mundo para mantener ocupados a los enemigos internacionales y declararse jefe absoluto de todas las revoluciones segadas por él mismo en el marco de su cultura y ambiciones

- "Más o menos, ese era el momento de quitárselo de encima, ya que Tito se iba volviendo cada día más incómodo para los isleños" observó Nando, evitando tocar expresamente el tema de África, donde los isleños hicieron la primera prueba general de los medios necesarios disponibles en el extranjero para ayudar a los fantásticos planes de Tito, quien se había desfogado en dicho continente durante cierto tiempo, antes de emprender la nueva misión en otro subcontinente del mundo

- "El conocido problema de un animal alfa que se arroja inquieto de un lugar a otro de la isla hasta que lo convencen de la necesidad de muchos Vietnams esparcidos por todo el mundo, los que solamente estaban esperando al nuevo jefe absoluto para nuevas conquistas concordantes con sus ambiciones personales azuzado diplomáticamente por sus antiguos compañeros revolucionarios…" empezó a decir el Chocho, cuando fue interrumpido por un manantial que emanó por corto tiempo de la boca de Nando

- "…que nunca comprendió que lo estaban botando de la isla de manera muy elegante. Un plan maestro donde otros se ocuparían de resolver el problema de los isleños, después de los fuertes golpes recibidos por Tito en su ilusión, en el marco de la realidad que había experimentado después del primer éxito revolucionario" explicó Nando la sangrienta trama que los isleños habían puesto en escena para lavarse las manos como Pilatos para con un ideólogo audaz e incómodo de liberación y a quien cortaron toda la ayuda prometida con una sonrisa demagógica en los labios, vendiéndolo a sus enemigos internacionales para crear un mártir del plan maestro de liberación

- "Y, ¿qué más me quieres contar?" preguntó el Chocho haciéndose el gringo con los grandes ojos del gitano revolucionario que nunca había sido entre las infinitas frases frondoseantes que servían para opacar con la espesa abundancia de su ramaje el sentido del verdadero mensaje intercalado y que ambos dominaban con la rutina de fronemáticos adictos al sublime vicio intelectual de hilar hilos consecutivos sin perder el hilo que los llevaba siempre al manantial de la sempiterna e incomprensible sabiduría de los rastros con sus cualidades invisibles bajo la densa oscuridad de los desorientados

- "Que un punto determinante radica en nuestra región, donde miembros de Taco operan con mucho éxito" detalló Nando la quintaesencia los resultados de las meticulosas pesquisas de los burócratas empedernidos del partido de Nando amantes de los detalles discrepantes que sacan a luz las verdades industriosamente camufladas con el arte maquiavélica estafadora de los empedernidos agentes profesionales mentirosos de todo el mundo

- "Entonces, ¿se trata de impartir una lección en colectivo o en particular?" quiso saber el Chocho, más que nada, para evitar malentendidos infructíferos y peligrosos en la carpeta de las grandes ligas sin pabellón de fama, donde cada falsa movida de las figuras vivas tenía imprevisibles consecuencias en el ritmo apagado para toda la orquesta milonguera de los payadores en compás de dos por cuatro, sin importar la letra

- "Primeramente a ciertos especímenes en particular y sin ningún despliegue que lleve a malos pensamientos en los niveles superiores. El primer nombre que ha sido mencionado en este contexto es el del Sapo para nuestra región" resumió Nando el fruto de las partes conteniendo las investigaciones actuales y que solamente confirmaban los hechos ya conocidos por el Chocho y que no eran, necesariamente, conocidos en los círculos bien informados del inframundo con su descarnada aversión al trato humano que caracteriza su naturaleza esencial derivada de la ruinosa clínica siquíatrica de las agencias de inteligencias merodeando por el mundo ingenuo de los numerosos redentores del mundo

- "Al Sapo le gusta jugar al póker y si Ñito está de acuerdo, podemos organizar una mesa privada en la siguiente velada en el salón de billar de su amigo Volker para el viernes en una semana, que, de todas formas, sería la siguiente sesión ordinaria de nuestro grupo" propuso el Chocho haciendo referencia a los eventos en el salón de Volker, donde se acostumbraba jugar manos fuertes de póker con la seguridad de juego limpio y respaldo con fondos garantizados por un banco impecable. Las sesiones eran una bolsa de intercambio de informaciones muy discreta entre los diferentes círculos con relevancia social en el alto, medio y bajo mundo y donde ya la sola ausencia de un feligrés tenía más valor que un comunicado oficial de gobierno. La mesa para cuatro jugadores costaba 500 marcos y la camisa para cada jugador1.000 marcos con la posibilidad de comprar fichas en cualquier momento por contado o contra cheque bancario. Bueno, para Ñito la mesa y la camisa eran siempre a cuenta del banco, lo que pocos sabían, pues este asunto no era de incumbencia general

- "Buena idea, pues no despierta sospechas y para su revancha podemos reservar de antemano el viernes subsiguiente. Para la mesa propongo Ñito, el Sapo, el Chaparro y tú; reserva serían el Patoco y yo. Nosotros arreglamos con el banco tu crédito para esa noche" terminó Nando su exposición con la satisfacción de un bebé con el chupete en la mano, con cara de nefelibata y con ojos de chivo ahorcado, todo en uno, como cuando Navidad y Pascua Florida o de Resurrección acontecen en la misma fecha, una especie de ataraxia o estado de ausencia de turbación sin temor a los dioses de la baraja y a la muerte, con un deseo natural de felicidad, idéntico al deseo de placer, un estado de ataraxia hedónica epicúrea muy prudente en las mentes lejanas de los cercanos genios

- "De acuerdo. Tú te encargas de los preparativos y me avisas cuando todo esté listo" dijo el Chocho y continuaron su paseo charlando amenamente sobre la inmortalidad del cangrejo hasta que regresaron al parqueo de los dormitorios para seguir cada uno su camino rumbo al jardín que admitía a cualquier persona de toda condición y clase que afirmase el principio del placer atomísmico y no atómico

- "Dicen que dijeron que le sacaron el ancho al Sapo en una mesa de póker" preguntó la Rana al Chaparro con toda la curiosidad que mató al gato mientras iban a almorzar en el comedor central, sita en el viejo Marstall, calificativo de significado peculiar aplicado, en general, a caballerizas reales y armería medieval y, en particular, a las edificaciones que albergaban originalmente los establos de los príncipes electores de Heidelberg, donde estaba alojado dicho comedor de la universidad a la ribera del río Neckar. El Marstall es uno de los pocos edificios construidos a finales de la Edad Media que han sobrevivido a las diferentes guerras locales y mundiales y tiene una fachada de unos 135 metros de longitud. En las dos esquinas del complejo hay sendas torres que antiguamente servían de vigilancia con saeteras o aspilleras para la defensa. Este complejo albergaba entonces al comedor central de estudiantes de la universidad de Heidelberg, fuera de otros dos más pequeños en la misma ciudad histórica.

- "En verdad, no fue una mesa, sino que fueron tres mesas conmemorables para todos los presentes" respondió el Chaparro con todo el aplomo de un testigo que sabe guardar el suspenso en su relato por venir, mientras se enfilaban pacientemente en la larga fila de los comensales que ya empezaba a la entrada del patio interior que llevaba al comedor

- ¿Cómo tres mesas?" preguntó la Rana anhelando recibir más detalles sobre la partida en cuestión, de la que ya todos los latinoamericanos hablaban como viejos mensajeros árabes trotaconventos sucesores de la Celestina en un mar de cuentos, donde hilos de todos los cuentos presentes y pasados se entremezclan continuamente, generando con su mezcla libre nuevos cuentos que siempre conllevan algo del pasado en sí mismo, resultando, que, si bien cada cuento es nuevo y fresco, está siempre entrelazado a un pasado histórico universal más viejo que el pinol y la memoria humana

- "Para la primera mesa se acordó de antemano una revancha opcional para la siguiente semana" detalló el Chaparro cuando ya estaban a la altura de la entrada, donde la fila se dividía, frente al mostrador de venta de vales para comida, panecillos y leche, para entrar a los dos pabellones a la izquierda o derecha, es decir, dos mensas similares en el amueblado y disposición del equipo, estando situado el mostrador para repartir el rancho en la cara opuesta al portal de salida y entrada, pero con una cocina común en el sótano

- "Y, ¿cómo fue con la tercera mesa?" quiso saber la Rana, mientras buscaba en su portamonedas un vale para la comida y dos para los panecillos obligatorios de una rana hambrienta que siempre pedía ipegüe, yapa o adehala para su porción en el mostrador, haciendo ojitos dulces con su súplica a la azafata en turno, artificio que siempre funcionaba a pedir de boca dejando a la pobre azafata con anhelos de caricias nunca brindadas por la perjura rana que creía protegerse así del egoísmo carnal de las azafatas

- "Originalmente, la tercera mesa no estaba acordada, pero el Chocho accedió a su debido tiempo bajo condición que no hubiera otra mesa más, cosa que aceptó el Sapo solemnemente bajo testigos" explicó el Chaparro, tomando el azafate con la comida con la agilidad de un cortesano portando viandas exquisitas a ofrendar a los dioses de la destrucción en el altar de las mesas de los prematuros maestros carpinteros de la postguerra

- "No se haga tan rogado mi jefe, siga con la historia…" dijo la Rana mientras rezongaba en vanguardia siguiendo al Chaparro que volaba como libélula vaga de la vaga ilusión de encontrar la mesa con los cubiertos para recoger respectivamente cuchara, tenedor, cuchillo y servilleta de papel, antes de iniciar la búsqueda de una silla libre en las numerosas mesas de este mar picado de estudiantes

- "Bueno, en la primera mesa hubo cuatro manos sucesivas que decidieron la noche poco antes de medianoche, para desgracia del Sapo" dijo el Chaparro después de aplastarse sobre una silla libre, confirmando la excelente calidad de la silla frente al esfuerzo físico de fatiga que ésta había superado sin requintar y cuya vecina, aliviada poco antes del peso abrumador de un luchador de sumo, sufrió la misma tortura brindada por las nalgas de una rana hambrienta peso pluma

- "Las malas lenguas dicen que el Sapo tenía esa noche una racha de mala suerte" añadió la Rana recordando lo que los círculos bien informados dicen que decía la gente, que, desde pequeño, el Sapo había vivido al margen de la legalidad y fue vendido de niño por su propia madre al gobierno. Así pues, desde el comienzo tenía todas las características de un estafador y mentiroso empedernido. Con la experiencia personal sufrida en la vida vivía ganando dinero, vendiendo informaciones y cometiendo toda clase de crímenes sin importarle que los dioses le negaran el perdón de sus felonías

- "La racha de mala suerte fue creciendo paulatinamente con el tiempo. En las primeras manos no había gran problema, pues el juego era más o menos equilibrado y Ñito y yo íbamos a la cabeza, hasta que el Sapo subió la apuesta a mil marcos y el Chocho lo bañó con dos mil, haciendo que el Sapo pagara para ver mientras que el Ñito y yo botamos prudentemente las cartas en esa mano" continuó el Chaparro su relato de la sucesión sucesiva de los sucesos sucedidos en la sucesión del juego

- "Y, ¿qué tenían los dos?" quiso saber la Rana mientras eliminaba del azafate los últimos restos de su comida chascándolos con la maestría de un iluminado que conoce la importancia y valor de las informaciones en la vida de los coyotes comerciantes de monedas extranjeras cuando engatusan, mienten y estafan en la falsa vida como personajes con tal personalidad de mentiras esenciales

- "El Sapo tenía full de ochos con cola de diez y el Chocho full de reinas con cola de siete" reveló el Chaparro entre dos bocados prudentes, comparando su azafate recién comenzado y el azafate piadosamente limpio y brillante de la Rana que mordía deleitosamente el último pedazo de su segundo panecillo obligatorio

- "Esos ya son más tres mil marcos que perdió el Sapo en esa mano" calculó la Rana con la agilidad de un matemático bien alimentado cuando tuvo la boca libre resolviendo el problema que no era problema para los matemáticos ni para los aritméticos con advertencia general contra los avenidos del Paseo Colón donde van los que tienen perdida la fe en la fiel confesión de las dos caras de una misma moneda chasconeadas con el canto

- "En verdad, pero eso no fue todo. En la siguiente mano, el Sapo perdió otros mil marcos, esta vez frente a Ñito. En la tercera de estas manos, el Sapo perdió nuevamente mil marcos frente a mí y, en la cuarta mano, el Sapo perdió cinco mil marcos frente al Chocho y eso fue cuando se levantó la mesa, confirmando la revancha previamente prevista para la siguiente semana" resumió el Chaparro el fin de la primera sesión indispensable para comprender la consecución de la trama, en la que se había enredado el bendito Sapo como instrumento de una fatua inteligencia todopoderosa

- "¿De dónde tenía el Sapo tanta plata?" quiso saber la Rana con el materialismo de los médicos llenos de historias de engaño, mentira y brujería en la vida real de las enfermedades que rigen el destino de los que no tienen destino

- "Según pude ver fugazmente cuando el Sapo iba a comprar fichas y yo al retrete, el Sapo pagó con cheque bancario del gobierno estadounidense, al igual que en las dos noches posteriores" informó el Chaparro con la integridad de un testigo visual, es decir, que estuvo presente en el momento de la ejecución del acto, normalmente desapercibido entre los jugadores afectados y no afectados por tener lugar en un cuarto separado reservado al banco, pero con ventana que daba al corredor que llevaba a los retretes, a donde se había dirigido en ese preciso momento el Chaparro

- "¿Cuánto fue lo que perdió en total?" preguntó retóricamente la Rana cuando se levantaron para llevar los azafates vacíos a uno de los muchos portazafates ubicados estratégicamente por todo el comedor para evitar que los azafates usados se quedaran decorando las mesas como artes plásticas de aquellos que utilizan materiales o restos de comida capaces de ser modificados o moldeados por el presunto artista mediante distintas técnicas para crear una obra de arte como manifestación que refleja, con recursos plásticos, algún producto de su imaginación corrupta o su visión degenerada de la realidad

- "Cosa de 10 mil, 20 mil y 50 mil en las tres noches, en total más de 80 mil marcos" resumió el Chaparro al salir del edificio rumbo a la plaza de la universidad para dirigirse a sus respectivas salas de lecturas que los estaban esperando con los correspondientes seminarios de sus facultades que empezaban a las 14 horas de ese mismo día

- "Acabo de encontrar a Juanito y al Catracho en el camino y me dijeron que el Sapo anda buscando al Chocho por todas partes porque le debe una revancha" dice Doro a Ingrid cuando la encuentra esa noche en su cuarto, donde habían acordado encontrarse para ir a cenar con el Chocho al Riviera

- "No tengo la menor idea, pero revancha me suena a póker" respondió Ingrid en el momento que tocó el timbre de su cuarto, por lo que se apresuró a responder por el interfono y apretar el abrepuertas, mientras Doro juraba que ese era el Chocho ante portas

- "Espero que ustedes estén tan hambrientas como yo" dijo el Chocho después de saludar a las dos Gracias sin saber que era tan buscado como un enemigo público número uno por todas partes de Heidelberg por un Sapo desesperado por la gran pérdida que había sufrido en las mesas de póker que había jugado en el pasado reciente contra el Chocho

- "El Sapo te anda buscado por todas partes" saludó Doro con una sonrisa maléfica al Chocho, tratando de sacarlo de quicio con su observación, temiendo que la cena se fuera a convertir esa noche en un espejismo

- "Dicen que le debés una revancha" concretizó Ingrid con cara de pocos amigos, sabiendo que, si el Sapo los encontraba, les arruinaba la noche, a como ya había hecho varias veces en el pasado para enorme disgusto de Ingrid

- "José…maría revancha, ya le di dos revanchas y me juró que se acabó definitivamente con las revanchas" requintó el Chocho muy disgustado, pero cierto que estaba en puerto seguro con Ingrid y Doro. Esa era una de las razones por la que las había invitado a cenar esa noche

- "Lo que te dije, esto suena a póker" Ingrid susurra a Doro con el filo de una cuchilla de afeitar al aire rumbo al cogote de la víctima

- "Pues parece que no es así" replicó Doro con la certeza de una abogada segura de ganar el pleito que nunca deseaba ganar

- "No se preocupen, pues yo no voy a darle más revancha" dijo el Chocho cuando tocó nuevamente el timbre, generando alarma general entre los presentes, ya que era de temer que fuera el Sapo quien tocaba el timbre de la puerta

- "Si es el Sapo, le dicen que yo no estoy aquí" ordenó el Chocho con cara de pocos amigos, mientras Ingrid iba al interfono para preguntar ingenuamente quién estaba a la puerta

- "¿Quién es?" dijo Ingrid en el auricular con la dulce voz de una santa paloma que no sabía nada de nada, pero tapando con cautela el auricular, después de la pregunta, para evitar que se escapase algún sonido delatador por la línea

- "Soy yo, el Sapo y ando buscando al Chocho" respondió el Sapo al otro extremo de la línea también con dulce voz de chicazo que sufría mucha angustia por la misteriosa desaparición del Chocho

- "Lo siento mucho, pero él no está aquí" respondió Ingrid, gesticulando y buscando una excusa factible y lógica para retardar el acceso del Sapo a su cuarto, pues era de temer que el Sapo fuera a pedir acceso para ver si era cierto lo que ella decía

- "De todas formas, me gustaría hablar contigo" suplicó el Sapo diplomáticamente, cierto que el Chocho había buscado refugio seguro donde Ingrid para escaparse del Sapo y su deseo de revancha injustificado, pues él mismo había accedido a que no hubiera más revancha después de la segunda que le había dado el Chocho y donde nuevamente le sacó el jugo

- "Bueno, en ese caso tenés que esperar un poco, pues estoy con Doro probando ropa y tenemos que vestirnos nuevamente antes de recibirte" dijo Ingrid al teléfono, satisfecha por la idea de estar probando la ropa que le vino a la mente

- "¡Qué buena idea!" exclamó Doro sin saber cómo iba a terminar la historia, pues el cuarto no tenía ninguna salida de emergencia para chochos acosados por sapos sedientos de revancha que creían tener sitiada a la presa codiciada

- "Y ahora, ¿dónde me escondo?" preguntó el Chocho desesperado implorando solución a las dos mujeres, bueno, primeramente, a Ingrid quien era siempre la de las ideas fulminantes poco ortodoxas, pero muy efectivas

- "En el armario, pero cuidado con las canastas que son muy cantoras" dijo Ingrid abriendo las puertas del armario para facilitar el acceso al Chocho, después de abrir campo en el suelo del armario para que se metiera el Chocho en cuclillas, es decir, flexionando las piernas de modo que las nalgas se aproximaran al suelo, descansando sobre los talones y un cojín, mientras las desgraciadas canastas de mimbre entonaban incesantemente sus coplas plañideras a cada respiro del Chocho

- "Estate quieto, que ahora cierro las puertas" dijo Ingrid cerrando las dos puertas del armario, aplicando adecuada fuerza, mientras que Doro, a continuación, puso una silla delante del armario y se sentó en ella, cortando el paso para evitar que alguien se acercara al armario o tratara de abrirlo. El Sapo llegó con el Chele y el Charapo preguntando nuevamente si habían visto al Chocho, lo que las niñas negaron sin enrojecerse y, después de unos cinco minutos de charla banal acompañada por los tactos sonoros de las canastas de mimbre, el Sapo y su séquito abandonaron el lugar del crimen, especulando en silencio sobre los ruidos raros que salían del armario, mientras Doro e Ingrid sufrían por contener la risa hasta que escucharon cómo el portal de la calle cerraba automáticamente, después que los tres mosqueteros habían salido a la calle. A continuación, abrieron la puerta del armario para dar salida al pobre Chocho que se miraba muy abochornado y estaba muy mojado por la cantidad de líquido que había sudado durante su estadía en la sauna del armario. El Chocho agarró la toalla del lavamanos para secarse y, a partir de ese momento, las dos mujeres lloraban y reían como chifladas tendidas patas arriba en el suelo del cuarto. A las ocho, cuando se habían calmado un poco, salieron rumbo al Riviera, donde, desgraciadamente, encontraron al Gordito Angustias disfrutando su plato de spaghetti bolognese con mucho parmesano y cuatro panecillos

- "Buen provecho caballero sin caballo" dijo el Chocho al ver al Gordito Angustias en el restaurante, mientras saludaba con la mano a Gerardo, quien respondió con la mirada profesional mientras servía una mesa con turistas en la otra esquina de la sala

- "¡Hola!" dijeron las niñas muy concentradas para no reír, saludando de la misma forma a Gerardo en la distancia, lo que les ayudó a contener la risa por un momento

- "Muy buenas, vengan, siéntense a mi mesa por favor" replicó el Gordito Angustias con una sonrisa en los labios indicando con la mano las tres sillas libres de su mesa ansiosas de ser ocupadas por los recién llegados

- "El Gordito siempre tan amable" dijo Doro tomando asiento al lado izquierdo del Gordito, apretándole el dorso de la mano, lo que hizo que el Gordito se derritiera como candela de cera encendida por el fugaz calor de la mano de Doro

- "Un caballero de pura cepa" añadió Ingrid evitando mirar a Doro mientras tomaba asiento al otro lado del Gordito, mientras el Chocho se sentaba en la otra silla frente al Gordito cuya mirada pasaba en un círculo vicioso de Doro a Ingrid y la pasta para luego repetir el proceso una y otra vez

- "Entre el clavel y la rosa, el Gordito es-coja" dijo el Choco, señalando a las dos chicas y haciendo alusión al famoso calambur, el arte de modificar una frase agrupando de distinta forma sus sílabas, de Quevedo, quien llamó "coja" a la reina doña Isabel de Borbón, quien era coja realmente y a la que le disgustaba mucho toda referencia a su defecto corporal, primera esposa de Felipe IV de España, tras apostar una cena con sus colegas a que él tenía valor de decirle 'coja' a la cara y sin castigo. El vulgo dice que, con su ingenioso calambur, Quevedo ganó sin castigo por parte de la reina, ya que ella no se dio cuenta del enunciado oculto

- "¿De dónde vienen?" preguntó cortés el Gordito Angustias sin prevenir el nuevo ataque de risa que les dio a las mujeres, tal que hasta el Gordito Angustias fue contagiado y reía con lágrimas sin saber por qué y, lo que es más, sin poder terminar con calma su plato, pues para colmo le dio un persistente ataque de hipo por la mucha risa, generando un estado de risa perpetua entre los afectados y los otros comensales y el personal del restaurante, todos, exceptuando a Ingrid, Doro y el Chocho, sin saber y sin importarles por qué se reían

- "¿Sabían que el Sapo anda buscando al Chocho por todas partes?" preguntó el Quetzalito al encontrar a parte del mocerío sentado en ronda amena en una mesa del Kakaobunker, donde brotaba la palabra chusca, pero sin veneno, al igual que la música de algún verso perdido y hallado en alguna tortilla precolombina momificada cuando al trotecito se escapaba la perra por debajo de los alambrados cargados de corriente para electrocutar a los nativos invasores sin derechos

- "Anoche pasó por el bar preguntando a todo el mundo con aire de desesperado si habían visto al Chocho" comentó el Chayul observando la superficie del contenido de su taza con la intensidad de una pitonisa durante sus augurios, pero sin capacidad de predecir la imborrable huella de los futuros ni de interpretar los sofocantes oráculos marginados del día y de los padres peregrinos fundacionales que robaban todo lo que había donde llegaban, también la historia, en su epopeya de verdades falsas

- "El Sapo pasó por mi cuarto hace dos noches buscando al Chocho" secundó el Patoco entre risas, celebrando las mudas libaciones y los átonos chascarrillos en los pechos del mocerío que intentaba librarse de los amargos desconsuelos en la rutina estudiantil que envenenan la mente y liberan el espíritu esclavizado de los revolucionarios de salones cortesanos, vejados y humillados por visiones de túnel no siempre nuevas y no siempre mejores que las pasadas por derivar de gamberros con plata que no arriesgan nada porque saben que el final el sistema les perdona todas sus travesuras en el marco de la industria del escándalo que incrementa la tirada de ejemplares como jinete a caballo entre el tiempo y la belleza de la nada embriagadora

- "Yo lo encontré en compañía del Chele esa misma noche con la intención de buscar al Chocho donde Ingrid y los acompañé" entonó el Charapo con su voz de barítono ahogado en el mar del naufragio con la desesperada esperanza de su enunciado limpio y divino en su oscuro sino de las angustias del tedio congénere desarrapado que huye entre las zarzas sin ninguna caridad cuando el jinete caza con sus perros una dama desnuda sufriendo orgasmo orgánico al despedazarla para darla a comer a sus perros, disfrutando simplemente la pura emoción cinegética de la adquisición del trofeo

- "En verdad, fue una visita muy rara" expuso el Chele breve y sustancioso en su turno, que no era turno, porque no había ninguna orden del día para tales miembros heterogéneos de frentes soñadoras y fantasías gérmenes en estampida como sistemas de balizas o señales fijas para mal guiar a los navegantes provocando naufragios donde el sicópata de la espera aguarda las futuras víctimas como araña en el agujero negro de su alma de telaraña exhalando vapores soporíferos por todos los poros

- "¿Por qué?" preguntó el Chayul pensando en su ayer amargo por la desgraciada acidez estomacal que casi lo mata por los dulces que había comido con exagerada avidez, por los goces y ternuras que brillaban por su ausencia en ese momento vital de morriña negra como el café que tomaba en ese momento como tedio burgués de las letras occidentales y de la melancolía renacentista queriendo dar color a la vida perdida en las flores del mal

- "Porque cuando llegamos al sitio de Ingrid, ya tenía visita de Doro y todos estábamos sentados apretujadamente mientras el armario producía ruidos raros y todos hablaban de banalidades, después que Ingrid y Doro negaron saber dónde estaba el Chocho" prosiguió el Chele como un torrente de inspiración infernal mientras deseaba embriagarse con las grietas de los corazones de las mujeres que nunca había tenido y que mucho había deseado en su vida de adolescente decepcionado por las amarguras del mundo

- "Y nadie se atrevió a preguntar qué pasaba con el armario porque nadie quería meter la pata en caso que otro distinto del Chocho estuviera escondido en el sonoro armario" añadió el Charapo y siguió la tempestad de frases vanas, tan humanas, que siempre reinaban en tales rondas de cultura y ambiciones de ideólogos audaces, tan frágiles como una pared de frontón en medio de un desierto de agua con la desventura de las almas de los poetas desterrados del Mar Caribe repletos de ternuras en una danza caduca de amor inmortal

- "Teniente Escobar Montón, esta vez sí que metió la pata bien metida" fue el saludo poco amistoso del capitán Grijalva al Sapo, cuando éste hizo acto de presencia en el despacho de su capitán, que lo citó dos días después de haber perdido cantidad de plata sin lograr usufructo alguno para los dioses de la agencia

- "¡Sí, mi capitán!" respondió muy sumiso el Sapo, consciente del mal paso que había dado por su adhesión al juego, sin saber que había caído en una inteligente trampa sin responsables inmediatos que pudieran rendir cuentas y que, en su lógica consecuencia, llevaba a la clausura total de la red del Sapo e inicio de otra red de información completamente nueva y con nuevos colaboradores, lo que significaba una marcha en vacío por un mínimo de dos años hasta que la nueva red alcanzara el nivel que había tenido con el Sapo

- "No me queda de otra que transferirlo a la Zona del Canal para que se apacigüe la situación" añadió el capitán Grijalva dando al Sapo un sobre con las correspondientes órdenes militares de transferencia para la mudanza del quemado que ya no tenía razón de permanecer al descubierto en el mismo lugar del acontecimiento según premisa del manual de comportamiento de la agencia, donde estaba regulado todo, hasta la frecuencia diaria de cagar de cada agente en servicio activo

- "¡Sí, mi capitán!" asintió el Sapo avergonzado y con la peor conciencia del mundo por haberse dejado llevar por la codicia en el juego, mientras recapacitaba cómo explicar a Naty su repentina orden de desplazamiento sin desvelarle la estupidez que había cometido por bruto adicto a las cartas, considerando que no le quedaba de otra que, bien llevársela inmediatamente con Joselito, en calidad de equipaje vivo, privilegio extraordinario de los miembros de TACO, en vías del ajuste del estado de cónyuge a su llegada a la zona, haciendo caso omiso del formulario I-485, para Naty y Joselito, y formulario I-130, para el Sapo, y un sinnúmero de formularios similares, lo que ya requería mucha paciencia, o bien someterse al tedioso y completo proceso burocrático interminable para mortales normales de solicitud de permiso para que le siguieran a la zona y obtener visa de residencia según formulario I-129F para Naty, en calidad de prometida, y Joselito, en calidad de hijo, para obtener visa de no inmigrante K1 para recibir posteriormente, después del matrimonio, la tarjeta verde

- "Orden de partida en tres días con destino a la Zona del Canal, ¡retírese!" especificó el capitán Grijalva sobriamente, sabiendo que el Sapo sufría por su descabellada estupidez en aquellas noches de banco tan negras como sus ojos

- "¡Gracias, mi capitán!" balbuceó el Sapo con el aplomo militar de un condenado a muerte que sabía ésta era su única oportunidad de corregir su falta, si encontraba un nuevo nicho de operación entre los enemigos internacionales para obtener logros justificantes de su desplazamiento, asunto de honor frente a su apreciado capitán Grijalva, antes de dar media vuelta y salir a paso militar del despacho de su todopoderoso capitán que le acababa de salvar el cogote, implorando que Naty accediera a partir inmediatamente con él para que obtuviera, junto con Joselito, estado de residente permanente legal con futuro automatismo de naturalización con trámites simplificados

- "Naty, acabo de recibir nuevas órdenes de transferencia a la Zona del Canal en tres días y quiero saber si te vienes conmigo para presentar la correspondiente solicitud relámpago de acompañamiento y residencia para ti y Joselito" dijo el Sapo cuando, finalmente, tuvo oportunidad de hablar con Naty en el primer recreo del jardín de la infancia subsiguiente a su llegada en uniforme de fatiga completo con etiqueta de perro, es decir, en uniforme militar estandarizado y regulado para maniobras, después de haber conducido todo el trayecto como un sonámbulo en el carro de uso oficial de la agencia que muy pocas veces usaba por razones obvias, con la intención genuina de establecer una vida conjunta con su familia en cualquier parte del mundo

- "Sos peor que un chavalo berrinchero" dijo Naty con furia indómita en los ojos sin saber ningún detalle de lo acontecido, pero cierta que todo esto era la exclusiva culpa del maldito Sapo que muchas veces no era capaz de descubrir el bosque detrás de los muchos árboles que le obstruían la vista en sus andanzas inmaduras dominadas totalmente por excesos de testosterona, aquel esteroide anabólico u hormona sexual masculina segregada especialmente en el testículo, pero también, y en menor cantidad, en el ovario y en la corteza suprarrenal, que tiene efectos morfológicos, metabólicos y psíquicos en el comportamiento de los individuos

- "Dime si vienes conmigo" imploró el Sapo, preocupado por el caso de una falsa decisión por parte de Naty y las lógicas consecuencias implicadas, sabiendo que ésta tenía que ser una decisión autónoma de Naty que él tenía que respetar con todas sus consecuencias mediatas e inmediatas, aunque no fueran de su gusto

- "Solamente si nos casamos inmediatamente a la llegada a la zona" estipuló Naty con cara de pocos amigos y mirada desafiante, desconociendo las estipulaciones burocráticas en función de los otros casos estándares que tanto dolor de cabeza daban al Sapo

- "De acuerdo, entonces tenemos que partir en dos días" acentuó el Sapo con gran alivio al percibir que Naty se había decidido en el sentido que él anhelaba todo el tiempo

- "Bueno, si rescindo mi contrato de trabajo inmediatamente, pierdo mis derechos de jubilación" replicó Naty un poco sorprendida por el apéndice complementario hecho una vez más por el Sapo con toda la astucia que éste había aprendido en los cursos de interrogatorio al comienzo de su formación militar

- "No importa, pues, una vez casado, tienes todos los derechos de mi jubilación" especificó el Sapo, muy satisfecho por la decisión tomada por Naty que simplificaba extraordinariamente el fatigante proceso burocrático que colgaba como la famosa espada de Damocles, atada por un único pelo de crin de caballo sobre su cabeza

- "Teniente Escobar Montón, ¿viaja acompañado de equipaje vivo?" preguntó un poco sorprendido el sargento Casero Maldonado, en servicio a la entrada de la zona en una esquina del aeropuerto internacional, cuando fue interrumpido por el coronel Muca que abrió en ese momento la ventana del puesto, donde, evidentemente, había estado esperando la llegada del Sapo aferrado todo el tiempo a un pocillo de café siempre rebozando del oloroso contenido con la profunda inscripción en inglés bajo el vidriado que rezaba: real tax payer

- "El equipaje vivo y el teniente son mi caso" ordenó el coronel Muca señalando al Sapo la puerta de entrada a su puesto de nueve metros cuadrados con un dispositivo potente de aire acondicionado que convertía la localidad en un frigorífico, evidentemente, muy agradable para el coronel

- "A sus órdenes mi coronel" dijo el Sapo al entrar en la caseta entregando el sobre con sus órdenes que el coronel Muca metió en su cartapacio, después de abrirlo pro forma con un lápiz que estaba a la mano en el escritorio, castigando al contenido con el látigo de la indiferencia que traía su alto rango militar todo sapiente

- "Vamos, que la camioneta nos espera en el parqueo para llevarnos a la esclusa 'Adalid', donde subiremos a bordo del carguero 'Tracker Dog' para efectuar el acto de matrimonio entre ustedes dos, luego, bajaremos del carguero dos esclusas más tarde, en la esclusa 'Aguamanil', para tomar el tren a Cristóbal, donde nos esperara la camioneta con su equipaje chequeado para llevarlos a su nuevo domicilio, donde los vecinos les ayudarán a aclimatarse en las localidad y el lunes nos vemos en mi despacho a las seven hunderd" ordenó el coronel Muca, saludando cordialmente a Naty y Joselito con dos botellas de agua fría, haciendo señal con la mano para que lo siguieran unos cincuenta metros camino al parqueo donde los esperaba una camioneta muy limpia con un amable cabo Agrícola por chofer, quien ayudó a Joselito a subir a la silla de infante que ya había montado previa y estratégicamente en uno de los tres asientos de la tercer fila del vehículo, donde Naty se sentó, a continuación, junto a su hijo, mientras que el coronel Muca y el Sapo se sentaron en la segunda fila detallando los procesos administrativos por venir con la precisión de un cronómetro hasta llegar a la esclusa destino, donde el carguero atracaba en ese preciso momento, y donde los cuatro subieron a bordo, después de pedir permiso de abordar, y donde el capitán registró el matrimonio del Sapo con Naty en conformidad con el derecho marítimo internacional, sirviendo de testigos el primer oficial y el cocinero

- "Mis mejores deseos para que la joven pareja tenga fortuna" dijo el capitán con la rutina de un viejo registrador civil que nunca hace preguntas indiscretas, terminando la primera formalidad con un corto brindis de champagne legítima de Francia, mientras los otros esparcían un poco de arroz sobre los recién casados, granos que fueron inmediatamente eliminados por el servicio de basura avícola, que merodeaba todos los barcos, aves siempre muertas de hambre

- "Increíble, ya llegamos a la esclusa de Aguamanil, donde tenemos que abandonar el carguero" dijo el coronel, un poco sorprendido por la rapidez con que había pasado el tiempo, interrumpiendo la amena conversación de los presentes, incluyendo a Joselito, iniciando la despedida cordial de la tripulación antes de abandonar el carguero para, luego, tomar el tren para Cristóbal, donde el coronel se despidió de ellos en el parqueo, tomando su carro con destino desconocido

- "Teniente, sobre el asiento tiene usted un cartón con todas las documentaciones y los papeles necesarios, las llaves de la casa y los papeles y llaves correspondientes del carro. Usted no necesita carro para ir al trabajo, pues tenemos un servicio excelente de buses, pero para su señora es más confortable usar el carro para hacer las compras. El horario de la escuela correspondiente está también en el cartón y el camino se puede hacer cómodamente en tres o cuatro minutos a pie según el plano adjunto. Mañana tienen que hacer la inscripción de Joselito en la escuela a las ten hundred" detalló el cabo Agrícola, después de despedir al coronel, mientras llevaba al Sapo y su familia con todo el equipaje ya oficialmente chequeado a la colonia Forsitia, también conocida en inglés como Lynwood Gold, donde los vecinos ya los estaban esperando con los brazos abiertos y la curiosidad que mató al gato

- "Bienvenidos a la colonia Forsitia, yo soy Linda y vivo al lado derecho de ustedes, mi marido es sargento primero o bien OR7 según la norma STANAG 2116, mi vecina se llama Mariana, pero prefiere la llamen Maryann, vive al otro lado de ustedes, su marido es también teniente como tú, y la tercera del grupo es Virginia, la esposa de nuestro capitán, residente en la casa de enfrente" dijo Linda con la típica voz y expresión de los gringos cuando quieren dar buena impresión a sus interlocutores, mientras el cabo Agrícola transportaba todo el equipaje al interior de la casa, completamente amueblada según estándar militar, vigilado por Joselito que ya había tomado posesión de su dormitorio y le indicaba al cabo Agrícola cuál equipaje pertenecía a quién sin realizar descubrimientos en el ámbito del conocimiento que hasta antes del viaje parecían inverosímiles por falta de experiencia en tal campo

- "Muchísimas gracias por la amable bienvenida, yo soy Naty, nuestro hijo, por el momento perdido, se llama Joselito y a mi marido todo el mundo lo llama 'el Sapo' por lo agradable que es" dijo Naty muy consciente que Joselito estaba cuidando que el equipaje fuera depositado en los cuartos correspondientes y sin enrojecerse por la sagaz mentira referente al Sapo cagado

- "Ahora los dejamos solos para que deshagan las maletas" propuso con voz dulce Linda lo que el comité de bienvenida ya había acordado de antemano en la tertulia preparativa de dicho comité la noche anterior

- "Si estás de acuerdo, te recojo a eso de las quince hundred para mostrarte el supermercado y hacer juntas algunas compras" añadió Maryann dirigiéndose a Naty con el aplomo nacido de la experiencia en dar la bienvenida a los recién llegados a la base que casi nunca eran novatos sin experiencia

- "A las quince es una buena hora. Entonces, hasta luego" respondió Naty muy agradecida por la ayuda en ese extraño mundo de cuartel dominado por una limpieza y nitidez cronométrica, esperando haber comprendido correctamente la hora que le había indicado Maryann en esa nomenclatura rara de los militares y sus familiares en esa zona fuera de todas las leyes conocidas, pero más burocrática que la burocracia misma de los más empedernidos burócratas y donde hasta el último detalle de cualquier cosa estaba especificado por alguna norma no siempre conocida

- "Luego, a las diecinueve hundred, están ustedes cordialmente invitados a una barbacoa de bienvenida en mi casa" dijo Virginia dirigiéndose directamente al Sapo, moviendo las falsas pestañas como limpiaparabrisas eróticos en un entorno de rouge sobre los cachetes que automáticamente invocaban en una fracción de segundo en la mente del Sapo asociaciones con los otros cachetes respingados de la señora del capitán

- "Muchas gracias por la invitación a la barbacoa, la que aceptamos muy gustosamente" se apresuró el Sapo a responder con su mejor voz dominical de primera comunión tratando de convencer a su pichula que siguiera durmiendo el sueño de los justos para evitar complicaciones muy desventajosas para todo subalterno en la vida militar

- "El carro está delante del garaje. En la cocina les he dejado un cartón 'care' de emergencia con tostadas, mantequilla, leche y café molido y para combatir la sed dos six-packs con cola" dijo el cabo Agrícola con mirada sincera al despedirse de los recién llegados y su comité de bienvenida y entregar las llaves, finalizando el servicio completo que le habían ordenado

- "¡Buenos días, mi coronel! Teniente Escobar presente para recibir órdenes" dijo el Sapo al umbral de la puerta, después que el edecán del coronel le había abierto la puerta de la oficina del coronel a las seis horas con cincuenta y nueve minutos del lunes, posicionándose en estado de alerta al lado de la puerta para dar acceso libre al Sapo

- "¡Adelante teniente! Siéntese y deme su opinión sobre las fotos" ordenó el coronel Muca sentado al otro lado de la mesa de reuniones con su eterno pocillo de café en la mano izquierda, señalando hacia las fotos sobre la mesa de reuniones, lo que el Sapo hizo inmediatamente mientras el edecán cerraba la puerta con mucha cautela

- "Fotos de guerrilleros de nacionalidad indefinida, localidad igualmente indefinida, conozco a uno de ellos" declaró el Sapo, después de haber estudiado crítica y detalladamente todas las quince fotos que estaban sobre la mesa de reuniones sin perderse en especulaciones inciertas que turbaran su seso

- "¡Especifique!" demandó el coronel Muca, cierto que el Sapo había reconocido al Guanaco en las fotos, meta única en el cometido por realizar en un futuro muy próximo, ya que era el único individuo de los fotografiados que todavía estaba vivo y que todavía causaba enormes problemas a los salvadoreños

- "Conozco de Heidelberg al de estatura mediana con el rango más alto operando el mortero. Su nombre de pila es José Toribio Castañeda García, conocido como el Guanaco y con título universitario en economía" resumió el Sapo el extracto de sus conocimientos lo más conciso que pudo en ese momento

- "Comandante Castañeda. El peor de todos y con una puntería infernal con el mortero. Nos ha causado muchas bajas en El Salvador, por lo que hemos decidido cambiar a la estrategia de helicópteros" informó el coronel Muca sobre el estado presente del arte que significaba ejercer mayor presión sobre la tuerca con la nueva estrategia de los helicópteros

- "Como desconozco los detalles, no puedo decir nada, ni en favor ni en contra, mi coronel" se atrevió a comentar el Sapo para no quedarse callado y dar buena impresión, pero sin quemarse las manos con algún juicio prematuro

- "Ese será su nuevo campo de acción, alférez Escobar. Reentrenamiento militar diario de nine hunderd a fifteen hunderd, instrucciones y planeamiento de sixteen hunderd a twenty hunderd. Misión de asesoramiento de las fuerzas armadas salvadoreñas en la lucha contra las guerrillas. Marcha al frente en dos semanas como teniente primero, pero sin rango oficial" terminó el briefing el coronel Muca, considerando que el Sapo iba a evaluar correctamente su nueva misión sin rango oficial, pero con doble ascenso de rango relámpago, de teniente a alférez o second lieutenant en inglés, y de alférez a teniente primero, después de un traslado forzoso por falta capital de conducta

- "Acabo de recibir mis nuevas órdenes y tengo entrenamiento diario, a saber, físico de las nueve a las quince y teórico de las dieciséis a las veinte horas por dos semanas" dijo el Sapo a la impaciente Naty al llegar a la casa para dejar sus papeles y recoger su mochila de faena, obligatoria para el entrenamiento, que tenía lugar en el campamento de entrenamiento avanzado catorce B para refrescar todos los elementos de servicio, entrenando todas las herramientas físicas necesarias para desempeñar las funciones a superar en el transcurso de una determinada misión, mientras que en las clases de la tarde se afirmaban los conocimientos teóricos demandados por la misión objetivo

- "…y ¿qué más?" indagó Naty, esperando finalmente las malas noticias inminentes derivadas de la enorme chochada cometida por el maldito Sapo en Heidelberg, que había culminado en el traslado forzoso y cuyos detalles le eran completamente desconocidos pues carecía de cualquier plan de estudio adaptado al Sapo

- "Me han dado ascenso inmediato a alférez y al final del reentrenamiento tengo ascenso a teniente primero y, entonces, parto para una misión por dos meses" el Sapo intentó calmarla con la noticia del ascenso doble, tratando de camuflar su futura ausencia por dos largos meses en las bases y los montes salvadoreños

- "Explícame lo de los rangos" suplicó Naty atormentada por las perspectivas que se abrían ante ella como profundos abismos que en su garganta se tragaban todo el universo de su vida pasada, presente y futura

- "Si te acuerdas, mi primer rango fue Oficial Técnico Jefe, luego, Teniente, ahora soy Alférez, después seré Teniente Primero, siendo los rangos subsiguientes Capitán, Capitán Teniente, Mayor, Teniente Coronel, General de Brigada y General" recitó el Sapo la jerarquía de los rangos militares que sabía de memoria desde sus primeros días en el servicio militar, sabiendo que lo máximo que podía alcanzar en condiciones normales sería el rango de Capitán, si tenía éxito con la misión que le acababan de otorgar

- "Entiendo. Teniente es algo así como Teniente Tercero, Alférez algo así como Teniente Segundo y Teniente Primero es Teniente Primero. Me podés dar algún detalle concreto sobre tu misión…" insistió Naty desesperada por la rápida sucesión de los sucesos en su vida civil que ya no era nada civil

- "Lo siento, pero no es posible. Nos vemos a las quince y cuarto cuando me ducho y cambio de ropa para asistir a clases- Cenamos después de clases" dijo el Sapo, saliendo camino a la parada de la línea 34 que lo llevaría al campamento de entrenamiento avanzado catorce B

- "Necesito urgentemente el rifle de francotirador de gran calibre del ejército ASVK, con cargador de balas de 12,7x108 mm y con una potencia de 17.000 julios, para combatir los helicópteros UH-1, sigla que significa Utility Helicopter 1, apodado Huey, que los gringos quieren mandar a nuestro sitio" dijo el Guanaco a su paloma mensajera, haciendo referencia al rifle que había ayudado a desarrollar durante su entrenamiento como francotirador en Rusia y que, posteriormente, fue usado en las guerras de Chechenia, pues no solo era capaz de aniquilar al enemigo aunque el proyectil no alcanzara ninguna parte vital del cuerpo, sino que también podía eliminar las fuerzas enemigas a larga distancia con su munición de .50 BMG, capaz de derribar objetivos a un par de kilómetros de distancia del tirador y atravesar placas de acero de 20 mm de espesor a 500 metros de distancia

- "Bueno, no sé si será posible, ya que el rifle es pesado, tiene una longitud de 1.350 mm, es difícil de desmontar y montar y cada cartucho cuesta unos 40 dólares y la importación camuflada no es nada fácil debido a las muchas trabas que han inventado últimamente en aduanas" replicó la paloma mensajera en su vano afán de convencer al Guanaco que no era nada fácil cumplir su deseo

- "El montaje y desmontaje no es ningún problema para mí, pues lo conozco a ciegas. En verdad, el problema es la remesa del pedido, pero no es nada imposible" insistió el Guanaco, convencido que sin el rifle no le sería posible continuar exitosamente con la guerrilla a precios médicos, ya que las otras opciones con cohetes y similares resultaban muy caras, menos seguras e inflexibles, tanto a corto como a largo plazo

- "Me es conocido que el rifle se utilice para operaciones de contraataque, así como para eliminar vehículos blindados ligeros y las ametralladoras pesadas del enemigo desde largas distancias, pero helicópteros…" objetó la paloma mensajera en su último intento de persuadir al Guanaco para que desistiera de sus planes con el rifle ASVK que la inteligencia rusa cuidaba como un ojo de la cara

- "Los helicópteros son mi especialidad, pues conozco su tendón de Aquiles" dijo el Guanaco sin revelar sus conocimientos sobre este punto, que, si bien muchos conocían en teoría, muy pocos eran capaces de llevar a la práctica en combate por tratarse de un blanco en vuelo con una dimensión de solo unas tres pulgadas cuadradas

- "Salimos mañana a las five hundred en vuelo de exploración de una hora con cinco helicópteros UH-1 Iroquois de blindaje estándar de la base de Ahuachapán" dijo el coronel Salvatierra al Sapo la noche anterior al primer vuelo de reconocimiento en el terreno de los alrededores, uno de los centros más fuertes de los guerrilleros, sin saber que los rebeldes ya estaban bien informados de los planes de las fuerzas armadas y que el

Guanaco los estaba esperando en la copa de una ceiba a medio kilómetro de la base aérea con su ASVK. Para los cinco helicópteros necesitó solamente seis proyectiles. Los helicópteros fueron pérdida total y la completa tripulación pereció en acción. También el Sapo. Los pocos restos de los cadáveres fueron rescatados con muchas pérdidas y los gobiernos afectados pusieron una recompensa de un millón de dólares por la cabeza del Guanaco con indulto total para los ejecutores, extinguiendo la responsabilidad penal del asesinato. Los restos mortales del Sapo, en rango póstumo de capitán, fueron llevados a la Zona del Canal en ataúd metálico herméticamente soldado, donde Naty lo enterró en el cementerio militar de Cristóbal.

Capítulo 5

El Chele

- "Bueno Chocho, no sabiendo lo que sabes de mí y no conociendo tus fuentes de información, corro el riesgo de contarte cosas que ya sabes. Pero bueno…" inició el Chele el primer diálogo en muchos años con el Chocho después del intercambio estándar de cortesías cubiertas por el pretexto que no había sido fácil encontrar el número de teléfono del Chocho, quien estaba en todas las guías mundiales de lingüistas

- "No te preocupes, que soy todo oídos para todo lo que tengas que contarme" replicó el Chocho con la paciencia de un reptil al acecho, ya que estaba bien informado de las andanzas del Chele por medio de Renate, sus hijos y del hermano de Renate, con el que tenía mucho contacto por la teneduría de libros y declaraciones de impuestos y también por medio de su madre que, casualmente vivía en la misma colonia donde Nieves estuvo viviendo por cierto tiempo durante su estadía en San Salvador, donde se volvió la querida de un ministro

- "La llegada de Nieves a mi vida provocó muchos cambios. Empezando por lo obvio, al menos tal como lo entendí yo: la pérdida de diversas amistades, ya que las parejas de estos amigos evidentemente temieron que Nieves podría contaminar y contagiar a sus respectivos maridos. Tal fue el caso, creo, con Ingrid y Dagmar, que se opusieron al trato con Nieves. Así perdí el contacto contigo y con el Catracho" trató de justificarse el Chele de la manera como acostumbrada de tergiversar los hechos a su favor

- "Aquí confundes la velocidad con el tocino, fue Nieves la que rotundamente cortó las relaciones con todos los que no la aceptaban a priori con todas sus manchas y sin crítica. Ella fue la que prohibió a Don Carlos y Doña Gisela seguir contactándonos" caracterizó el Chocho de forma concisa la forma de ser de Nieves, una españolita como todas las españolas que habían cruzado el camino del Chocho, interesada solamente en la plata que suponía tenía el Chele, muy encantado con jugar el papel de gran señor venerado por la gran hipócrita Nieves que le puso tantos cuernos que ya era peor que un puercoespín de cepa pura

- "Eso es nuevo para mi" se atrevió a decir el Chele por no quedarse callado, sabiendo que el Chocho tenía razón, como siempre, experimentando las incertidumbres del alma en su exilio que lo había retornado a su lugar de origen en Miraflores de Lima

- "Quizás, pero es verdad, así como es también verdad que Don Carlos te hizo firmar cantidad de cheques para cubrir los préstamos que te hizo para que pudieras marcar el gran señor delante de Nieves antes de tu divorcio de Renate. Hago referencia a la leyenda de tus trabajos, especialmente en Berlín, tu registro en los hoteles y pensiones bajo falso nombre y los viajes que le pagabas a Nieves para que te visitara durante los trabajos fantasmas. Si mal no recuerdo, eran más de sesenta mil marcos, los que debías a Don Carlos y nunca pagaste, mi querido Don Hidalgo hijo de miércoles de ceniza" dijo el Chocho con la tranquilidad de un clarividente que conoce todos los secretos y angustias del Chele

- "¿De dónde sabes todas estas cosas que creía nadie sabía?" preguntó el Chele sorprendido y completamente aturdido por los buenos conocimientos y la buena memoria del Chocho, a la que cuarenta años no hacían ninguna merma, ya que, en verdad, fue el mismo Chele quien contó todas estas cosas y otras muchas al Chocho

- "De boca propia tuya, pero también de Don Carlos, tu padrastro, y Doña Gisela, tu madre en uno de los muchos encuentros clandestinos que tuvimos" subrayó el Chocho recordando cómo Don Carlos le había contado los problemas que habían tenido guardando secretas frente a Renate las visitas del Chele con Nieves para hacer préstamos al banco de Don Carlos. En aquel entonces vivían Don Carlos y Doña Gisela en Bad Soden y tenían una pensión, mejor dicho, Doña Gisela manejaba una pensión propia mientras que Don Carlos trabajaba en una de las clínicas de salud de la localidad como médico jefe con buen sueldazo que le había permitido adquirir la pensión para pasatiempo de Doña Gisela. Bueno, los planes originales eran que Rodrigo, el hermano del Chele con formación de técnico en hostelería y gerente de hotel, iba a manejar la pensión con Doña Gisela, pero como Rodrigo fue llamado a prestar servicio militar, lo que no quería hacer, se tuvo que fugar con su amiga española a España y con mucha suerte y palanca lo absolvieron de prestar servicio militar, por lo que Don Carlos y Doña Gisela tuvieron que vender la pensión después de un par de años cuando Doña Gisela no la podía manejar más debido a ciertos problemas de salud

    - "¿Ustedes se siguieron viendo?" preguntó incrédulo el Chele, quien había creído en aquel entonces que había logrado cortar definitivamente las relaciones del Chocho con su tío Carlos y su madre para evitar que Renate se diera cuenta de sus andanzas con Nieves en caballo prestado

    - "Claro, ¡pues no me dejo dictar por extraños a quién debo contactar o no! Solamente por el miedo que tenía tu madre a Nieves es que no nos encontramos con la misma frecuencia que antes. Pero, sigue con tu narrativa, por favor" demandó el Chocho satisfecho con la perplejidad que brotaba a luz en la voz del Chele como en los tiempos del pinol, cuando el Chele incrédulo perdía una discusión que creía segura de ganar en las muchas rondas nocturnas con el Chocho e Ingrid que servían para aguzar el seso

    - "Tuvieron que pasar muchísimos años hasta que volví a oír algo del Catracho, cuando Rolando, mi hijo y ahijado del Catracho, me contó de su muerte, pero sin darme más detalles del acontecimiento" se apuró el Chele a decir cambiando el tema, evidentemente desagradable para el sujeto

    - "La que fue muy imprevista…" acentuó el Chocho lo que era evidente, recordando las largas conferencias con Dagmar durante los días críticos precedentes a la muerte del Catracho, lo que, lógicamente, no era del conocimiento del Chele

- "Me dio mucha pena no haberlo visto nunca más" lloriqueó el Chele, registrando con alivio que, una vez más, no había tenido que enfrentar la situación desagradable que siempre acompaña a los fallecimientos de seres cercanos y duelos

- "Bueno, eso es algo que tú hubieras podido corregir en cualquier momento, si hubieras querido" comentó el Chocho con la severidad concisa de un hastiado de las excusas baratas que siempre tenía en oferta el Chele cuando trataba de salvar la piel

- "No era nada fácil cuando estaba con Nieves…" confesó el Chele con vergüenza, ya que no podía ocultar ni paliar con su seudorretórica los hechos que el Chocho conocía de primera fuente hasta la saciedad

- "¿Cuándo terminaste con Nieves, hijo… dialgo?" preguntó el Chocho con la polisemia de sus típicas parónimas que incluyen una mejor compresión sonora de lo que correctamente escrito no daría lugar a tales juegos intelectuales de palabras que mejoran la eficiencia de la comunicación, sabiendo que el Chele no iba a responder la pregunta concreta por temor a mostrar un punto débil en su carácter

- "Dicho sea de paso, estoy tratando de crear una especie de resumen de mi vida empleando fotografías, una especie de galería de fotos. Del Catracho no tengo ninguna. ¿Podrías enviarme alguna? No importa lo antiguo que sean" el Chele cambió el tema en la forma esperada, jugando el papel de una santa paloma en el Canal de La Mancha o de una mancha en el canal de la paloma

- "Veré en mi huaca" respondió el Chocho, dando un poco de soga al Chele para que no se sintiera acosado de ninguna manera

- "Y de ti tampoco tengo noticia alguna, exceptuando que evidentemente sigues viviendo en el mismo lugar de hace 40 años, tal como me lo indica uno de los directorios del ramo lingüístico que cayó en mis manos por casualidad… Bueno, pero iré al grano, contándote de mi vida" dijo el Chele cobrando aplomo en su confesión, después de un momento de incertidumbre durante el discurso de su cohonestado currículo

- "El Hidalgo tiene toda mi atención" alentó el Chocho con la astucia de un mercader de Venecia que sabe que tiene al pez mordiendo bien en el anzuelo

- "Mi divorcio de Renate fue veloz, en cierto modo abrupto" enunció el Chele sin esperar que el Chocho le fuera a creer lo que estaba diciendo

- "¡Claro, pues te acosaba Nieves!" especificó el Chocho recordando el día cuando el Chele, después de haberse tomado varios tragos de Fundador en casa del Chocho, se fue a Schönau para decir a Renate que se iba a divorciar de ella y tuvo una gran disputa con el hermano de Renate, casualmente presente, porque resultó que al Chele se le fue la lengua diciéndole a su cuñado que ya sabía lo que iba a hacer para el tiempo cuando decidieron los cuatro comprar el terreno y construir la casa, todo a nombre de Doris y Renate, delito de lesa patria del Chele, imperdonable en los ojos de los otros afectados

- "Renuncié a la parte que me hubiera correspondido de la casa en Schönau, pero, claro, también me deshice de la abultada hipoteca que sobre ella pesaba" justificó el Chele con cierto alivio su proceder durante el proceso del divorcio, dichoso de no haber perdido el hilo de su ponencia

- "Bueno, esa fue la estrategia recomendada por tu abogado que me habías confesado en aquel entonces" observó llanamente el Chocho lo que era evidente para los interlocutores

- "Adicionalmente y en contra de la explícita recomendación del juez, renuncié a cobrar la parte que me hubiera correspondido de la jubilación de Renate, asumiendo una actitud francamente machista" continuó el Chele con la vana esperanza de distraer al Chocho de su clara línea con la que era capaz de sacar de quicio al mayor testarudo del mundo

- "En verdad. fue Nieves quien te encarriló por tal sendero, porque estaba en contra que tú fueras a depender en la jubilación de la mujer de la que te estabas divorciando" especificó el Chocho lo que el Chele no había sido capaz de reconocer en aquel entonces, cegado por la Nieves deslumbrante en la montaña de su orgullo

- "De esto me arrepiento mucho, pues ahora ese dinero me vendría muy bien. Renate ya murió hace algunos años, y le fue muy mal durante sus últimos años de vida, pues sufrió de Alzheimer severo. Tanto así, que no reconocía ni a sus propios hijos. La vi una sola vez más, durante la boda de nuestro hijo Rolando. Tuve ocasión de conversar brevemente con ella, y aproveché para agradecerle por la forma que había educado a Marc y Rolando" continuó el Chele su discurso con la fluidez correspondiente del que está seguro de revelar nuevos hechos al auditorio ignorante presentando su mejor flanco fotogénico y bondadoso, lo que no daba la impresión deseada al Chocho debido a los méritos del acta

- "Los dos son personas íntegras, correctas, muy amables y los dos son buenos profesionales, si mal no recuerdo" comentó el Chocho, recordando las conversaciones con Renate sobre sus hijos cuando hacía estación en Heidelberg camino a Lörrach para visitar a Rolando y de paso también a Dagmar, con la que se intercambiaba regularmente, recordando especialmente la vez cuando su carro se averió y tuvo que comprarse uno nuevo, de segunda mano, a toda prisa en Lörrach. También hablaron varias veces de su segundo matrimonio y divorcio. Accidentalmente, ambos, ella y su segundo exmarido, murieron el mismo mes del mismo año y fueron incinerados en Sankt Peter Ording para entierro en el mar. Irónicamente, las dos urnas estuvieron durante cierto tiempo parqueadas contiguamente en la funeraria, esperando turno dictado por las autoridades competentes para el entierro en el mar que tuvo lugar en diferentes fechas

- "Marc trabaja en Braunschweig ocupando un cargo ejecutivo, y Rolando es director de una escuela de discapacitados en las cercanías de Coblenza..." continuó el Chele, creyendo que esta vez tenía al Chocho en la mano con sus novedades que no eran novedades para el Chocho con su excelente red de información, pero que hacía como si las fueran para complacer al Chele ingenuo hasta que metiera la pata de alguna forma

- "Tú quieres decir Constanza, am Bodensee, mi querido Hidalgo casi-casi" interrumpió el Chocho para corregir el evidente lapso del Chele con toda la alevosía de un buen malhechor que goza las fallas cojudas de los otros cuando meten la pata hasta la rodilla

- "Perdona, tienes toda la razón del mundo, me refería a la ciudad de Constanza en la ribera del Lago de Constanza, am Bodensee, claro… pero sigamos, Rolando está casado con una mujer encantadora, que también es profesora, y tienen una hija maravillosa de casi 10 años. Los tres vienen a visitarme con frecuencia a Lima" el Chele agradeció con una sonrisa la corrección del Chocho, mandándolo mentalmente al diablo antes de continuar su narración frente al desagradecido público con dientes de piraña

- "Típico Rolando, siempre easy peasy y con una cierta nota hippie que pega bien con sus alumnos" observó el Chocho, recordando un encuentro en Hamburgo con Renate, Rolando, su mujer y la hija en ocasión de una conferencia, a la que fue esa vez en compañía de Ingrid para encontrarse con Renate y su tribu. La hija de Rolando hechizó a todo el bus cuando se fueron de la Speicherstadt y puerto de cruceros, a los Landungsbrücken, desembarcaderos, para ir a comer en uno de los muchos restaurantes ibéricos de la calle Ditmar-Koel-Strasse, donde también hechizó a todo el público y personal del restaurante y donde Rolando disfrutó un plato de sardinas delicioso que anhelaba desde su última visita a Rodrigo

- "La vida de Marc es más complicada. Tuvo diversas parejas, pero no se casó. Sin embargo, se reencontró con una novia que tuvo en el colegio y los dos se volvieron a enamorar. Pero ella se había casado y tiene un hijo de más de veinte años y una hija adolescente. Con el agravante que el marido es musulmán y ella se convirtió al islam. En un primer término, el marido amenazó de muerte a Marc, pero parece que, entretanto, se han calmado las cosas. Ahora se están divorciando. Marc y Sissi se han comprado un departamento en Braunschweig, pero Marc tiene que desaparecer, y ocupar su 'Studentenbude' que tiene desde hace 25 años, cuando los hijos de ella vienen a visitarla" expuso el Chele en forma de telegrama la vida realmente complicada de Marc

- "Cada loco con su tema" comentó el Chocho disfrutando las novedades sobre Marc que el Chele le brindaba con servicio libre a domicilio, recordando también los raciocinios que Marc había expresado confidencialmente cuando sus padres se divorciaron

- "Bueno, pero volviendo a mi vida: primero estuve tentado a vivir con Nieves en Madrid, donde ella trabajaba en la central del PSOE. Pero pronto me di cuenta que desde allí no podía atender mis conferencias ni estar en contacto con mis hijos. Así que convencí a Nieves a que viniera a Alemania, que en Heidelberg podría estudiar. A María, su hija, la metimos en el Kindergarten de Neuenheim. Nieves comenzó aprendiendo alemán y luego estudió pedagogía comparada, llegando a obtener un título. María hizo la primaria en Neuenheim, y luego la secundaria en el colegio Kurfürst Friedrich Gymnasium, que está justo cruzando el río, antes de llegar a la plaza Bismark. Pero Renate no pudo pagar con su sueldo la hipoteca de la casa de Schönau, con lo que de un día para otro me notificó que se largaba a vivir a St. Peter Ording con Marc y Rolando, es decir, a una distancia de aproximadamente 800 km de Heidelberg..." expuso el Chele con la labia de un abogado que vende a su suegra repetidas veces sin ningún remordimiento de conciencia

- "Conozco los detalles de la historia que difiere de tu versión, pero, en fin, no viene al caso, así que continúa, por favor" interpuso el Chocho con gran benevolencia para que el Chele no perdiera el hilo de su ponencia minuciosamente preparada desde su perspectiva, siempre tan singular en el enfoque y desenfoque de hechos

- "En esas condiciones fue imposible ejercer el derecho que según acta de divorcio yo tenía de recibir a mis hijos cada segundo fin de semana. Por lo tanto, decidimos de manera aceptablemente amistosa, que yo recibiría a los niños en las vacaciones de verano y en las de Navidad. Eso funcionó unos seis o siete años. Solíamos ir los cinco, a saber, Nieves, María, Marc, Rolando y yo, en coche a Madrid, aunque unas pocas veces mis hijos volaron a Madrid, dependiendo de las circunstancias en cuestión" prosiguió el Chele su relato sin saber hasta qué punto el Chocho estaba informado de tales acontecimientos de su vida

- "Tu mamá decía que hacías casi siempre alto en Rosas para visitar a tu hermano Rodrigo" añadió el Chocho para indicar al Chele que estaba al corriente de muchos detalles de su vida posterior al divorcio de Renate

- "En verdad, por lo general parábamos en Rosas para visitar a mi hermano unos días. Por cierto, Rodrigo murió hace ya once años de un cáncer a la vejiga. El pobre la pasó muy mal durante sus dos últimos años de vida. Yo lo extraño mucho" prosiguió el Chele con mucho dolor en el alma por la pérdida de su querido hermano

- "Rodrigo, sus mujeres y los cuentos de camino que echaba a Don Carlos y Doña Gisela. El colmo fue su hijo de madre desconocida" especificó el Chocho un par de acciones desde tiempos inmemoriales en la vida de Rodrigo que caracterizaban perfectamente su forma de ser. Bueno, la historia de su hijo de madre desconocida fue una que ni él mismo llegó a comprender verdaderamente, se trataba simplemente de ocultar el nombre de la madre, ya que todavía estaba casada y en España, en aquel tiempo, no había divorcio. Al menos ésta fue la versión oficial que Rodrigo presentó al registrador civil en Alemania que se tragó la píldora cuando hizo la inscripción de Rodriguito en el registro

- "¿Te acuerdas todavía de esa historia? Madre mía, ¡qué memoria!" dijo el Chele envidiando la gran memoria del Chocho

- "Claro que me acuerdo muy bien de esas historias, de su célebre 'pisco sour' peruano..." empezó a enumerar el Chocho cuando fue interrumpido por un Chele muy nacionalista frente a los chilenos que también tienen su pisco sour

- "...peruano y no chileno..." subrayó el Chele con todo el nacionalismo peruano frente a los hermanos chilenos plagiadores que, en los ojos de los peruanos, trataban de usurparles el original pisco sour

- "...y de la noche de póker, donde le saqué casi toda la plata que tenía y dos anillos de oro" terminó el Chocho su pequeño excurso, recordando que en aquel tiempo estaba recogiendo fondos para una noche de banco contra el Sapo, la que culminó en tres noches de póker, inolvidables para todos los latinoamericanos y generaciones por venir debido a la cantidad de plata que le sacó al Sapo en tal ocasión

- "Bien, mis viajes regulares a Rosas y Madrid funcionaron muy bien los primeros años, pero a los niños se les hacía cada vez más difícil separarse de mí al término de las vacaciones. El último año…" prosiguió el Chele su relato original todavía disgustado porque su hermano había hecho caso omiso de su advertencia que no jugara póker con este Chocho infernal que siempre ganaba las manos decisivas

- "…supongo que te refieres al episodio cuando Marc tenía como 11 años…" insinuó el Chocho concretamente con los profundos conocimientos internos de un iniciado que siempre sorprendía a su auditorio comedidamente evitando la realidad alternativa de la mala historia de algún avenido presidente culero y sin huevos

- "…exacto, ese año fue desgarrador. Los dos niños empezaron a lloriquear apenas salimos de Madrid, diciendo que querían seguir estando conmigo…" detalló el Chele la historia que el Chocho sabía por los relatos independientes que Doña Gisela y Renate habían hecho a su tiempo desde sus correspondientes perspectivas representando un vacío tan inmenso como un bandoneón extendido

- "Claro, todo era jugar, visitar lugares bonitos, alegría y festejar" enumeró el Chocho los conceptos positivos sin revelar sus conocimientos provenientes de las fuentes prohibidas de antaño

- "…y que no querían volver con su madre…" detalló nuevamente el Chele, lo que hizo bien a su orgullo propio e hirió profundamente a Renate cuando se dio cuenta de lo que pensaban los niños en aquel momento crucial

- "…es decir, a la vida seria, con obligaciones, colegio, y similares" especificó el Chocho las verdades molestas que también hubieran tenido lugar cuando se hubieran quedado junto con el Chele después de las vacaciones

- "Me da la impresión que comprendes muy bien la situación de entonces" dijo el Chele sin considerar la envergadura de su enunciado desde su estrecha perspectiva inversamente proporcional a su ego

- "Tengo entendido que hicieron un berrinche del diablo" acentuó el Chocho lo que ya sabía de primera mano por las narraciones de Rolando con dolor del alma en ocasiones pasadas cuando sintetizaba sus otros muchos sentimientos, la tristeza, la compasión. los repudios y la nostalgia que cohabitaban en su alma

- "Es verdad, ya faltando unas dos horas de viaje, se pusieron a llorar a moco tendido. Fue cuando le dije a Renate que eso no podía seguir así, que nos estábamos haciendo mal a todos, que todos sufríamos, más que nada los dos muchachos. Así que decidí unilateralmente dejar de verlos hasta que fueran algo mayores. Cuando Rolando, el menor, tuvo una novia en el colegio que le insistió en que quería conocer a su padre, volvieron a establecer contacto conmigo" continuó el Chele su relato desde su perspectiva individual queriendo dejar la mejor impresión posible de su carácter ególatra, algunas veces arrogante, pero siempre con aspiraciones de sabihondo

- "Creo que Rolando tenía unos 15 años de edad para ese entonces" observó el Chocho haciéndose un poco el colega santurrón del mojigato para darle cuerda, pero sin revelar sus fuentes fidedignas abundantes en detalles muchas veces desconocidos para el Chele

- "¡Ciertamente! Desde esa vez volvimos a vernos con regularidad y con bastante frecuencia durante los años" confirmó el Chele sin poder darse cuenta de la alevosía maliciosa del Chocho camuflada en su observación de apariencia ingenua

- "Has tenido suerte: casi nunca te reprocharon nada, aunque en el interior sufrían mucho" osó expresar el Chocho lo que los niños siempre habían guardado en lo más profundo de sus corazones frente al Chele mojigato

- "Sólo una única vez hubo un comentario indirecto. Cuando Rolando estudiaba en Colonia, Marc, que estudiaba en Braunschweig, y yo nos encontramos en Colonia y fuimos a ver un partidazo de hockey sobre hielo. Luego salimos a cenar. La habíamos pasado estupendamente..." reveló el Chele con el alivio que tiene un pecador al expresar en el acto de contrición perfecta sus pecados no veniales

- "¿Quién ganó?" preguntó el Chocho por pura curiosidad y para ver si podía sacar un poco de quicio al Chele con su iniquidad tan irrelevante en tal caso, fundada en el desconocimiento y rechazo de las leyes de la lógica, es más, anomía o desprecio de tales leyes con el único fin de confundir al interlocutor

- "Colonia le había ganado a Berlín y había un ambientazo en el estadio. Los dos me agradecieron que los llevara al partido y a cenar, pero Rolando agregó que 'eso debiste hacerlo cuando éramos más jóvenes'. Fue el único comentario crítico que jamás hicieron" detalló el Chele, rascándose la cabeza en un intento de rebuscar dentro de la memoria de su cerebro más detalles y sin perder el hilo de su narración frente al Chocho, aparentemente imberbe pero siempre con enorme calado en sus interrupciones

- "Bueno, esa fue una indirecta muy directa, de la que no sacaste ninguna consecuencia para ti" constató el Chocho el hueco que les había dejado la despedida inminente del ser querido, esa sensación que les había quedado cuando se despidieron en ese momento en el que se olvidaron de su madre en el silencio del carro originado por el gran berrinche

- "Hasta el día de hoy tengo una estupenda relación con los dos dentro de sus respectivas circunstancias, a saber, Rolando tiene un carácter más abierto, mientras que Marc es mucho más parco, como buen alemán norteño" definió el Chele los caracteres de sus hijos, a los que, evidentemente, amaba más que nunca, justo en la ausencia

- "¡Tierra, dijo Colón!" exclamó el Chocho, sabiendo que no fue Colón, sino que Rodrigo de Triana, en verdad Juan Rodríguez Bermejo, quien vio primero tierra americana y grito la histórica exclamación de '¡tierra!' y no en el ojo

- "Las relaciones con Nieves se fueron agudizando con los años" dijo el Chele sin meterse a dilucidar las reflexiones provocadoras contenidas en la observación del Chocho que intentaba contribuir solamente a reducir el nivel del discurso, a como es el arte del empedernido dicharachero que siempre refinaba sus tácticas y estrategias para generar discordia entre los que cometían el error de considerar seriamente sus enunciados aparentemente locos, pero siempre acertados, profundos y originales

- "Lo que era de esperar con el ave de rapiña" insistió el Chocho, divertido, divino y con una sonrisa de naturaleza indefinible en los labios, pero igualmente animada y ocurrente en su indeterminación

- "Escribí una segunda novela sobre el tema…" prosiguió el Chele su relato sin prestar atención a las chochadas que decía el Chocho en su aparente delirio por alterar la fluidez del relato con su contraflujo para joder con sus cojudeces

- "Es decir, ha habido una primera novela" indagó el Chocho con los principios de la lógica en cuanto a la demostración y la inferencia válida, las falacias, las paradojas y la noción de la verdad nunca encontrada y siempre presente en sus enunciados

- "Correcto, no sé si sabes que antes ya había escrito una novela titulada 'Lima loca', que ya se agotó" detalló el Chele con aire de conocedor profundo de su propia vida tan pacha, coincidente entre su afirmación y los hechos, reflejando la fidelidad a una idea arbitraria y morganática en sentido técnico

- "No era de mi conocimiento" confesó el Chocho lo que no era verdad, ya que el Flaco le había contado algo sobre dicha novela en una ocasión cuando estaban hablando sobre la falta de conciencia del Chele en cuanto a su culpabilidad y responsabilidad para con los acontecimientos de aquel entonces

- "Pero de la novela 'Santo Tomás'…" el Chele quiso lucirse indirecta y humildemente con sus cualidades de aspirante a escritor sin más jugo que el bagazo con aspiraciones a ganar plata y hacerse rico para tener muchas cosas superfluas que todavía no tenía y que solo sirven para crear monstruos

- "Agáchate y me la mamás" se apresuró el Cholo a observar con su verbo desafiante frente al culpable de tales repugnantes valores sociales que se ha metido, él mismo, en su cabeza de chorlito tras sufrir los rechazos estándares de los editores

- "…te podría enviar por correo un ejemplar, si quieres. Aunque con otros nombres y lugares, si bien reflejando las circunstancias, profesiones, las mías y las de mi hermano" se explayó el Chele con el aplomo de un miembro del gremio de locos, depresivos, alcohólicos, insatisfechos y sonámbulos que deambulan por el globo desinflado

- "Una válvula de escape para digerir los acontecimientos, supongo" preguntó indirectamente el Chocho con la alevosía de un demagogo vendiendo a su suegra por tercera vez sin ningún remordimiento de conciencia

- "Bueno, no solamente una válvula de escape, sino que también exposición de mis pasatiempos reales" el Chele trató de justificar sus prejuicios conservadores de gente ignorante confesando su punto de vista a la edad de cinco años, fuente segura de frustración y fracaso en su largo lamento de la vida

- "Seguramente moto y kárate…" observó el Chocho recordando cómo habían comenzado con el kárate en la universidad: Una noche habían ido el Chele, el Chocho y el Catracho con sus sendas parejas a cenar a un restaurante chino en el mero centro de la ciudad, donde al salir fueron atacados por un grupo de rocanroleros que dieron al Chele un par de golpes de kárate con el resultado que se fueron a la estación de policía, muy cercana, a presentar denuncia del hecho agresivo. Una radiopatrulla capturó a los infractores, los que tuvieron que pagar una multa. El hecho de los golpes dolió mucho al Chele, tal que una semana más tarde comenzó el entrenamiento de kárate en la universidad, primeramente, con el Catracho, el Chocho y el Flaco

- "Esa novela describe también con bastante exactitud mi relación con Nieves: ella una mujer extremadamente celosa, con evidentes síntomas de celopatía, él un hombre encoñado, como dicen en España…" el Chele dejó ver con la expresión usada que la influencia regional idiomática de Nieves todavía perduraba en su mente contaminada por la madre patria de los países huérfanos

- "…no quieres decir que estabas encaprichado, sino que dominado por la relación sexual mantenida con Nieves como si te hubieran dado de beber agua de mico" concretó el Chocho lo que el Chele estaba tratando de decir a la española, haciendo alusión a una leyenda indígena, desconocida para el Chele, donde hechizan al héroe con esa clase de agua hasta que la heroína destruye el hechizo, obstruyendo con su observación el seudo equilibrio emocional presentado por el Chele en su discurso, con el que evidentemente intentaba eliminar la pérdida de la persona codiciada, a fin de cuentas perdida por su exagerada codicia, superada solamente por la característica de Nieves con extremos rasgos de egoísmo

- "¿Agua de mico?" preguntó el Chele aturdido por la palabra desconocida que había usado del Chocho en la forma que siempre acostumbrada hacer para descocar a sus escuchas en los mejores momentos cruciales de una conversación

- "Agua de cachimba o de vulva o de chucha o de coño, el lugar donde sita la fábrica de los muchachos, ¿sabés?" explicó el Chocho con toda la lujuria de un chulo empotrado sobre una mula rebuznado del placer jadeante presente en todas las creaturas con afán de predominio, atrapando al interlocutor en una red de circunstancias distractivas

- "Dice el que habla tan inflado" el Chele trató vanamente de darle contra con lo mejor que le ofrecía su seso en ese momento, lo que no era mucho para un letrado en su lucha contra una lumbrera segura de sí misma e invulnerada

- "¡Mierda para el que caga de lado, seguí tu cuento, cagado!" el Chocho le cortó de un tajo el hilo de sus discernimientos especulativos, obligándolo subversivamente a regresar a su relato original sin anotar ningún punto en la partida

- "...correcto, totalmente dependiente de ella" especificó el Chele con el mejor aire de gringo, ignorando las fantasías chochas precedentes nacidas de un intelecto intruso, degenerado por sus copiosas lecturas en libros inéditos

- "Desde tu perspectiva muy particular que todavía te dificulta la clara evaluación de los hechos" articuló el Chocho lo que junto con el Flaco y el Catracho había deducido ya hace años durante repetidos trilogos, forma correcta en castellano, algunas veces llamados triálogos, desatino derivativo de la unidad semántica 'diálogo' por su traducción literal del inglés, es decir, diálogos tripartitos sin dudas ni vacilaciones en los exuberantes desenfrenos acostumbrados del Chele, reflejando en la introspección no solo el celo mismo de Nieves en el carácter de proceso que deviene en el siquismo, sino que al igual el contenido de ese mismo proceso en el Chele

- "Ella se da cuenta de esa circunstancia y ahonda sus arrebatos de celos pues le confieren mayor poder sobre él. Considerando mis frecuentes ausencias inevitables para asistir a las conferencias para trabajar, te podrás imaginar cuántas veces al año hubo supuestos motivos para que a ella le dieran ataques de celos" expuso el Chele lo que desde su perspectiva era algo sistemáticamente muy lógico, olvidando que durante varios años ellos habían vivido de esta forma, lo que sicológicamente generaba entonces en ella los ataques de celos derivados de su posesividad sexual cuando se trataba de los otros y no de ella misma

- "Un típico ejemplar de la ley del embudo de las personas con inseguridad emocional mientras dependen de la otra persona" constató el Chocho con su vocabulario peculiar que casi en todos los casos sorprendía al interlocutor con sus figuras retóricas imprevistas de incomparable plasticidad por el uso de sinécdoques que implicaban hacer referencia a alguien o algo a través de una de sus cualidades, o a nombrar una cualidad mediante el nombre propio de aquel que la ostentara, lo que contribuía casi siempre a enredar a la audiencia y sus sistemas tradicionales procesuales en las discusiones

- "¿Con qué se come eso?" preguntó el Chele confundido nuevamente por esa figura del embudo, expresión que el Chele nunca había escuchado antes de los labios del maldito Chocho con su demente fantasía en guerras lexemáticas que se libran en forma de batallas mentales con la voluntad mágica al servicio de las artimañas, de la hechicería y del esfuerzo de los presuntos héroes ante ejemplos inesperados y la ordalía de los dioses lingüísticos nunca unánimes por el miedo de perder el dominio sobre alguien cuando las pruebas a las que eran sometidos los acusados para averiguar su culpabilidad o inocencia; como las del fuego, y las del hierro candente, eran en favor de la inocencia, ¡habrase visto tal desvergüenza!

- "Con queso y rosquillas. Para ella existía solamente la declinación de la primera persona del pronombre personal 'yo, mí, me para mí, me conmigo' y el resto que se joda" caracterizó el Chocho lo que tenía en mente en ese momento en una forma de redacción mayormente digerible para el Chele, lleno de no pocas lagunas de divulgación o bien de ensayo o bien de historia o bien de mitología o bien de antropología, lo que siempre mermaba la seguridad del Chele en sí mismo y en sus mecanismos de retórica

- "A posteriori, no entiendo cómo pude aguantar a esa mujer durante más de veinte años. Trabajando ella para la GTZ, le ofrecieron un cargo en un proyecto en El Salvador que debía ocupar durante dos años para poder ascender dentro de la empresa. Lo pensamos mucho, y al fin decidimos que aceptara" continuó el Chele haciendo caso omiso a la observación alevosa del Chocho referente al queso y las rosquillas, primeramente, orgulloso por el éxito profesional de Nieves en aquel entonces, aunque el menoscabo que sentía esta mujer en sus relaciones interpersonales era ciertamente siempre patológico con un perfil definido por la pasión, el neuroticismo, la ansiedad y un cierto grado de sadomasoquismo. Esto era el miedo que tenía Nieves al comienzo, que los amigos del Chele se fueran a reír de ella y sus sentimientos para con el Chele, que fueran a defender a Renate y a la prole, lo que la llevó al odio de dichos amigos en cuestión de segundos con la consecuente ruptura abrupta de las relaciones con el objetivo de aislar y dominar al Chele

- "Bueno, cada loco con su quimera" insistió el Chocho con la perseverancia de una gota de agua en una caverna formando concreciones estalactitas y estalagmitas a granel, variando un poco el dicho idiomático del loco en el contexto de los celos que se manifiestan frente a una persona más dominante, competitiva e intransigente como era Nieves en aquel entonces para el Chele. Esta actitud de delirio era comparable con la que sufrió el Chele cuando en una velada musical del mocerío estaba tocando el bongo acompañando al conjunto, donde todos acordaron con la mirada finalizar la última pieza del bloque bajando del volumen de los instrumentos. El Sapo tuvo que dar un codazo al Chele para que comprendiera lo que los otros querían hacer y despertara de su delirio, pues él estaba dando palo al bongo con los ojos cerrados y a punto de alcanzar un orgasmo

- "Ella viajaba algunas veces al año a Europa, yo iba dos o tres veces al año a El Salvador, y algunas veces nos encontrábamos a medio camino, en Miami" prosiguió el Chele resumiendo un poco los itinerarios en los primeros dos años ya que los siguientes años no fueron tan armónicos, debido a que el yo interno de la mujer salía con mayor frecuencia a flor de tierra y los predominios valían solamente en una dirección, a saber, en dirección del Chele, con afán de atraparlo en su red de circunstancias opresivas para con el Chele y que no valían para ella de ninguna manera, simplemente la prevalencia de la mencionada ley del embudo

- "Tengo entendido que su estadía en El Salvador duró más de dos años" comentó el Chocho, recordando cómo se había dado cuenta de muchas cosas referentes a Nieves por medio de su madre quien, casualmente, vivía en la misma colonia de San Salvador, a saber, en la Residencia de las Azucenas en una casa vecina inmediata a la que Nieves había arrendado para el tiempo de su misión. En este caso, misión es el calificativo usado por la GTZ para denominar el tiempo de estadía en un lugar para llevar a cabo una tarea determinada, no el intercambio sexual accidental de los delegados con alguna contraparte local. La madre del Chocho se había mudado del barrio San Miguelito al barrio San Benito a fines de los años del ochenta debido a que el barrio San Miguelito ya no era más seguro debido a los maleantes y guerrilleros que merodeaban por todas partes y a todas horas del día, mientras que la Residencia de las Azucenas tenía sus propias fuerzas de seguridad que espantaban a casi todos los presuntos agresores por el mero hecho de estar presente permanentemente

- "¡Sí! Al cabo de los dos años, ella me llamó para informarme que había decidido prolongar su estancia en San Salvador dos años más" concretó el Chele con evidente disgusto proyectado al pasado, ya que Nieves no le comunicó sus planes cuando el Chele la recogió en San Salvador para hacer una excursión para un quince de enero a la Basílica de Esquipulas en Guatemala, donde se venera la imagen de Jesús Crucificado, el Cristo Negro de Esquipulas, y donde le dio una fuerte disentería, al Chele, no al Cristo, por haber comido algo en un puesto ambulante en el viaje de regreso, por suerte, y que un médico del círculo de conocidos de Nieves le curó en dos días con un fuerte medicamento, sino que le informó por correo, posteriormente a dicho encuentro, sobre sus planes que ya habían sido confirmado oficialmente por la GTZ con muchas semanas de anterioridad, de lo que, afortunadamente, nunca se enteró el Chele

- "¿Sin consultarlo contigo?" preguntó el Chocho sabiendo que ese fue el tiempo cuando Nieves comenzó una relación carnal con el ministro salvadoreño responsable para su proyecto, quien había instado expresamente por todos los canales disponibles la prolongación de la misión de Nieves en el proyecto, lo que era del agrado incondicional de Nieves, quien no tenía ningún remordimiento de conciencia frente al Chele

- "En verdad y eso fue el principio del fin. Un final bastante belicoso" resumió el Chele la sucesión de sucesos derivados de tal aventura de una mujer celosa y perversa con profundo sentimiento de abandono, pero sin los típicos rasgos autodestructivos pese al estado de infelicidad infundada derivados de sus miedos y sospechas que justificaban su proceder infalible frente a ella misma, reduciendo la declinación de los pronombres personales a la primera persona singular

- "Según informaciones del Patoco, del Chayul, del Charapo y del Chaparro ese debe haber sido el tiempo poco después de cuando Juanito y el Gordito Angustias fallecieron" dijo entremedio el Chocho para dar un poco de alivio al Chele, recordando las inolvidables veladas y parrandas con los sublimes músicos

- "Me enteré que habían muerto un año antes de la llegada de Nieves a El Salvador. En este contexto te cuento que una vez metí la pata cuando quise informarme sobre el paradero del

Guanaco en El Salvador" anotó el Chele avergonzado por su candidez en un país dominado por los escuadrones de la muerte, grupos paramilitares de extrema derecha que ejecutaban acciones contra cualquier opositor político o simplemente sospechoso de oponerse al gobierno y al sistema vigente en aquel entonces

- "¡Qué concha! Cometiste el delito de mencionar la soga en casa del ahorcado" comentó el Chocho la cojudez del pobre Chele, siempre listo a meter la pata hasta el cogote con la precisión y seguridad de un Adolfo

- "Sí, pues yo no tenía idea que el Guanaco había ingresado a las filas de las fuerzas de la guerrilla y tenía rango de comandante cuando lo mataron en circunstancias muy misteriosas" explicó el Chele lo poco que había logrado averiguar con mucho cuidado en los círculos salvadoreños que frecuentaba Nieves

- "Creo que era miembro del Ejército Revolucionario del Pueblo ERP, uno de los cinco grupos armados de la izquierda revolucionaria, que conformaron el Frente Farabundo Martí para la Liberación Nacional FMLN y que, aún hoy en día, es nocivo para la salud mencionar el nombre de cualquier comandante, especialmente el nombre del Guanaco" especificó el Chocho la simple filosofía política seguida por los círculos gubernamentales salvadoreños y por todos los otros que apreciaban su propia vida

- "Puedo confirmar definitivamente que el nombre del Guanaco estaba tabuizado" confirmó el Chele el enunciado del Chocho, nuevamente sorprendido por el excelente estado de informaciones que tenía el Chocho sobre El Salvador, ya que no sabía que la madre del Chocho vivía en San Salvador

- "Creo que ese fue el tiempo cuando Rolando terminó sus estudios de pedagogía y Marc ingeniería, empezando, a continuación, economía" encauzó nuevamente el Chocho con aire de inocente, otro tema anexo para dar un descanso estratégico al Chele que calmara el torbellino de sus sentimientos para con Nieves, muy efervescentes y todavía perceptibles, inequívocamente, en el tono de su voz

- "Exacto, fue el tiempo cuando Rolando y Marc habían terminado sus estudios" confirmó el Chele sorprendido nuevamente por el buen estado de informaciones detalladas que tenía el Chocho sobre sus hijos y sus desplazamientos geográficos durante sus épocas de tempestad e ímpetus juveniles, muy diferentes de la suya, con sus excursiones en moto casi suicidas por todas las carreteras de Lima y sus alrededores, muy temidas por su horrible estado paupérrimo crónico que afectaba la seguridad de los vehículos con sus numerosos baches, grietas y socavones, haciendo de cada viaje una experiencia única en todos los sentidos posibles del concepto por el gran riesgo de sufrir graves siniestros de una u otra forma, sin mencionar las inclemencias meteorológicas que aumentaban la posibilidad de desprendimientos, acumulaciones de agua y otros imprevistos fatales, así como la falta de señalizaciones de las vías, muchas veces perfectamente invisibles cuando brillaban por su ausencia

- "Rolando se mudó entonces al sur y Marc al norte de Alemania según indicaron mis fuentes" observó el Chocho, basándose en lo que Renate había contado en aquel entonces en una de sus escalas técnicas regulares en camino a Lörrach, donde acostumbraba pasar unos días en compañía de Dagmar y del Catracho durante las vacaciones escolares de Semana Santa y Otoño

- "Correcto, déjame continuar ahora con María…" reanudó el Chele finalmente su relato, casi recuperado de su desvanecimiento temporal anterior debido a Nieves, desconociendo todavía las andanzas carnales de Nieves que, ciertamente, hubieran herido profundamente su orgullo propio tan modesto y las que el Chocho no estaba dispuesto a pregonar de ninguna manera en la plaza del mercado de la sicología evolucionista clásica

- "…la hija de Nieves, supongo" preguntó indirectamente el Chocho con cara de blanca paloma de alma muy negra azabache buscando paso entre los muchos cuernos del Chele virtualmente esparcidos por toda la atmósfera circunvalante sin ofrecer mucha libertad de movimiento

- "Correcto, María que había estado viviendo conmigo en Fráncfort, estudió derecho en contra de mi insistente recomendación, pero no hizo nunca el 2. Staatsexamen…" explicó el Chele el estúpido proceder de María, con divergencias racionales incomprensibles para cualquier ser humano con sano uso de razón

- "…la segunda licenciatura, literalmente 'el segundo examen de Estado', que faculta el ejercicio de la profesión…" explicó el Chocho una de las peculiaridades del estudio de la jurisprudencia en Alemania, constando, a saber, del primer examen de Estado y del período de formación práctica o Refendariat de unos 24 meses, culminando el estudio con el segundo examen de Estado o 'großes Staatsexamen' que constata la 'facultad para ejercer el puesto de Juez'. A continuación, los juristas que deciden ejercer la Abogacía, deben inscribirse en uno de los 28 actuales Colegios de Abogados, y tienen entonces la facultad de ejercer en todo el país. La dicha concordancia en castellano del zweites Staatsexamen se había escapado en ese momento, evidentemente, de la memoria del Chele que algunas veces era un colador con muchos agujeros

- "…gracias por recordarme la palabra en castellano, por lo que no pudo ejercer la profesión, a como has dicho" agradeció el Chele la ayuda lingüística del Chocho sabelotodo y confirmó tautológicamente el significado de tal acción para María la dunda
- "¡Qué mujer tan tonta!" comentó el Chocho, absteniéndose de hacer referencia alguna al origen genético de María o a otras raíces biológicas que pudieran explicar este tonto comportamiento minusválido en un ser propiamente plus válido

- "Desconozco el verdadero motivo, pero a fin de cuentas terminó dándome la razón en cuanto al trabajo en ese sector" continuó el Chele su narrativa sin entrar en más detalles concernientes al lapso, pero satisfecho que el Chocho se hubiera abstenido de expresar cualquier mal pensamiento que hubiera podido brotar en alguna mente insana debido al largo tiempo que ambos convivieron en el apartamento durante la ausencia de Nieves, lo que había dado rienda suelta a la fantasía de Renate cuando se enteró de esto

- "Sin segunda licenciatura y sin palanca no consigues ninguna plaza de trabajo ni tienes facultad de ejercer como abogado o notario" constató el Chocho lo que para ambos era evidente

estado del arte, aludiendo a lo que rige en el asunto de plazas laborales en dicho sector o al establecimiento como profesional libre en calidad de abogado o notario, otra peculiaridad de Alemania, ya que en la mayoría de los estados federales alemanes los abogados no están facultados para ejercer simultáneamente como notarios

- "A menos que seas un erudito reconocido, no puedes más que repetir decisiones ya tomadas antes, pues todos los casos ya fueron resueltos anteriormente de una u otra forma" dijo el Chele haciendo una mezcla incomprensible de todos los derechos predominantes en el mundo con el aplomo de un buen ignorante que alguna vez habría oído campanas localizadas en alguna parte de la rosa de los vientos

- "Bueno, por regla general, es decir, con las famosas excepciones que confirman la regla" añadió el Chocho con la paciencia de todos los justos de esta tierra dispuestos a impartir justicia a los ajusticiados sin sed de justicia

- "Mi relación con Nieves acabó en divorcio. Me quedé en el aire. Mi éxito profesional compensaba mi reiterado fracaso matrimonial" concretó el Chele su auto-sicología particular clásica, indiferente a los fenómenos universales de cuerdas relaciones entre parejas

- "Hasta la siguiente tentación, seguramente otra española" presupuso el Chocho lo que no era ninguna presunción audaz para el perfil y la testosterona del Chele siempre aptos de ofuscar su cerebro con la amplia hipófisis procreativa que creía le colgaba entre las piernas cuando estaba deseoso de vivir alguna aventura bajo las luces de un futuro incierto que marcaban su destino de hondas glorias y dolor

- "En verdad, tuve la opción de entablar una relación con dos mujeres españolas, bueno, no con ambas al mismo tiempo" reveló el Chele lo que hasta ese entonces nadie, fuera de los afectados, había sabido y que el Chele había guardado muy escondido en el último rincón de su alma

- "Seguro que ambas más jóvenes que tú" comentó el Chocho con la certeza comedida de un sicoanalista que conocía perfectamente a su paciente, ofreciéndole una guía para la mente y para la conciencia e intentando fortalecer el yo de dicho paciente en orden a mejorar su estado general para evitar que se retirase mentalmente a la conocida formación romana en testudo o tortuga

- "Sí, ambas demasiado más jóvenes que yo, rondando los cuarenta, mientras yo ya estaba a mediados de los cincuenta. Así que no caí en la tentación" dijo el Chele convencido que esto era algo que no cualquiera hubiera sido capaz de ejecutar, bueno, a fin de cuentas, él no era un cualquiera

- "¡Todavía se producen milagros en tu vida!" comentó el Chocho con cierto sarcasmo que no afectó al Chele en forma negativa, sino que lo tocó como un elogio sincero a sus defensas para el control de los impulsos de su hipófisis

- "Cuando hice público mi divorcio de Nieves, esa noticia también cayó en manos de Bárbara, que había sido mi enamorada en Lima en los años sesenta, en mi época escolar" añadió el Chele, seguro que el Chocho, con su memoria de elefante, se acordaba de alguno de los encuentros en Heidelberg del mocerío con sus coalumnos del colegio alemán de Lima

- "Me acuerdo especialmente de Rigoberto, tu sucesor, y de Bárbara" confirmó el Chocho, recordando que ambos estaban inscritos en la universidad de Friburgo y que habían llegado varias veces de visita a Heidelberg

- "¡Madre mía! Qué memoria tienes" exclamó el Chele sin tratar de ocultar su envidia pura y dura por la gran memoria del Chocho. Bueno, verdaderamente no era el deseo de que el Chocho no tuviera la memoria que tenía, la definición tradicional de la envidia, sino que él deseaba tener, al menos, una décima de la memoria que tenía el Chocho. Lo que expresó sin temor a manifestar su envidia y sin sentirla como una declaración de inferioridad frente al Chocho

- "Gracias por las flores" replicó el Chocho cortésmente mientras recordaba un encuentro donde Rigoberto la había explicado la historia del disco de larga duración con el título de 'Santa Bárbara' que el Chele guardaba como la niña de sus ojos. Esencialmente se trataba de que, como Barbara y el Chele eran enamorados en aquellos tiempos del pinol, los otros compañeros de clase le regalaron en la fiesta de bachillerato el dicho disco por motivo del nombre que llevaba el mismo, no santa, sino que Bárbara

- "Bueno, empezamos a intercambiar correspondencia con frecuencia, luego diariamente y finalmente varias veces al día" detalló el Chele el proceso de evolución que habían sufrido los dos después de tantos años sin contacto directo

- "¿Todavía residías en Alemania?" preguntó el Chocho haciéndose el gringo y como si esto fuera una gran novedad para él con el estupendo servicio de inteligencia que tenía abonado gratis desde eones con el mocerío

- "Sí… eso fue para el año 2005, si mal no recuerdo" recapacitó brevemente el Chele, todavía chocho por haber encontrado nuevamente su amor de infancia que por años había considerado perdido, después que Bárbara se había casado con Rigoberto y el Chele con Renate casualmente el mismo año

- "Es decir, la correspondencia ya era electrónica y cómoda" inquirió el Chocho esperando, evidentemente, una respuesta positiva del emanante manantial recién espitado por un experimentado explorador

- "Correcto… luego, decidí viajar a Lima para volver a verla" reveló el Chele un poco vergonzoso por su audacia en aquel momento, la que sin embargo pudo sanarlo de todas sus dolencias y mala conciencia frente a los otros y frente a sí mismo

- "Seguro que se llevaron muy bien de inmediato" comentó el Chocho lo que ciertamente era un común denominador muy apto para soltar más la lengua del Chele, quien ya estaba por hablar a borbotones sobre sus escaramuzas

- "En verdad, nos llevamos bien de inmediato. Congeniamos estupendamente. Estuve un mes en Lima. También me llevé magníficamente con Davor, su hijo, y regresé a Fráncfort para organizar mi retirada de Alemania" continuó el Chele la crónica sobre su futuro con Bárbara, primeramente incierto, debido a las imponderabilidades y las cautelas reinantes entre los afectados en el proceso de reunificación

- "En favor del éxodo hablaba el hecho que como profesional libre no estabas atado a una domicilio profesional fijo, aunque sí a un domicilio fiscal donde pagar los impuestos correspondientes" concretizó el Chocho lo que era lógico para todo iniciado en la materia de tales mecanismos, lo que se diferencia del concepto 'sin lugar fijo de trabajo' o, abreviado, SLFT, concepto análogo a 'sin domicilio fijo' o 'sin domicilio establecido' o, abreviado, SDF, refiriéndose a personas nómadas en lo profesional, quienes se caracterizan por la ausencia de un domicilio establecido en relación a su actividad laboral, y, en algunos casos, al menos sin un escritorio de trabajo bien establecido o lugar de trabajo bien definido, como es el caso a niveles altos con gran consumo de altas tecnologías, mientras que a niveles bajos comprenden el trabajo informal y precario, típico de los vendedores ambulantes, cartoneros, recicladores o pepenadores, cuida carros, limpia lunas, malabaristas, artistas y músicos ambulantes de la calle, estraperlistas, así como los inevitables trabajadores sexuales, en fin el perfil de los trabajadores sin escritorio bien individualizado es muy vasto, y puede comprender una gran variedad de profesiones y ocupaciones de distintos niveles socioeconómicos en el mercado laboral

- "Claro, consideré que con Internet podría seguir haciendo perfectamente mis traducciones y viajando unas seis semanas a Alemania en las primaveras y en los otoños boreales cubriría mi necesidad de conferencias, que se acumulaban en esos meses del año" asintió el Chele con un poco de aire de literato y un ligero tono farolero en su voz de golillero, sin notar la ligera inconsistencia contenida en su enunciado al meter semanas y meses en un mismo costal

- "Entonces, ¿cómo sigue tu cuento?" demandó el Cocho la continuación del relato que hasta ese momento coincidía con los informes que el Chocho había recibido de sus otras fuentes fidedignas más tempranas

- "Contraté un camión de mudanzas, hice que metieran absolutamente todo en el camión de la mudanza, incluso me olvidé vaciar el tacho de basura, así que la basura de la cocina se fue también en el camión, que partió hacia Rosas, a la casa de mi hermano" prosiguió el Chele su relato que no era nada aburrido para la audiencia debido a sus acentos particulares que ponían en claro relieve su forma de ser y proceder cuando algo se le había metido en la cabeza, para bien y para mal

- "Seguro que no sabía de su suerte" dijo entremedio el Chocho, considerando la gran sorpresa de Rodrigo, el hermano del Chele, cuando le llegó la repentina noticia de la mudanza del Chele y de la herencia en camino a Rosas con los consecuentes problemas de selección, alojamiento, almacenamiento, reclusión y emplazamiento de todos los chunches y la basura del Chele

- "Él se alegró mucho, pues habían buenos muebles, y lo que no necesitó, lo desguazó. Cada vez que pasaba por su casa en mis viajes posteriores a Europa, me alegraba ver mis antiguos muebles. Por mi parte, hice una sola maleta, con 20 kg justos, y eso fue lo único que llevé a Lima" declaró el Chele con todo el orgullo de un asilado errante, que esperaba esa vez haber llegado finalmente a su paraíso perdido en Lima

- "No te lo creo, como te conozco, seguro que has olvidado un par de cosas en tu crónica" insinuó el Chocho con toda la astucia de un mercader de Venecia que conoce a su gente y sabe de qué pie cojean, aun cuando están sentados

- "Bueno, aparte de todo, compré un BMW 1200 GS, previendo la mala calidad de las carreteras en el Perú, y lo mandé a Lima. Llegó un mes más tarde" confesó el Chele con la rapidez de un párvulo capturado haciendo travesuras, recordando en ese contexto la odisea que había vivido con el Chocho, Marisa y Salomé, dos compañeras de estudio, cuando viajaron a Madrid vía Carcassone, Tarasconne-sur-Ariège, Pas de la Casa, Andorra la Vella, donde pernoctaron y comieron la primera paella del viaje, para continuar invernalmente cuesta abajo. Lo que les había generado graves problemas, cuesta arriba no había sido nunca ningún problema con la nieve, pero, cuesta abajo, el Chele tuvo que manejar solo a velocidad muy lenta, por no decir a paso de tortuga, mientras el Chocho se esmeraba en guardar la estabilidad de vía del carro usando el parachoques trasero como volante auxiliar, a la par que las mujeres no paraban de chascarrear el hielo en un silencio profundo nacido del gran miedo que tenían de resbalarse y que se fueran a quedar atascados a mitad del camino con el culo helado en una carretera completamente desierta en las altitudes de los embrujantes Pirineos con carreteras llenas de nieve helada y neumáticos de verano y, luego, de las soledades abiertas hasta que llegaron a La Seu d'Urgell, con carreteras limpias y secas para continuar el viaje pasando por Balaguer, Lleida y Zaragoza

- "¿Qué pasó con el apartamento que tenías en Madrid?" interrogó nuevamente el Chocho con los profundos conocimientos que le habían proporcionado Marc y Rolando tiempos atrás, especialmente porque sus hijos nunca llegaron a comprender el dundo proceder del Chele durante la liquidación de bienes debido a su segundo divorcio, haciendo que el Chele regresara nuevamente al mundo real, al que por un momento había abandonado para hundirse un poco en el mar de sus recuerdos

- "Con la mitad del dinero que recibí por la venta de un apartamento que había comprado en Colmenar Viejo al norte de Madrid…" empezó a contar el Chele lo que evidentemente le incomodaba recordar, esperando vanamente que el Chocho no fuera a hacer ninguna pregunta indiscreta o incómoda en este contexto, haciendo memoria sobre otra jira con el Chocho, esta vez a París y en moto, cuando a la altura de Kaiserslautern había comenzado a llover sapos y lagartos todo el trayecto nocturno hasta Châlons-sur Marne, donde lograron obtener cupo en un hotel, y que, ya en París, cada vez que paraban ante un semáforo en rojo, los parisienses les hablaban en alemán por recuerdos de ciertos tiempos pasados, de los que los franceses no acostumbraban hablar voluntariamente, pero la moto, una Zündapp KS 601 con sidecar fabricada en 1952, derrumbaba murallas por la cierta similitud a las motos que había usado la Wehrmacht en sus tiempos de apogeo

- "…mitad… ¿por qué mitad?" le interrumpió el Chocho aparentemente sorprendido por la dejadez del Chele, a quien normalmente no faltaba la energía para emprender un cometido o luchar por sus reales sin falta de cuidado por su prójimo, a como aconteció la vez que se dio cuenta que un colega le había estado pagando por años la mitad de lo que recibía del cliente por las traducciones que el Chele hacía para ese dicho colega, quien con mucha suerte se salvó de recibir una tunda de garrotazos del iracundo Chele, pero que en la asociación de intérpretes sufrió la ley del hielo por su comportamiento explotador y falto de compañerismo frente a sus colegas, comportamiento revelado con mucho acierto por otro colega, a quien había encargado discretamente el Chele

- "Mitad por estúpido, pues a Nieves, en realidad, no le correspondía la otra mitad, pues yo había comprado el inmueble con lo que heredé de mi madre, y herencias no se reparten en caso de divorcio" confesó el Chele, odiándose por haber sido tan débil en aquel momento de su divorcio, ya que sabía, por experiencia previa que un divorcio tiene que ser rápido, en la medida posible, una vez ventiladas las pocas cuestiones importantes que puede haber y, en su caso, iniciar rápidamente la liquidación de la sociedad de gananciales, es decir, la liquidación de los bienes pertenecientes al Chele antes del matrimonio y los adquiridos después a título gratuito, como una herencia, no eran gananciales, pero el Chele cometió el error de no extraer la herencia de su madre y la compra del apartamento con ese dinero de la masa de liquidación de la sociedad de gananciales, iniciado separadamente por el correspondiente proceso incorporado en el divorcio, por lo que dichos bienes fueron considerados como parte de la sociedad de gananciales, puesto que en este caso Nieves lo engatusó desprevenidamente con toda su maldad y frialdad

- "No me atrevo a contradecirte" dijo el Chocho con la ironía benévola de los sátiros de los bosques que azuzan a la gente con sus pequeños cuernos y sus patas de macho cabrío hasta desquiciar a todo el mundo y al pobre Chele, digno de pena por la conducta desordenada de su proceder dentro de sus propios categorismos que en este caso habían fallado rotundamente frente a los hechizos y agitación de la sirena de la marimba

- "¡Cojudo!" replicó el Chele con saña por el comentario del Chocho con apariencia de santidad incapaz de matar una mosca muerta, regido por la oscuridad de las tinieblas que hacen que el lobo aparente ser una mansa oveja y que, desgraciadamente, no le ofrecía ningún punto débil para iniciar su contraataque

- "¡Boquita chiquita que en lugar de dos dice uno, uno!" respondió el Chocho con el placer de la concisión y de la supremacía en dichos obtenida en arduos años de aplicación estudiosa con la misma bestia del demonio de las inéditas lucideces lingüísticas nacidas de las mentes insanas de los santos ángeles en caída libre bajo la acción del campo divino perdido en el paraíso, haciendo la boca lo más chiquito que podía al articular la última parte de la oración en dos octavas más altas, lo que lo convertía nuevamente en el hazmerreír de todas las vírgenes fantasmagóricas de porte extravagante

- "Bueno, con esa mitad compramos una casa muy bonita en Lima" continuó el Chele su narración haciendo caso omiso de la pendeja respuesta del maldito Chocho que, ciertamente, le había sacado de su noble, justo y caritativo quicio con su ecuación de evaluación física minusválida en respuesta a su tierno improperio
- "¿En Miraflores o en San Isidro?" preguntó el Chocho sabiendo que el Chele residía en Miraflores según informaciones prestadas por Marc y Rolando, uno de los cuarenta y tres distritos de Lima, al Sur de San Isidro, dos de las mejores zonas residenciales

- "¿Chucha madre! Todavía te acordás de estas cosas" exclamó el Chele envidiando la memoria del Chocho de mierda

- "Pues claro, era el antiguo distrito donde tú habías vivido con tus padres y, posteriormente al divorcio de tu madre, con tu madre y tu tío padrino, Don Carlos, médico egresado de la universidad de Múnich, entonces ya casado con tu madre, Doña Gisela, hasta que saliste para Alemania después del bachillerato en el Colegio Peruano-Alemán Alexander von Humboldt, situado en el mismo distrito y donde casi todos tus condiscípulos vivían" explicó el Chocho sin hacer mención del pequeño detalle concerniente a la admisión del Chele en la facultad de medicina de la universidad de Heidelberg por palanca de su tío, ya que el director de la sección de extranjería de la universidad era un antiguo compañero de estudios de Don Carlos en Múnich

- "Entonces sabés que no me quedaba de otra que residir en Miraflores y seguí haciendo deportes" especificó el Chele satisfecho desde la nariz a la jeta y con ganas de romperle la fecunda crisma al Chocho por lo sabihondo y dicharachero que era en todas las esquinas de una conversación, sin importar su índole ni las desavenencias reinantes en cualquier retablo daliniano de espinas y no de espinillas, descomponiendo la realidad que le circunvalaba en múltiples combinaciones exóticas y suspendidas en la nada del aire formando elementos y objetos intangibles en la humedad y sequedad del verbo

- "Me imagino, el Chele, tonto con su kárate luchando por ser buen señor..." comentó el Chocho por joder al Chele con sus babosadas que le brotaban de los labios como el oro negro de un pozo petrolífero desenfrenado cuando se perfora el centro de la burbuja sin tener una bomba de cierre que permita el escape o la explotación a discreción

- "Bueno, no precisamente kárate, sino que, para ser más exacto, taekwondo, pues el club quedaba cerca de mi casa" especificó nuevamente el Chele con su oración que sonaba mucho a una disculpa transgrediente por haber traicionado a su adorado kárate de antaño sin considerar inconscientemente que una disculpa puede ser considerada como signo cierto de debilidad, vergüenza o pérdida de poder, algo inconcebible para el ego del Chele, que nunca deseaba morir para sufrir evolución espiritual ya que esto es el elemento de la consciencia que otorga la existencia individual necesaria para la expresión del individuo con sus particularidades y todo lo que implica su ser, indispensables para conservar su vida tan caduca en la eternidad de su ego

- "Deportes sin moto no puede ser contigo, ¿dónde has dejado la moto?" indagó el Chocho con la intención de dar cuerda al Chele con otro de sus adorados temas para que se le soltara un poco más la lengua y para levantarle el estado de ánimo después de tantas derrotas debido a cierto deterioro cognitivo, no necesariamente producido por la edad ni por el decremento del flujo sanguíneo en el cuerpo en una cierta unidad de tiempo

- "Tienes razón, salía a pasear con nuevos amigos en moto, campo a través, por la cordillera de los Andes, superando varias veces los 4.000 m de altura… fascinante…" concedió el Chele sumido en sus recuerdos vivos con el aire fresco y frío cortándole la punta de la nariz expuesta por falta de bufanda durante aquellos paseos embriagadores a tales alturas que gozaba sin ningún rastro de soroche o mal de montaña o de altura, originado generalmente por la hipoxia o falta de oxígeno en el organismo debido a la presión atmosférica que caracteriza a los lugares con una elevación sobre el nivel del mar mayor a 2.500 metros, tales como las cordilleras de los Andes

- "La cabra siempre tira al monte" azuzó el Chocho con sus mejores cualidades de segador de discordias, siempre presto a meter presión a su interlocutor cuando se presenta la oportunidad de guillotinarlo con tajo puro fuera del estuario indecente de sus pensamientos, siguiendo la docta estrategia del subibaja o balancín, es decir, soltar y apretar la soga virtual en ritmo senoidal de variadas amplitudes para evitar reincidencias entre los pitucos presumidos y muy compuestos como el Chele

- "Para ese entonces me compré un Subaru STI muy potente y lo preparé para carreras…" continuó el Chele sin prestar atención a los inexorables puyazos del Chocho que, aparentemente, no le hacían mella para nada, resbalando y rebotando en su cuerpo como bolas de pimpón, pero que, en realidad, le daban mucho quehacer a su adorado ego, tan admirador de sí mismo y de su mucha plata

- "¡Qué casualidad, un Subaru!" exclamó el Chocho recordando que, en los tiempos del pinol, había tenido dos Subarus, los que su mujer, Ingrid, había manejado siempre con mucha complacencia en el transcurso de la vida de ambos carros

- "…le bajé el peso de 1500 kg a poco más de 1.000 kg, optimicé la repartición del peso para un balanceo óptimo y mayor estabilidad, y aumenté la potencia de 280 CV a más o menos 430 CV…" presentó el Chele algunos detalles técnicos para lucirse frente al Chocho con sus conocimientos técnicos en la lúgubre mecánica automovilística

- "…para salir como pedo de mula, con propulsión a pedo…" interrumpió bruscamente el Chocho la ponencia del Chele a un nivel jocoso en mecánica automovilística, adecuado para desarmar cualquier artificio del Chele por muy sofisticado que fuera compuesto o arreglado en su turbia mente

- "¡Sos la pura envidia! El carro era un cañón, ¡punto y aparte!" expuso el Chele cortando al Chocho la palabra con tono desafiante en la voz y muy disgustado por el hecho que la observación del Chocho le había producido interiormente risa, hecho que no estaba dispuesto a conceder al exterior

- "Te conozco mosca, confiesa, ¿qué travesuras querías hacer con tu carro-cañón?" indagó el Chocho con mucho espíritu adulador en la pregunta y con la clara intención de darle cuerda al Chele

- "Competí en la modalidad de autocross, en Alemania se llama Autoslalom…" anotó el Chele muy seguro de que lo que decía era correcto, olvidando que el Chocho casi siempre era capaz de demostrarle que estaba equivocado en sus supuestos

- "Creo que estás errado: El autoeslalon o Automobil-Slalom, también conocido como eslalon, en alemán Autoslalom, es una modalidad dentro del automovilismo deportivo que enfatiza en la seguridad, competición de bajo costo y participación activa" trató de explicar el Chocho al Chele, torbellino de altamar en tierra adentro

- "¡Coño, que no es cierto!" bramó el Chele con toda la rabia de un condenado en caída libre al infierno de Dante y otros asociados

- "¡Qué sí es cierto! Es una competencia de tiempo en donde los conductores participan por turnos, uno a la vez, en un trazado temporal en un estacionamiento o aeródromo, demarcado con conos de tráfico, en vez de un autódromo. Para los competidores es necesario estar en posesión de una licencia emitida por la federación competente en función de cada territorio" explicó el Chocho con toda la calma que enervaba al Chele en tales casos por hacer palpable el grado de debilidad de la fuerza de sus razones y argumentos

- "Y, ¿cómo definís el autocross?" preguntó el Chele veleidoso y con muchas ganas de desollar al Chocho por su impertinencia

- "Ciertamente, el autocross, en alemán igualmente Autocross, es una modalidad de automovilismo realizado en circuito de tierra disputado con turismos, monoplazas y buggys. El rallycross, disciplina muy similar al autocross, se disputa en circuitos con superficie mixta de pavimento y tierra. Ambas categorías se disputan bajo un formato y reglamento muy similar. En algunos países se celebran preferentemente competiciones de rallycross, como por ejemplo en Gran Bretaña o en los Estados Unidos, mientras que en otros tiene más cabida el autocross" expuso el Chocho con su soberanía habitual y con cara de chivo ahorcado, capaz de poner al Chele al rojo vivo con su falsa inocencia

- "¡Maldito Chocho de mierda! Tenés que saber las cosas siempre mejor que yo. Bueno, pues, me refiero al autocross, ya que, a como dices, el autoslalon pone mayor énfasis en el manejo y las habilidades de conducción que en los caballos de potencia y donde se puede usar cualquier clase vehículo. ¿Contento el niño?" concedió el Chele con toda la negra saña que tenía en los recovecos más perdidos de su alma, impura como la leche de sapo que le brotaba por todos sus poros cuando el chocho le robaba un punto

- "¡Sí, el niño está muy contento!" respondió el Chocho con el deleite típico de un Daniel El Travieso en su mejor episodio dominical del año

- "Desde el 2009 hasta el 2015 subí al podio al final de los respectivos campeonatos nacionales, e incluso en 2015 logré ganar el campeonato" reveló el Chele con toda la humildad que nunca había tenido en su corta y vanidosa vida

- "Y, ¿qué fue de la moto?" preguntó el Chocho, nuevamente objetivo e ingenuo, como en el cuento de la paloma en el Canal de la Mancha con sus habilidades de aeronáutica y con los conocimientos de aviación de una gallina en picada

- "La moto la vendí en 2012 tras la muerte de dos amigos moteros que se accidentaron por culpa de otros" anotó el Chele con tono de duelo en la voz, recordando cómo uno de sus amigos había sido atropellado frontalmente en una carretera por un carro que quería pasar a otro cambiando al carril del otro sentido, sin darse cuenta que había tráfico en contra, mientras que el otro amigo había sido chocado por atrás por otro carro al llegar a un cruce de peatones, donde él había parado para dar paso a peatones, debido a que el conductor detrás suyo no lo había visto y lo chocó a gran velocidad produciendo un accidente de tráfico común, pero en este caso mortal para los peatones y el motociclista amigo del Chele

- "Tú ya habías sufrido cantidad de accidentes con tus motocicletas" anotó el Chocho, recordando que, en los tiempos del pinol, el Chele nunca había tenido dinero para comprarse la indumentaria de protección adecuada para conducir motos, que en aquellos tiempos no era fácil de conseguir a precios módicos

- "Ciertamente, tras haber sufrido un total de 42 accidentes de moto en mi vida, pensé que no debía tentar más la suerte" confirmó el Chele que todavía recordaba su buena pinta en sus últimas indumentarias con impermeable siliconado de cuatro piezas y franjas autorreflectoras por todas partes, rodilleras y coderas protectoras y botas zapatones impermeables de látex y ropa interior funcional con el correspondiente pasamontaña para la cabeza, culminando con un casco integral con radio super moderno

- "Y en cuanto a la vida profesional, ¿qué has hecho?" indagó prudentemente el Chocho lo que el Chele ya había indicado y ya sabía de antemano por los relatos de Rolando, quien odiaba las motos y los deportes automovilísticos y marciales por lo peligroso que eran

- "En cuanto a mi vida profesional, seguía trabajando haciendo muchas traducciones y asistía regularmente a conferencias en dos temporadas del año, a como había indicado" expuso el Chele de forma sinóptica lo que le había servido durante unos años para llevar una vida suave con salarios alemanes en Lima con su bajo costo de vida de un 30% más barato que en Heidelberg

- "¿Te valías también de programas CAT?" preguntó el Chocho haciendo referencia a la Computer Aided Translation, oculta bajo la nomenclatura CAT, con formulaciones uniformes y consistentes en los textos traducidos, para hacer un poco de conversación y dar un corto descanso de recuperación al acosado Chele

. "Sí, pero los malditos programas CAT empezaron a hacerme la vida muy dura" lloriqueó el Chele como cordero huérfano, sabiendo que no podía hacer nada para cambiar el pasado que ya había pasado y marcado su vida

- "¿Por qué, hombre? A mí me aliviaron el trabajo, agrandaron mis márgenes de ganancia y optimizaron mis procesos laborales" constató el Chocho con la objetividad de un buen economista que sabe dónde están sus ventajas en el campo del mercadeo en lingüística

- "Los clientes empezaron a argumentar de una manera muy sencilla: mejor es una traducción mediocre casi gratis que una traducción mediocre o mala y cara" continúo lloriqueando el Chele, sin darse cuenta de lo que implicaba su enunciado

- "No entiendo, ¡explícate!" demandó el Chocho, considerando que la calidad de las traducciones del Chele debía haber alcanzado un nivel muy bajo como para que los clientes argumentaran de la forma mencionada, pues para él no daba pie con bola que una traducción humana fuese mediocre o mala y cara y que una traducción automatizada mediocre casi gratis fuese mejor para un cliente y su Corporate Identity

- "Tú lo sabes, los traductores, en su mayoría, son malos" trató de justificarse el Chele metido en una tina con la mierda hasta el borde inferior del labio y, por tanto, tratando de no hacer olas

- "No es cierto, la mayoría de los traductores son muy minuciosos y exactos" contradijo el Chocho con toda la convicción de un iluminado, sabiendo que el Chele nunca era muy exacto en sus traducciones y que no siempre era capaz de corregir sus errores. Como la vez que había querido traducir 'Pflanzenschutzmittel' con 'protector de plantas' y se había negado rotundamente a aceptar el calificativo 'producto fitosanitario', nombre canónico en la industria del ramo

- "Mi cuerpo me pasó factura y terminó frenándome. Sufrí un ataque cardíaco en setiembre de 2013. Me pusieron un stent y me recuperé bien. Pero en abril de 2016 me dio antes de la cena un ACV o hemorragia cerebral que me mantuvo cuatro meses en coma" el Chele cambió el tema para evitar declararse derrotado, considerando que había perdido irreparablemente esa escaramuza frente al Chocho

- "Parecido a lo que pasó con el Catracho" constató el Chocho en forma concisa lo que también había pasado al Catracho un par de días después de su jubilación

- "¿Tuvo también una hemorragia cerebral?" quiso saber el Chele que creía, él era el único en el mundo que había padecido tal afección y consternado por la duplicidad de los hechos que no podían aplacar su estado de ánimo

- "Derrame cerebral, ictus, infarto cerebral, apoplejía, ataque cerebrovascular, accidente cerebrovascular o bien ACV, significando una afección médica en la que el flujo sanguíneo deficiente al cerebro produce muerte celular" definió el Chocho con sus conocimientos enciclopédicos el accidente sufrido por los afectados en el mar oscuro de las malas lenguas que solo sabían la letra desafinada

- "¿Le ocurrió entonces un ataque cerebrovascular?" el Chele se atrevió a preguntar dominado por la curiosidad y la incredibilidad de la similitud de las afecciones sufridas por él y el Catracho, con la lengua verde de mates amargos bajo una nube con sarna que cubría la cabina del guardia guardián que guardaba las vidas de los muertos corriendo y chillando como un martín pescador en este serio juego infantil

- "Exactamente y le ocurrió en la noche, desgraciadamente" detalló el Chocho, considerando que el Chele había tenido esa vez más suerte que el Catracho, pues, si le hubiera ocurrido en la noche, no hubiera podido salir con éxito de la coma cuatrimesina padecida

- "A Bárbara los médicos le dijeron que fuera haciendo los preparativos para mi funeral, y ella informó correspondientemente a mis hijos, consultándoles si estaban de acuerdo en que me desconectaran, llegado el momento" observó el Chele con todo el orgullo de un felino ocelote sensateando con su morfología los hayques y porfavores forzados que nunca antes había experimentado en este contexto funerario de recórcholis y rayos y centellas en el arrabal de sus intestinos mal lavados

- "Pero, evidentemente, el terco testarudo recuperó su conciencia" anotó el Chocho dando puya al Chele con toda su alevosía innata disponible con intención de sacar de quicio al Chele premeditamadamente con su amable adjetivo calificativo refiriéndose a la condición esencial de su mente obstinada, obcecada y empecinada en sus acciones y actitudes propias

- "Para no desilusionarte, confirmo que soy perseverante" trató vanamente de corregir el Chele la denominación empleada por el Chocho para expresar una de las características más conocidas de su interlocutor, impersuasible cuando se le metía algo en la cabeza y que nunca aceptaba reconocer sus debilidades

- "¡Terco!" subrayó nuevamente el Chocho con inamovible aplomo sin aceptar razones en contra de su enunciado categórico, ya que era un hecho que el Chele nunca había dado grandes saltos innovadores a nivel vocacional

- "Bueno pues, terco y con conciencia recuperada. El primer año me cuidó una enfermera las 24 horas del día" concedió el Chele, de mala gana, con la única finalidad de continuar su relato frente a la ladilla que le jodía los huevos

- "¡Madre mía, qué suerte!" exclamó el Chocho, calculando que, si una enfermera barata costaba en Lima 30 euros por día, el monto ascendería a unos 11 mil euros al año. Comida y alojamiento incluidos. Un buen sueldo para empleados domésticos en Lima con sus soles peruanos inflacionarios

- "Todavía sigo haciendo ejercicios quiroprácticos una vez a la semana" reveló el Chele con un cierto orgullo sus actividades físicas, verdaderamente ínfimas para un cañón deportista de antaño como había sido el Chele

- "…y, ¿cómo funcionan tus extremidades?" quiso saber el Chocho desde la perspectiva médica, sin prestar mucha atención a lo que acababa de decir el Chele

- "Mi brazo izquierdo y mi pierna del mismo lado han quedado torpes. Sufro de un ligero constante mareo, y veo doble.

Lo que, afortunadamente, pudo corregirse con anteojos de cristales prismáticos. Con estas deficiencias no puedo caminar, más que utilizando un andador dentro de la casa o un andador con ruedas, 'Rollator' en alemán, para dar pequeños paseos en un parque cercano o para ir a un City-Coffee a unas cuatro cuadras. Una de mis pocas rutinas diarias agradables. Para ir más lejos, me tienen que llevar en coche" detalló el Chele lo que el médico le había dicho en la última consulta en referencia a su estado actual

- "Con tales circunstancias, supongo que ya no puedes viajar más a Europa" indagó el Chocho registrando que el Chele todavía tendía a usar la unidad semántica 'coche' en lugar de 'carro', más común en Latinoamérica y que seguía siendo parroquiano de la bendita cadena internacional de cafeterías de los City-Coffees con su estúpido programa de recompensas que el Chocho tanto odiaba

- "Correcto caballero y, por lo tanto, desaparecieron los ingresos que provenían de las conferencias. En cuanto a las traducciones, creí haber tomado una decisión a prueba de fuego: quedarme con mis dos mejores clientes. Para ALV hacía la traducción de absolutamente todas sus carpetas de prensa, y para Pisto traducía el catálogo completo de publicación anual, además de informes sobre productos nuevos y de una revista para sus clientes. ALV decidió de un día para otro traducir sus carpetas de prensa únicamente al inglés, mientras que Pisto optó utilizar únicamente programas CAT. De esta manera, mis ingresos se esfumaron por la chimenea totalmente" relató el Chele a grandes rasgos la evolución económica de su negocio, constatando indirectamente el paupérrimo estado actual de su libro de pedidos, mejor dicho, la falta de pedidos y consecuentes ingresos por las razones indicadas en su clara exposición

- "Si quieres, te mando un par de direcciones" dijo el Chocho, cambiando inmediatamente el tono de la voz en uno muy serio y preocupado por el futuro del Chele, considerando que tenía algunas direcciones que podrían ser de ayuda para el Chele en esos precarios momentos de su vida profesional

- "Gracias caballero, muy amable, pero no estoy seguro si hoy en día todavía puedo soportar el trajín diario de un horario laboral normal. De todas formas, si tienes algún cliente del que quieras deshacerte o que ya no puedas atender, piensa en mí" agradeció el Chele la franca ayuda ofrecida espontáneamente por el Chocho. Lo que más tarde, cuando recibió las prometidas direcciones, trató de presentar como un malentendido por parte del Chocho, ya que el Chele juró con facha de gran inocente que nunca había tratado de causar la impresión que su toma de contacto hubiera tenido la finalidad de camuflar su pedido de ayuda. Reacción típica del orgulloso Chele, la que el Chocho ignoró por completo, por conocer muy bien la mentalidad del Chele y por estar enterado a ciencia cierta que sí había entablado contacto concretamente con algunos de los enlistados de su lista, ya que, concretamente, tres de los enlistados le habían preguntado, si él recomendaba los servicios del Chele pese a que tenía domicilio en el extranjero

- "Te mando un par de direcciones para uso a discreción y sin compromiso" repitió el Chocho su oferta, haciendo un par de apuntes en su agenda de bolsillo a velocidad relámpago, sabiendo que la situación debía de ser muy crítica para que el Chele se expresase en la forma que lo hacía en ese momento sin tener consideración de su orgullo propio, tan grande como su golilla de farsante en tiempos juveniles

- "Te cuento que la casa ya la vendimos hace dos años, estamos viviendo en un departamento de alquiler, y en mayo nos mudaremos a otro más pequeño. Para colmo, estoy sufriendo graves episodios de depresión. Pero no me quejo: he tenido una vida plena y apasionante. El último tramo me ha tocado jodido. Por suerte, de la cabeza estoy bien" resumió el Chele de forma muy sincera la última evolución en su vida que había dejado profundas huellas en el grano de arena que resumía todo su mundo frágil todavía en órbita en la vía láctea de los sueños profundos quijotescos, dominados por la impracticabilidad de la persecución de las libélulas vagas de una vaga ilusión

- "Creo que todavía tengo un par de fotos de antaño con el Catracho… las busco y te las mando" dijo el Chocho, haciendo nuevamente un par de apuntes en su agenda secreta tan famosa en el mocerío por el hecho de su existencia y por su contenido desconocido para todos los mortales

- "Un fuerte abrazo" dijo el Chele cuando se despidieron para nunca más en la duda de lo que harían cuando faltara la vida en el espíritu de la voluntad

- "El Chele falleció el 6 del corriente en Lima debido a corona. La causa inmediata fue 'pulmonía' derivada de corona. Estaba todo el tiempo en su casa con oxígeno y morfina. Su mujer, Barbara, tiene todavía corona y tiene que guardar cuarentena estricta, pero parece que se está recuperando" expuso el Chocho al Flaco el doloroso acontecimiento con toda la concisión debida al hecho terminal de la vida debido a la imposibilidad orgánica de mantener en operación el proceso homeostático de manera estable para garantizar un rendimiento corporal efectivo

- "Muy entristecido por el fallecimiento del Chele. Había hablado con él hacía poco y sabía de su salud. Creo que todo ello ayudo al deceso. Me acuerdo muy bien del Chele, fuimos amigos y de verdad me ha sentado mal la noticia" respondió el Flaco, después de un largo momento de silencio y colgó el auricular para ocultar el ruido de las lágrimas que escapaban como fuente indómita aluvial de sus ojos rojos por el duelo.

Registro de Personas

Apodo	Detalles
Catracho, el	Juan Ramón Lustrado Castillo Hondureño, catracho. Medicina interna. Población de origen: Juticalpa, Honduras
Chaparro, el	Pedro Álvaro Ponce Arístides Chileno. Astrónomo. Población de origen: Peñaflor, Santiago, Chile.
Chapulín, el Langosta, cigarrón, plaga	José María Jaramillo Jiménez Colombiano. Economista. Población de origen: Providencia, Colombia.
Charapo, el Machete de rozar	John Galimatías Coronado Venezolano. Astrónomo. Población de origen: El Cristo, Bolívar, Venezuela.
Chayul, el Insecto más pequeño que el mosquito pero que no pica	Manuel Buenaventura Herrero Pérez Panameño. Medicina ortopédica. Población de origen: Colón, Panamá.
Chele, el	Aldo Antonio Matutino Campos Peruano. Lingüista. Población de origen: Lima, Perú.
Chocho, el	Luis Roberto Parrado Nacimiento Nicaragüense, chocho, pinolero, nica. Lingüista.

Apodo	Detalles
	Población de origen: Managua D.N., Nicaragua.
Flaco, el	Mario Osvaldo Restrepo Pachón Colombiano. Economista. Población de origen: Providencia, Colombia.
Gordito Angustias, el	Favio Daniel Pacas Valiente Salvadoreño, guanaco. Economista. Población de Origen: San Miguel, El Salvador.
Guanaco, el	José Toribio Castañeda García Salvadoreño, guanaco. Economista. Población de origen: Ahuachapán, El Salvador.
Juanito	Juan José Durán Aguirre Salvadoreño, guanaco. Economista. Población de origen: Planes de Rendero, San Salvador, El Salvador.
Nando	Fernando Rigoberto Cabrera Morales Salvadoreño, guanaco. Matemático. Población de origen: Barrio San Miguelito, San Salvador, El Salvador.
Ñito El que sabe esquivar preguntas indiscretas	Antonio Doval Castañeda Español. Politólogo. Población de origen: Cangas de Morrazo, Pontevedra, España.
Patoco, el Lagartija	Luis Ángel Pinolo Zapata Ecuatoriano. Lingüista.

Apodo	Detalles
	Población de origen: Pedernales, Manabí, Ecuador.
Pomponio	Miguel Alejandro Mejía Loma Colombiano. Economista. Población de origen: Providencia, Colombia.
Quetzalito, el	Luis Rolando Campeador Maldonado Guatemalteco, chapín. Zoólogo. Población de origen: Jalapa, Guatemala.
Rana, la	Alejandro Ernesto Castillo Mugía Costarricense, tico. Medicina especial del tórax. Población de origen: San José, Costa Rica.
Sapo, el	Leonardo José Escobar Montón Panameño. Soldado, de leyenda enfermero. Población de origen: Cristóbal, Zona del Canal de Panamá.